Yvonne Krogner

Schattenhürden

Der Tag nach dem Leben damit

Roman

Besuchen Sie uns im Internet:
www.yvonnekrogner.de

Originalausgabe
1. Auflage Februar 2020

Dialogfaden
Paul-Fuhr-Str. 13 52428 Jülich

Lektorat: Markus Lorenz, Bonn
ISBN: 978-3-948047-03-0

Für Conny
– Chapeau! Vor deinem Lebensmut
und deinem unbändigen Willen
nach dem Schlaganfall –

Liebe Leserinnen und Leser,

Mammi wird normalerweise mit einem M geschrieben. In diesem besonderen Fall nehmen wir uns die Zeit für ein genussvolles zweites M.

Das Warum für das zweite M liegt einige Jahre zurück. Damals, im Band 1 „Der Tag nach dem Leben davor“, rutschte Hannah durch Zufall in die Geschichte mit Justus rein. Mit ihm hatte Hannah eigentlich einen Termin. Doch Katharinas Ehemann verunglückte bei einem Autounfall. Und die Polizei verdonnerte Hannah, ihre Freundin ins Krankenhaus zu fahren.

Schon der erste Besuch brachte Hannah an ihre Grenzen. Denn jeder verpflichtete Hannah, auf Katharina aufzupassen. Die war anfangs dankbar, aber entwickelte ihre eigene Sicht der Dinge ... bis ein erneuter Schicksalsschlag alles veränderte.

Als kleine Erinnerungsstütze befindet sich am Ende dieses Buches eine Liste mit Personen, die bereits im ersten Band aktiv waren.

Kapitel 1

Anfang April

Das Taxi hielt vor dem Eingang des Krankenhauses, in dem sie Wochen nach ihrem Unfall verbracht hatte. Hannah stieg aus und setzte Carla mit ihrer Trage auf das Kinderwagengestell, das der Taxifahrer bereits ausgeladen hatte. Während sie auf das Klinikgebäude zuging, blickte sie an der Fassade empor und seufzte. Gleich nach dem Eingangsportal wandte sie sich nach rechts und betrat das Café für Patienten und Besucher. In der Ecke fand Hannah einen Tisch, wo genügend Platz für den Kinderwagen war. Gerade als sie ihren Mantel auszog, steuerte ein sportlicher, ganz in Weiß gekleideter Typ auf ihren Tisch zu.

„Na, alte Dame, noch rechtzeitig geschafft, vor mir hier zu sein?", sagte Max grinsend, indem er auf sie zutrat.

„Pass bloß auf", drohte Hannah lachend mit ausgestrecktem Zeigefinger.

„Wie geht's dir?"

„Ganz gut. Schön, dich zu sehen!"

Max deutete lachend eine Umarmung an. Sie nahmen beide Platz und Max fragte: „Was macht dein Bein?"

„Es funktioniert immer noch nicht wie früher einmal."

„Du musst einfach Geduld haben. Das dauert seine Zeit."

Hannah nickte stumm und schaute kurz in den Kinderwagen zu Carla.

„Wie geht es deinem Baby?", fragte Max und blies sich seine struwweligen blonden Haare aus der Stirn.

Lächelnd sah sie ihn an. „Gut. Ich liebe Carla über alles. Aber ich kann mich immer noch nicht daran gewöhnen, Mutter zu sein. Ständig dieses schlechte Gewissen, weil ich mich langweile, wenn wir den ganzen Tag zusammen sind. Bin ich in der Firma, plagt mich mein Gewissen, weil ich nicht bei ihr bin. Dieses Hin und Her nervt."

„Hannah", sagte Max nickend, „auch hier musst du einfach Geduld haben. Das wird schon werden."

Eine Kellnerin trat an den Tisch und nahm die Bestellung auf. Hannah blickte ihr eine kleine Weile nach, bevor sie sagte: „Das mag ja alles sein, aber es kann so nicht weitergehen."

„Was willst du ändern?"

„Ich weiß es nicht. Vielleicht alles?" Sie senkte ihren Blick.

„Alles?", fragte Max, der mit verschränkten Händen zurückgelehnt auf seinem Stuhl saß. „Hannah, ich kenne dich jetzt etwas mehr als ein Jahr. In dieser Zeit hast du immer nur gekämpft. Auch schon davor. Dein Körper ist müde. Du bist müde."

Hannah fiel ihm ins Wort: „Weißt du, wie es ist, wenn ich humpelnd in den Konferenzsaal komme? Wie die mich ansehen? Dieses Mitleid in ihren Augen? Diese Blicke der anderen rauben mir jede Würde, jede Souveränität, einfach alles. Ich habe schon zu viel verloren."

„Jeden Tag arbeite ich mit Menschen, die genau das erleben. Wir können gern zur Station hochfahren. Sprich mal mit denen, die eine Zukunft im Rollstuhl haben. Die nie wieder gehen werden." Max wies mit dem Zeigefinger zur Decke. „Du hast einen langen Weg vor dir. Aber du kannst ihn auf deinen eigenen Beinen gehen. Vielleicht jetzt noch etwas humpelnd, aber du gehst. Was hast du mich bei deinen ersten Gehversuchen beschimpft. Ich kann mich noch sehr gut an ‚Sklaventreiber' und an ‚Nervensäge' erinnern!"

„Tut mir leid. Aber du ..." Die Kellnerin brachte die Getränke. Sie zwinkerte Max zu. Der lächelte kurz und zog seine Tasse zu sich heran. „Wie läuft es mit deiner Freundin? Glaubt sie immer noch, du hättest eine Affäre?"

Max lachte. „Mannomann, das war vielleicht was. Nein, sie bekommt ja keine Blumen mehr, die dir dein Ehemann schickt. Seid ihr wieder zusammen?"

„Wir arbeiten dran."

„Aber er hat dich doch nie betrogen. Das war doch nur ein Missverständnis?"

„Ja. Aber es ist einfach zu viel passiert. Thomas hat durch unsere Trennung meine Schwangerschaft mit Carla verpasst. Das sitzt immer noch tief." Tränen liefen über Hannahs Wangen. Max beugte sich vor, schaute Hannah an und nahm tröstend ihre Hand. „Hey, Hannah, das wird schon." Sie aber weinte noch heftiger.

„Max! Lass sofort die Frau los!" Die Stimme war schneidend, schrill wie eine Sirene, und augenblicklich schreckten Hannah und Max auseinander. Die Person, zu der das kreischende Organ gehörte, schritt, mit ihrer Handtasche ausholend, auf Max zu. Max' angespannter Unterarm verhinderte einen Volltreffer. Doch die aufgebrachte Frau legte nach. Mit der Faust schlug sie auf Max ein. Notgedrungen sprang er auf – er überragte die Sirene um anderthalb Köpfe – und wehrte ihre Schläge mit den Händen ab. „Becky, lass das! Das hat nichts zu bedeuten! Aua! Hör auf!" Mit beiden Händen versuchte er die Handgelenke der Frau zu packen.

Die Frau schrie Hannah an: „Was fällt Ihnen ein, meinen Freund anzubaggern! Sie – mieses – kleines – Miststück!"

Hannah verfolgte die Szene mit offenem Mund und weit aufgerissenen Augen. Sie konnte nicht glauben, was sie da hörte. Sie setzte zum Sprechen an, doch ihr kam eine andere Frauenstimme zuvor. „Was ist denn hier los?"

Hannah und Max erblickten eine ältere Dame, die an ihren Tisch herantrat. Hannah stockte der Atem: Es war niemand anders als Katharina. Die mit Becky angesprochene Frau nutzte die Sekunden der Ablenkung, um sich von Max loszureißen. Doch der reagierte sofort und packte erneut ihre Handgelenke, bevor ein weiterer Schlag ihn treffen konnte. Wieder begann Becky mit schriller Stimme zu schreien: „Sie sollten Ihre Tochter besser erziehen, damit sie die Finger von anderen Männern lässt! Diese Schlampe!"

„Ist anscheinend im Bett eine Wucht", fiel ihr Katharina ins Wort. „Tja, dumm gelaufen für Sie, meine Liebe."

Hannahs Mund stand offen, so weit wie ein Scheunentor. Hatte sie gerade richtig gehört? Nein? Oder doch? Sie sah Katharina an, die immer noch grinsend in Richtung der Sirene schnalzte. Hannahs und Max' Blicke trafen sich. Er deutete mit den Augen auf Katharina, während er weiterhin versuchte, die keifende Sirene in Schach zu halten. Doch die trat nun nach seinem Schienbein.

„Auaaaa!" Max packte ihre Handgelenke fester.

Katharina, die den wortlosen Dialog zwischen Max und Hannah beobachtete, fragte: „Und wer sind Sie?"

Instinktiv streckte sich Max. „Ich?", fragte er zurück.

Doch Becky kam ihm zuvor: „Das ist mein Freund, den ich hier gerade in flagranti ertappe! Du Mistkerl!"

„Max ist kein Mistkerl. Ganz im Gegenteil", entgegnete Hannah mit ausgestrecktem Zeigefinger.

Beckys Gesicht nahm eine warnrot leuchtende Farbe an. Sie stürzte auf Hannah los. Doch Max stemmte Becky seinen durchtrainierten Körper entgegen und zerrte sie unsanft aus dem Café.

„Was machst du hier?", fragte Hannah, ohne den Blick von dem wild gestikulierenden Paar vor dem Café abzuwenden.

„Auf der Zehn liegt eine Nachbarin, die ich besucht habe. Sehe ich wirklich so alt aus?"

„Wieso?"

„Hat die mich doch glatt für deine Mutter gehalten!"

„Deine Nachbarin?"

„Nein, diese Alarmanlage da draußen." Katharina deutete auf die zeternde junge Frau, die Max umklammerte. Als Katharina sich kurz schüttelte, fing Hannah an zu lachen. Im Kinderwagen begann Carla zu weinen. Doch bevor Hannah sie hochnehmen konnte, streckte Katharina bereits die Hände nach der Kleinen aus. Sie nahm sie in ihre Arme und wippte sie leicht auf und ab.

Max trat auf die Frauen zu. „Es tut mir leid", sagte er. „Becky ist sehr eifersüchtig." Er blickte Katharina an. „Ihre Tochter hat kein Verhältnis, und ich auch nicht! Ich war ihr Physiotherapeut, nach dem Unfall, wegen dieser dummen Kuh." Beim Einatmen sah er, wie Hannah ihren Kopf verneinend schüttelte. Katharina beobachtete die beiden, bevor sie Max' stumme Frage beantwortete: „Die dumme Kuh, das bin ich. Aber ihre Mutter bin ich nicht!"

Max starrte Katharina an, während Hannah den Boden anflehte, er möge sich unter ihr öffnen. Zu gern wäre sie darin verschwunden. Eben noch hatte sie sich wie eine Sexbombe gefühlt. Nun, nachdem die Bombe geplatzt war, fühlte sie sich ganz und gar nicht mehr sexy. Wie aus der Ferne hörte sie Katharina sagen: „Ich weiß, dass Hannah kein Verhältnis hat."

Max nickte, schaute auf seine Armbanduhr und deutete nach oben zur Decke. „Pause vorbei. Eine knackige Achtzigjährige wartet auf mich." Damit machte er auf dem Absatz kehrt und lief los. Er winkte noch kurz, bevor er im Treppenhaus verschwand.

Carla schlummerte in ihrem Kindersitz auf der Rückbank von Katharinas Mini. Hannah saß auf dem Beifahrersitz und betrachtete die vorbeifliegende Umgebung. „Wieso warst du dir sicher, dass ich kein Verhältnis habe?"

„Hanni, bitte“, sagte Katharina, ohne den Blick von der Straße abzuwenden, „Wer nimmt schon sein Baby mit zum Date?“

„Aha!“

„Wann kaufst du dir endlich ein neues Auto?“

„Ich brauche keins.“

„Stimmt. Deshalb gehen wir auch zu Fuß!“ Katharina schaute kurz über die Schulter, blinkte und bog in die nächste Seitenstraße ab. „Was hältst du davon, wenn wir nach deinem Arzttermin eine Kleinigkeit essen?“

Doch Hannah antwortete nicht, und nach einigen Sekunden setzte Katharina erneut an: „Hanni?“

„Nenn mich bitte nicht Hanni! Ich hasse das.“

„Okay, Hanni, was ist mit Essen?“

„Ja, Mammi, das wäre schön, aber nur wenn das Wort Hanni den restlichen Tag nicht mehr fällt.“

„Einverstanden.“

Katharina passte im Wartezimmer auf Carla auf, während Hannah im Untersuchungszimmer unruhig auf ihrem Stuhl saß.

„Frau Schuster, überlegen Sie sich das mit der Operation. Wenn Sie keine Fortschritte mehr mit der Physiotherapie erreichen, können wir nur noch operativ Fortschritte erwirken.“

„Aber es würde mich um Monate zurückwerfen!“ Hannah umklammerte ihre Handtasche, die auf ihrem Schoß lag.

„Sehen Sie hier, die Untersuchungsergebnisse.“ Der Arzt deutete auf verschiedene Stellen auf den Aufnahmen. „Keine Verbesserung gegenüber den alten Aufnahmen. Das wird tendenziell so bleiben.“

„Gibt es nicht eine andere Lösung?“

„Es ist alternativlos“, erwiderte der Mediziner. „Ohne Operation kommen Sie nicht mehr vorwärts. Sie werden auf dem Stand von heute stagnieren – auch in Zukunft.“

„Ich werde nie mehr richtig laufen können?“

„Ohne OP sehr wahrscheinlich. Mit OP haben Sie gute Chancen auf ein normales, aktives Bein.“

„Und wenn die Operation schiefgeht?“

„Risiken gibt es immer bei einem solchen Eingriff. Aber sie sind überschaubar und eingrenzbar. Die Risiken ohne OP sind signifikant höher. Wegen der dauerhaften Fehlhaltung.“

„Ja, ich weiß“, fiel ihm Hannah ins Wort. „Gibt es vielleicht eine andere Klinik, die auf diese Problemfälle spezialisiert ist?“

„Klinik ja, aber die Spezialisten dafür sitzen hier bei uns. Frau Schuster, Ihre Tochter ist noch klein. Aber irgendwann wird sie laufen, Ball spielen oder Rad fahren. Möchten Sie das alles verpassen?“

„Bis dahin ist ja noch etwas Zeit. Ich überlege es mir und melde mich. Danke erst einmal.“ Sie stand auf, um sich zu verabschieden. Die anstrengenden Untersuchungen ließen bereits die ersten Anzeichen eines Muskelkaters erahnen. Hannahs Rücken verspannte sich und sie krümmte sich ihrem Arzt entgegen.

„Sehen Sie, Ihr Körper hat sich bereits entschieden … wenn er die Wahl hätte. Hören Sie ihm gut zu. Sie beide müssen noch für eine lange Zeit miteinander leben.“

„Ja, das ist wohl wahr. Einen schönen Tag!“

Hannah trat hinaus und schloss hinter sich die Tür des Untersuchungszimmers. Schwunglos schritt sie auf Katharina zu, die ihr freudestrahlend entgegenschaute.

„Du bist blass um die Nase. Schlechte Nachrichten?"

„Ehm … nein, nein, alles okay. Die Untersuchungen waren bloß anstrengend und haben ewig gedauert."

„Ist mir gar nicht so lang vorgekommen. Wir beide haben uns hier gut unterhalten."

Hannah zwang sich zu einem Lächeln: „Das ist schön. Kannst du uns bitte nach Hause fahren? Ich möchte jetzt nichts essen, sondern nur noch auf die Couch."

„Ja, natürlich. Ist wirklich alles in Ordnung?"

Hannah sah an Katharina vorbei, als sie leise sagte: „Ja, alles okay."

Der Mini stoppte direkt vor der Haustür und Katharina schaltete den Motor aus. „Was ist los?"

Hannah wandte den Kopf zu ihrer Freundin. „Was soll sein?"

„Seit der Untersuchung schweigst du auffällig."

„Ich bin nur müde und kaputt. Sonst nichts."

Katharina seufzte und nickte kurz, bevor sie die Wagentür öffnete, um auszusteigen. Hannah folgte ihr mit Carla.

Kapitel 2

11. April

Den ganzen Tag über goss es wie aus Kübeln. Hannah wich den zu kleinen Seen angewachsenen Regenpfützen aus, um schnellstmöglich das vor ihr liegende alte Backsteingebäude zu erreichen. Sie zog ihre Kapuze tiefer in die Stirn. In dünnen Bindfäden perlten die Regentropfen vom Stirnrand der Kapuze hinab.

Kurze Zeit später saß Hannah angespannt in einem schwarzen Ledersessel mit hoher Armlehne. Einem dieser Sessel, die man eher in einem Klub für den britischen Landadel erwartete. Ihre durchfeuchteten Hände glühten. Sie sah den Mann im Sessel gegenüber an und sagte: „Ich muss wieder hundertprozentig funktionieren können."

Der Mann im schwarzen Rollkragenpulli schlug seine ebenfalls schwarzen Hosenbeine übereinander. Dabei stützte er die Ellbogen auf die Armlehnen des Sessels und legte seine gestreckten Fingerspitzen aneinander. „Das kann man sich nicht immer aussuchen", entgegnete er. „Dass Sie es konsequent vermeiden, wieder selbst Auto zu fahren, ist eine traumatische Folge Ihres Unfalls."

Hannahs Kinn sank langsam zurück. Sie klopfte auf die Armlehnen des Sessels und sprang auf. Hinkend ging sie vor dem sitzenden Mann auf und ab, während sie sich wiederholt eine dunkle Haarsträhne aus der Stirn strich. „Nein“, sagte sie kopfschüttelnd, „nein, ich habe keine traumatische Störung.“

„Sie hatten einen schweren Autounfall und haben dabei eine lebensbedrohliche Verletzung davongetragen. Wochenlang haben Sie im Krankenhaus ums Überleben gekämpft. Und Sie kämpfen immer noch. Mit der jetzt bevorstehenden Operation kommen Probleme an den Tag, mit denen Sie sich noch nicht konfrontieren möchten.“

„Wenn es denn sein muss, dann stelle ich mich ihnen. Aber vorher muss ich wissen, wie das aufhört!“

Der Therapeut verneinte, indem er seine beiden Zeigefinger in die Luft streckte. „Sie können das nicht einfach abstellen. Es hört nicht auf. Nicht ohne eine Behandlung, die ihre Zeit dauert. Ein körperliches Trauma geht immer mit einem psychischen Trauma einher. Beides ist real.“

Hannah schritt immer noch vor dem Sessel auf und ab. Die eine Hand hielt sie in die Hüfte gestemmt, mit der anderen strich sie sich erneut die Haare aus der Stirn. Leicht vorgebeugt sagte sie: „Wegen ein paar Narben verschwende ich hier keine Zeit. Alles geht den Bach runter, und ich soll hier sitzen und reden?“

„Ist recht. Aber was ist dann die Alternative? Dauernd Taxi fahren? Dauernd davor weglaufen?“

Schwerfällig ließ sich Hannah in den Sessel fallen und rieb sich die Knie. „Können Sie mir nicht einfach ein paar Tabletten verschreiben?“

„Es ist ein Hilfeschrei Ihres Körpers! Wenn Sie ihm nicht endlich zuhören, verlieren Sie alles.“

„Sie denken, ich habe Angst davor, mich der Wahrheit zu stellen? Mich mit dem Unfall auseinanderzusetzen? Mich der Zeit bei Katharina zu stellen? Wissen Sie, was – es geht mir gut! Danke!“ Abrupt sprang Hannah auf und wankte aus dem Raum. Sie verließ, ohne ein weiteres Wort zu verlieren, die Praxis von Vincent Wartenberg.

Ihr Taxi würde in ein paar Minuten, eine Straßenecke weiter, auf sie warten. Hannah wich auf dem Bürgersteig den Regenpfützen aus. Endlich hatte der Regen aufgehört. Alles erschien grau, die Häuser, der Himmel, sogar der Rasenstreifen, der die Kastanienallee säumte. Die Worte von Vincent Wartenberg hallten in ihrem Gedächtnis nach. So laut, dass Hannah das Auto von links nicht bemerkte, als sie auf die Straße trat. Ein lautes Quietschen riss sie aus ihren Gedanken. Sie stand wie angewurzelt und sah erschrocken zu dem Wagen, der mit einer Vollbremsung direkt vor ihr zum Stehen gekommen war. Der Fahrer beschimpfte sie mit hochrotem Kopf aus dem offenen Fenster heraus. Doch Hannah ging einfach weiter. Sie hörte ihn hupen. Aber es war ihr egal. Das Einzige, was zählte, war der Gedanke, wieder funktionieren zu müssen. So wie früher. Sie wollte die alte Hannah sein, die dynamisch und souverän über den Dingen stand. Die die Zügel fest in den Händen hielt. Die alte Hannah, die sich den Dingen stellte. Die Hannah, die eine glückliche Ehefrau und Karrierefrau war. Die stolz auf das schaute, was sie leistete und sich leisten konnte. Hannah dachte an ihr geliebtes BMW Cabrio. Sie hatte die Gutachter-Fotos des völlig demolierten Wagens niemals sehen wollen.

Das Taxi wartete schon an der Straßenecke und sie eilte hin. Während der Fahrt unterhielt Hannah sich mit dem Fahrer, um nicht weiter nachdenken zu müssen. Als der Wagen vor den Farber-Werken hielt, stieg sie aus und wünschte dem Fahrer einen schönen Tag. Insgeheim erhoffte sie das auch für sich. In ihrem Büro stand eine dampfende Tasse auf dem Schreibtisch. Der Duft von frischem Kaffee erfüllte den Raum. Lächelnd legte sie ihre Tasche ab und begann die Unterlagen auf ihrem Schreibtisch zu sichten. Einige Papiere unterschrieb sie. Oder klebte einen Notizzettel mit ihren Anmerkungen darauf. Es klopfte leise an ihrer Bürotür und Frau Henseler, ihre Sekretärin, trat vorsichtig ein. „Guten Morgen, Frau Schuster, denken Sie bitte an Frau Farbers runden Geburtstag? Ich weiß, ein schwieriges Thema."

Hannah nippte kurz an ihrem Kaffee. Während sie die Tasse in beiden Händen hielt, grinste sie Frau Henseler zu. „Ein sehr schwieriges Thema. Katharina möchte am liebsten den Tag im Kalender streichen. Aber es ist nun einmal ihr sechzigster Geburtstag. Haben Sie eine Idee?"

„Was plant sie denn für den Tag?"

„Sie sagt, sie macht nichts. Und möchte auch nicht daran erinnert werden."

„Kann ich verstehen, nach allem, was in den letzten beiden Jahren so war."

„Was haben Sie an Ihrem sechzigsten Geburtstag gemacht?"

„Oh, ich hatte mich mit ein paar Freundinnen zum Essen verabredet. Nichts Besonderes, aber es war sehr schön. Was planen denn Frau Farbers Freunde?"

„Sie hat allen verboten, etwas zu organisieren. Wie gesagt, sie möchte den Tag einfach vergessen."

„Dann sollten Sie vielleicht Frau Farbers Wunsch respektieren und es dabei belassen?"

„Vielleicht ... aber vielleicht sagt sie mal wieder was anderes, als sie wirklich will."

„Sie ist eine erwachsene Frau. Wenn sie ihren Willen klar äußert – das tut sie ja –, dann nehmen Sie es so, wie es ist."

„Ich möchte nur verhindern, dass es zu einem Missverständnis kommt!"

„Wie wäre es mit einem Mittelweg? Sie unternehmen etwas mit ihr. Nur sie beide ... ein Wellness-Tag? Oder eine besondere Ausstellung? Oder ein Tag an der Küste?"

„Hm, das könnte gehen", murmelte Hannah, während sie ihre Stirn rieb. „Habe ich wichtige Termine an dem Dienstag?"

„Nichts wirklich Wichtiges. Alles verschiebbar. Soll ich mal schauen, was ich für den Tagesablauf finden kann?"

„Gut, machen Sie das bitte! Ist Jasmina da?"

„Nein, sie hat sich den Tag freigenommen. Es geht ihr nicht so gut."

Mit seitlich geneigtem Kopf sah Hannah ihre Sekretärin fragend an. Frau Henseler schickte sich an, das Büro zu verlassen. Doch Hannah hakte nach: „Frau Henseler, was ist mit Jasmina?"

„Es steht mir nicht zu, das Privatleben der Kollegen zu bewerten oder zu kommentieren."

Hannah stand auf und deutete auf den Stuhl vor ihrem Schreibtisch. „Kommen Sie bitte näher und schließen Sie die Tür."

Beide nahmen Platz, und Hannah sah ihre Sekretärin schweigend an. Frau Henseler atmete tief ein und sagte dann: „Sprechen Sie bitte mit ihr, ausführlich und in Ruhe. Jemanden vor dem Tod zu bewahren, hinterlässt Spuren, tiefe Spuren. Ihnen das Leben zu retten, Sie nach dem Unfall zu beatmen – das hat Jasmina verändert."

„Verstehe. Der Unfall von Justus, die Zeit danach und mein Unfall haben vieles verändert."

„Jeden Tag sehe ich diese Veränderung."

Hannah sah ihre Sekretärin mit großen Augen an.

Frau Henseler zog die Schultern hoch und sagte: „Es steht mir nicht zu, irgendetwas, das Sie aus rein privaten Gründen entschieden oder getan haben, zu bewerten. Geschweige denn zu kritisieren. Wie man mit Ihnen nach alledem umgegangen ist, war nicht korrekt. Das steht außer Frage. Dass dieses Desaster in einem so schweren Unfall endete, ist mehr als bedauerlich. Dass Ihr Weg kein einfacher war oder ist, ist mir bewusst. Sie tragen die Verantwortung für Ihre Tochter und Ihren Ehemann. Für die Mitarbeiter hier, in den Farber-Werken. Sie haben so sehr für uns gekämpft, dass Sie die wichtigste Person in Ihrem Leben vergessen haben – sich selber."

Mit offenem Mund starrte Hannah ihre Kollegin an.

„Denken Sie bitte mehr an sich!"

Bevor Hannah antworten konnte, klingelte ihr Handy. Frau Henseler nutzte die Unterbrechung, um das Büro eilig zu verlassen und die Tür zum Flur sachte zu schließen.

Hannah griff nach ihrem Handy und meldete sich. Svenja Kappenberg, eine gute Freundin und ehemalige Kollegin aus dem Griff-Konzern, bat Hannah um ein Treffen. Es gebe erstaunliche Entwicklungen in der Vorstandsetage, die auch Hannah beträfen. Doch Svenja rückte am Telefon nicht mit der Sprache heraus, worum es sich genau handelte. Das machte Hannah neugierig. Sie verabredeten ein gemeinsames Mittagessen für den übernächsten Tag.

Am Nachmittag fuhr Hannah nach Hause. Der Taxifahrer wünschte ihr einen schönen Feierabend und sie dankte ihm. Ihr Mann wartete, mit Carla im Trageschal, an der offenen Haustür auf sie. Ein Duft von frisch gebackenem Kuchen stieg Hannah in die Nase. Der Feierabend schien gut zu beginnen. Sie lächelte, gab Thomas einen Kuss und streichelte ihre schlummernde Tochter. Auf dem Weg zur Garderobe entdeckte sie im Esszimmer die Quelle des wunderbaren Duftes. Auch den Tisch hatte Thomas gedeckt. Sogar mit einer rotblühenden Blume. Seine Verwöhn-Aktivitäten beeindruckten Hannah. Anderseits setzte er sie damit noch mehr unter Druck. Schon seit längerem besaß sie nicht mehr genug Energie, um über solche liebevollen Gesten und Überraschungen nachzudenken. Es kostete sie schon einiges an Kraft, bloß ihre Jacke zum Garderobenhaken hochzuhieven. Sie fühlte sich in wachsendem Maße unter Zugzwang gesetzt. Nicht nur hier. Sie dachte an Katharinas Geburtstag. Auch so ein Problemfall … Morgen würde sie ihre Sekretärin nach einer Idee fragen, um sich bei Thomas zu bedanken.

Erleichtert nahm Hannah Platz. Ihre Tochter lag vergnügt in ihrem Kindersitz, der auf dem Esstisch stand. Thomas goss Kaffee in Hannahs Tasse und nahm ebenfalls Platz. Dieser Apfelkuchen duftete wunderbar, einfach köstlich. Hannah begutachtete ihn von allen Seiten und fand überschwänglich lobende Worte. Thomas, der vor Freude ganz aufgeregt wurde, fragte, wie Hannahs Tag verlaufen sei. Und sie erwiderte, es gebe nichts zu erzählen. Alles laufe wie immer. Sie wollte endlich in den saftigen Kuchen beißen. Nach dem ersten Bissen grinste sie ihren Mann an. Der freute sich sichtlich über das Kompliment, das ihr Appetit besser zum Ausdruck brachte als alle weiteren Worte.

Kapitel 3

13. April

Am übernächsten Mittag hielt ihr Taxi vor einem mongolischen Restaurant in Köln-Weidenpesch. Als Hannah ausstieg, kam Svenja, die bereits seit einigen Minuten vor dem Gebäude auf sie gewartet hatte, ihr entgegen. Erst vor wenigen Wochen hatte das *Mongol* hier in der Nähe der Pferderennbahn eröffnet, und Svenja kannte das Restaurant bereits von mehreren Besuchen. Und Hannah vertraute den Restaurantempfehlungen ihrer Freundin. In ihrer Eigenschaft als Sekretärin des Vorstandsvorsitzenden des Griff-Konzerns stand Svenjas Ruf auf dem Spiel, wenn sie mit einer solchen Empfehlung danebenlag.

„Schön, dich zu sehen", sagte Hannah und umarmte ihre Freundin. „Irgendwie fliegt die Zeit seit unserem letzten Treffen."

„Das stimmt", antwortete Svenja, hakte sich bei Hannah ein und zog sie mit sich in das Lokal. Im *Mongol* standen an zahlreichen Eichentischen hellgrüne Lederstühle. Eine dunkelhaarige Bedienung mit beigem Filzhut eilte auf die beiden Gäste zu. „Ihr Tisch, wie immer, Frau Kappenberg?"

Svenja nickte zustimmend und sie folgten der jungen Frau zu dem Tisch am Fenster. Die Filzhut-Dame wünschte ihnen einen angenehmen Aufenthalt. Kaum saßen sie, kam die Bedienung mit einer großen Tafel zurück, worauf das Mittagsmenü stand. Svenja bestellte eine Lamm-Nudel-Suppe sowie gefüllte Teigtaschen mit verschiedenen Soßen. Hannah wählte Rindfleisch auf Nudeln aus. Den Milchtee nahmen beide.

Die Speisen bereitete ein Mongole auf einer runden Grillplatte vor aller Augen frisch zu. Einige Gäste warteten etwas abseits und beobachteten ihn dabei. In der Ecke stand eine geteilte Jurte. Typisch mongolische Tiersymbole zierten die Wände. Unweit des Ausgangs entdeckte Hannah eine Dschingis-Khan-Büste, auf die sie Svenja aufmerksam machte. Svenja erzählte von ihren vorherigen Besuchen und sparte dabei nicht mit lobenden Worten.

Die Filzhut-Dame brachte das Essen. Es dampfte und duftete köstlich. Mit den Händen fächelte Hannah den Duft in ihre Nase und schloss dabei die Augen. Kaum hatte sie den ersten Bissen auf der Gabel, begann Svenja über die Neuigkeiten aus der Kölner Firmenzentrale des Griff-Konzerns zu berichten. Ziemlich weit vorgebeugt sagte sie fast im Flüsterton: „Rudnik wird sich bei dir melden."

Hannah verschluckte sich beinahe und hüstelte kurz. „Wieso denn das? Was will er von mir?"

„Dein ehemaliger Chef muss langsam, aber sicher einsehen, dass er deinen Vorstandsposten dem Falschen angeboten hat. Sandoz baut einen Bockmist nach dem anderen. Rudnik muss dich zurück zu Griff holen. Bisher weigert er sich noch. Spätestens im Juni wird er sich bei dir melden."

Stumm starrte Hannah ihre Freundin an.

„Rudnik und Sandoz verstehen sich überhaupt nicht mehr. Beide kommunizieren quasi nur noch schriftlich miteinander. Das hat so extreme Ausmaße angenommen, seitdem ihm Rudnik mehrfach deine Qualitäten unter die Nase gerieben hat. Der Druck auf Rudnik wächst."

„Oha", sagte Hannah und legte ihr Besteck beiseite. „Das ist nicht gut. Rudnik zieht mich in etwas rein, womit ich nichts zu tun habe."

„Ja, das sehe ich auch so. Sandoz giftet nur noch gegen dich. Ich kann dich nur vor ihm warnen, Hannah. Pass bitte auf!"

„Georgio Sandoz ist und war schon immer ein Schaumschläger."

„Das mag ja sein. Aber auch ein Schaumschläger wird zum Schläger, wenn sein Opfer angreifbar ist. Hannah, du bist nicht mehr so unantastbar wie vor dem Unfall. Du bist gesundheitlich angeschlagen. Du hast ein kleines Kind. Das alles sind Punkte, an denen ein Sandoz hebeln wird. Bis er dich ausgehebelt hat!"

„Von was redest du? Das hört sich nach Krieg an! Und nicht nach einem entspannten Mittagessen mit einer Freundin."

„Das Gespräch hier kann mich meinen Job kosten! Ich will dich nur warnen und dir klarmachen, wozu Sandoz imstande ist. Er mag in unserem Business ein Schaumschläger sein, aber er hat gefährliche Charakterzüge und kann Strippen ziehen. Sonst wäre er nicht so erfolgreich aufgestiegen."

„Ich bin weit weg. Wie kommt Rudnik darauf, mich zu Griff zurückzuholen? Wie kommt er überhaupt auf die Idee, dass ich zu Griff zurückwill?"

„Er wird gezwungen."

„Gezwungen? Von wem?"

„Vom Aufsichtsrat. Rudnik hatte einen Termin mit dem Vorsitzenden. Nachdem das Gespräch beendet war, schloss er sich in seinem Büro ein. Trotz einer Reihe weiterer Termine, die anstanden, wollte Rudnik ungestört bleiben. Nach über zwei Stunden stand er plötzlich mit hochrotem Hals vor meinem Schreibtisch und wollte deine Kontaktdaten bei den Farber-Werken haben. Ich gab sie ihm natürlich und fragte, wofür er sie brauche. Er meinte nur, er hätte den Auftrag dazu."

„Wozu?"

„Das hat er nicht gesagt. Dann sollte ich Sandoz zum Gespräch ins Büro bitten – was ich auch getan habe. Die beiden stritten lauthals miteinander. Ich musste mein Headset auf volle Lautstärke stellen, damit ich meine Anrufer überhaupt verstehen konnte."

„Hast du gehört, worüber sie so heftig diskutiert haben?"

„Nein, nicht direkt ... die Anrufer. Aber es ging um Sandoz' Verfahren bei der Ethikinterventions-Abteilung. Grobe Schnitzer im Marketing und bei Produktentwicklungen, die allesamt floppten. Den Rest habe ich nicht annähernd verstanden."

„Das reicht auch so schon", sagte Hannah mit verschränkten Unterarmen. „Sandoz ist kurz vor dem Abflug oder steht sogar schon auf der Gangway. Das würde seiner Karriere aber einen miesen Beigeschmack hinzufügen. Nach so kurzer Zeit bei Griff gegangen zu werden!"

„Deine Erfolge bei der Konkurrenz sind zu offensichtlich. Den Auftrag, dich zu Griff zurückzuholen, hat Rudnik von oberster Stelle. Diese Schmach wird Sandoz nicht auf sich sitzen lassen. Und auch Rudnik wird euer Gespräch nur mit beiden Fäusten in der Tasche führen. Deshalb schiebt er es so lange wie möglich hinaus."

Mit einem Grinsen lehnte Hannah sich in ihrem Stuhl zurück und schaute zum Fenster hinaus. „Soll er doch. Aber Rudnik kann mich nicht einfach zu Griff zurückholen. Das denkt er vielleicht. Die Farber-Werke und ich sind unverkäuflich!"

Erneut trat die *Mongol*-Servicedame an ihren Tisch. Sie fragte nach den weiteren Wünschen der beiden Damen und räumte die Teller ab.

Während sie auf den Espresso warteten, sahen sie aus dem Fenster. Aus dem Augenwinkel bemerkte Hannah, wie Svenja ihre erhobene Hand vor den Mund hielt, und fragte: „Was ist?"

Svenja deutete auf den Mann, der soeben aus dem schwarzen Volvo auf dem Parkplatz ausstieg. Jetzt erblickte auch Hannah Georgio Sandoz. Und die Frau, die auf ihn zustürmte und sich geradezu ungestüm in seine Umarmung fallen ließ.

„Das! Das ist Rudniks Frau", piepste Svenja, als Sandoz seine Begleiterin leidenschaftlich küsste. Hannah schob ihre Haare aus der Stirn und raunte: „Ich dachte, der wäre schwul."

Das Pärchen draußen schlenderte lachend zum Italiener zwei Häuser weiter. Svenja sackte auf ihrem Stuhl zusammen. „Scheiße!"

Hannah hingegen lachte. „Na ja, jeder so, wie er es verdient!"

Ziemlich blass im Gesicht fragte Svenja: „Du interpretierst das genauso wie ich?"

Sofort verstummte Hannahs Lachen. „Was? Dass die beiden ein Verhältnis haben? Das ist offensichtlich.

Eher wäre hier die Frage nach der Zielsetzung interessant, nach dem, was du mir erzählt hast."

Die Bedienung brachte die beiden Espressos. Schweigend nippte jede an ihrer Tasse.

„Habe ich schon erwähnt, dass Sandoz eine miese Schlange ist?", fragte Svenja.

„Jep, ich hörte davon", erwiderte Hannah mit einem Nicken.

„Pass bitte auf."

„Jaa-ha, Sandoz ist weit weg. Rudnik hat sich bei mir bisher nicht gemeldet. Gegebenenfalls kann ich mir sein Angebot anhören. Es wird uninteressant sein. Von daher besteht keine Gefahr, ins Kreuzfeuer der beiden zu geraten."

„Wenn du meinst …"

„Wir sollten hier verschwinden. Wenn Sandoz dich mit mir hier sieht, bist du schneller auf seiner Liste, als dir lieb ist."

Sie bezahlten und brachen auf. Svenjas Wagen parkte um die Ecke. Hannah begleitete ihre Freundin. Sie vermieden es, an der Fensterfront des italienischen Lokals vorbeizugehen, in dem Sandoz mit Rudniks Frau saß. Hannah rief ein Taxi, um zur nächsten Besprechung in die Farber-Werke zu fahren. Auf dem Weg dorthin blätterte sie die aktuellen Zahlen auf ihrem Tablet durch, markierte Werte und schrieb Kommentare daneben.

Im Besprechungsraum saßen die ersten Bereichsleiter. Ihre Gespräche verstummten, als Hannah den Raum betrat. Per Handschlag begrüßte sie jeden und nahm Platz. Mit einem Stapel Unterlagen in den

Händen erschien Jasmina und setzte sich auf den übernächsten freien Stuhl neben Hannah.

Hannah schaute zu ihrer Assistentin hinüber und klopfte mit der Hand auf die Sitzfläche neben ihr: „Hier ist auch noch ein Platz frei. Hast du dir die Kennzahlen von letzter Woche angesehen?" Sie deutete auf ihr Tablet.

Jasmina schnaufte und wechselte auf den Platz neben Hannah. Dabei schob sie den Stapel Unterlagen rüber. Im Laufe der Sitzung bemerkte Hannah mehrere Rechenfehler in der Auswertung. Am Ende der Besprechung, die ansonsten keine negativen Zahlen zu Tage brachte, bat Hannah Jasmina in ihr Büro.

Ohne lange um den heißen Brei zu reden, fragte sie: „Was ist los mit dir?"

Nervös rutschte Jasmina auf ihrem Stuhl hin und her, antwortete aber nicht.

„Jasmina?"

„Ja?"

„Ich fragte, was los mit dir ist. In deiner Auswertung sind mehrere Fehler. Du gehst mir aus dem Weg. Du bist öfters krank in letzter Zeit. Das war früher anders."

„Früher war vieles anders. Die Zeiten ändern sich."

„Bitte, was soll das? Kannst du meine Frage nicht beantworten oder willst du nicht?"

„Es ist alles bestens."

„Aha. Dann dürfte es ja kein Problem für dich sein, dich zukünftig wieder hundertprozentig hier einzubringen."

„Das mache ich immer. Egal, ob hier oder an einem Wrack!“

„Wie bitte?“

„Weißt du, wie ätzend es ist, jemanden zu beatmen. Und nicht zu wissen, ob diese Person dir unter deinen eigenen Händen wegstirbt! Alles voller Blut! Du konzentrierst dich nur auf das Pumpen und Beatmen. Pumpen und beatmen. Die Zeit rast davon. Du musst pumpen und beatmen. Alles, was du an Atem hast, geht in diesen Körper unter dir. Alles. Du hast keine Zeit zum Nachdenken. Du reagierst nur. Pumpen und beatmen. Eine Ewigkeit lang pumpen, dann beatmen. Die Zeit ist dir voraus und du hechelst hinterher. Pumpen … Beatmen … Pumpen. Und … du schaffst es. Nach Ewigkeiten schaffst du es endlich. Dieser Körper unter dir übernimmt wieder die Verantwortung für sein Leben. Er atmet. Und du selber … bist leergesogen. Aber überglücklich, das geschafft zu haben. Zur Krönung erhältst du keinen Dank, sondern wirst zur Schlampe abgestempelt, die den Mann deiner Chefin vögelt!“

„Jasmina!“

„Du hast mich verdächtigt, ich hätte was mit Thomas! Du … mich!“

„Es war ein Missverständnis. In so einer Ausnahmesituation habe ich einen harmlosen Kuss falsch interpretiert. Das ist der Situation geschuldet, in der ich mich befand. Du hast mich beatmet, und ich verdanke dir mein Leben. In der Zeit im Krankenhaus wäre es mir lieber gewesen, du hättest es nicht getan. Heute bin ich dir sehr dankbar dafür!“

Jasmina sprang auf und schrie Hannah an: „Ach, alles nur leere Worte! Tagtäglich läufst du an meinem

Büro vorbei, zigmal – kein nettes Wort mehr, keine gemeinsamen Mittagessen mehr. Warum sagst du nicht einfach, dass du mir die Schuld an deinem Unfall und der Behinderung da gibst? Dann ist es endlich mal ausgesprochen!"

Sie riss die Bürotür auf und stapfte mit geballten Fäusten aus dem Büro.

Hannah starrte ihrer Assistentin durch die offene Bürotür hinterher. Langsam schüttelte sie den Kopf. Das konnte einfach nicht wahr sein. Jetzt auch noch Jasmina! Aus dem Augenwinkel bemerkte Hannah ihre Sekretärin und fragte leise: „War es das, was Sie mir nicht sagen wollten?"

Frau Henseler nickte. „Sie trägt es schon eine ganze Zeitlang mit sich rum. Jetzt ist es endlich raus."

„Ja, jetzt ist es endlich raus." Hannah schob ihre Haare aus der Stirn und sah ihre Sekretärin nachdenklich an.

„Für das Projekt 60. Geburtstag kann ich Ihnen zwei Adressen nennen", sagte Frau Henseler.

Hannah lächelte. „Das ist gut. Gute Nachrichten kann ich jetzt gebrauchen."

„Sie finden die Informationen in der Projektdatei *60. Geburtstag* auf dem Server."

Hannah griff zu ihrem Tablet und überflog die Informationen. Sie hörte Frau Henseler sagen: „Mein persönlicher Favorit wäre das zweite, wobei das erste auch einen sehr guten Eindruck macht."

„Danke. Ich schaue mir das in Ruhe an."

Ihre Sekretärin nickte und lief zurück in ihr Büro. Hannah arbeitete noch ihre Mails durch. Die wichtigsten beantwortete sie sofort. Den Rest markierte sie, für die abendlichen Stunden, im Büro zu Hause. Sie räumte noch kurz ihren Schreibtisch auf, stapelte die Unterlagen für den nächsten Tag nach Prioritäten und verließ ihr Büro. Jasminas Arbeitsplatz war verwaist. Für einen kurzen Moment blieb Hannah stehen. Sie überlegte, wie sie mit Jasmina in Ruhe reden könne. Da trat Frau Henseler erneut auf sie zu und sagte: „Ihr Freund hat sie verlassen. Eine gute Zuhörerin könnte sie sicherlich gebrauchen."

Hannah schaute sie an und nickte stumm.

Zu Hause kuschelte sie ausgiebig mit Carla, wobei die Kleine auf Hannahs Schoß einschlief. Das gab ihr die Gelegenheit, die restlichen Mails des Tages zu bearbeiten. Nach ungefähr einer Stunde kam Thomas zu ihr herein, winkte jedoch ab, als er Carla schlafen sah. Er arbeitete den restlichen Abend in seinem Zimmer, während Hannah sich zu Carla aufs Sofa legte und dort einschlief.

Kapitel 4

2. Mai - Turbulenzen in der Mailuft

Sie hörte noch, wie Thomas ihr nachrief: „Viel Spaß euch beiden bei der Wellness! Und gratuliere Katharina schon mal vorab von mir. Ich rufe sie später an." Winkend stieg Hannah in das wartende Taxi. Sie freute sich auf einen entspannten Tag mit Katharina. So eine erholsame Massage bewirkte Wunder. Und ein Wunder brauchte Hannah dringend.

Das Taxi bog ab in die Zufahrt zum Farber'schen Anwesen. Hannah vergewisserte sich noch einmal, ob sie alle Unterlagen dabeihatte. Alles da. Der Überraschung stand nichts mehr im Wege. Bis auf ... ja, bis auf sieben oder acht Fahrzeuge, die vor Katharinas Haus standen. Hannah reckte ihren Hals, um genauer hinzuschauen. Tatsächlich parkten dort acht Autos. Und der nächste Wagen bog hinter ihnen in die Auffahrt ein. Hannah sah es im Rückspiegel des Taxis. Sie drehte sich um und erblickte tatsächlich den Mercedes hinter ihnen. Sofort begann ihr Magen sich zu verkrampfen.

Mit Bauchschmerzen stieg sie die Marmorstufen zu der mit Rosenholz verkleideten Eingangstür empor. Eine freudestrahlende Katharina öffnete ihr. Sogleich schlug Hannah ein lautstarkes Stimmen-Wirrwarr entgegen. Hannahs Kopf sank herab, ihre Beine fühlten sich bleiern an. Beschwingt lachend stand das Geburtstagskind in seiner perfekt sitzenden beige-grauen Stoffhose, dem schwarzen Kurzblazer und schwarzen Pumps vor ihr. Katharina strahlte. Hannah hingegen wünschte, der Boden möge sich öffnen und sie verschlucken.

„Hanni! Du weißt auch davon? Ich freue mich total!"

„Guten Morgen. Nein, ich bin selber überrascht! Wolltest du den Tag nicht ausfallen lassen?"

„Jaha, aber Bella meinte, so einen Tag könne man nicht einfach vergessen. Und dann hat sie diese tolle Überraschungsparty organisiert. Ist das nicht fantastisch?" Katharinas Augen leuchteten. Die Freude quoll aus jeder Pore ihres Körpers.

Mit hochgezogenen Schultern sagte Hannah: „Ja, prima Idee. Wann ist die Party vorbei?"

„Wie? Wann die Party vorbei ist? Sie fängt doch gerade erst an! Komm rein und feiere mit!"

Die Gäste, die Hannah auf der Einfahrt gefolgt waren, stießen zu ihnen. Katharina nahm begeistert Geschenke entgegen und begrüßte die Neuankömmlinge zuvorkommend. Inmitten dieser Menschentraube verschwand sie im Haus. Hannah nutzte die Gelegenheit, zurück zu ihrem Taxi zu hinken. Gerade als sie wieder einsteigen wollte, vernahm sie schnelle Schritte hinter ihr. Es war Katharina, die leicht außer Atem an sie herantrat. „Warum kommst du nicht rein?"

„Nein, lass mal. Feier gut und genieße den Tag!"

Katharina schaute sie direkt an. „Und warum machst du ein Gesicht wie sieben Tage Regenwetter?"

„Ich habe kein anderes. Sorry!"

„Ach, jetzt auch noch beleidigt sein! Hanni, komm bitte mit rein!"

„Nein, ich habe einen Wellness-Tag für uns beide als Überraschung gebucht. Da du keine Zeit hast, nutze ich ihn eben alleine. Es wäre schade, ihn verfallen zu lassen."

„Warum hast du denn nichts gesagt?", entgegnete Katharina mit leiser Stimme.

„Es war als Geburtstagsüberraschung gedacht. Aber dir ist das besser gelungen."

„Hanni, bitte! Du wolltest nichts machen und Bella hat mich überredet. Und es ist toll. So, und jetzt komm bitte mit rein!"

„Nein. Du wolltest den Tag ausfallen lassen. Ich musste dir versprechen, mich daran zu halten. Deshalb wollte ich mit dir einfach einen schönen Tag in einem Wellness-Hotel verbringen."

„Aber das können wir doch immer noch!"

„Es ist alles gebucht und kann nicht beliebig verschoben werden. Deshalb fahre ich jetzt. Feiere du deine Party, die du nicht wolltest!"

„Hanni, es ist mein Geburtstag!"

„Ja, den du vergessen wolltest, ich weiß!" Hannah stieg ein und zog die Wagentür zu. Durch die Heckscheibe des abfahrenden Taxis sah sie, dass Katharina ihr hinterherschaute.

Kurze Zeit später stieg Hannah an den Farber-Werken aus dem Wagen. Sie humpelte in das Büro ihrer Sekretärin, die sie mit großen Augen fragte: „Was machen Sie hier? Ich dachte …"

Doch Hannah unterbrach sie, indem sie ihr die Reservierungspapiere auf den Tisch legte. „Ich gebe Ihnen und Jasmina heute frei. Genießen Sie den Tag!"

Frau Henseler warf einen kurzen Blick auf die Papiere und schaute dann auf zu Hannah. „Was ist passiert? Gefällt Frau Farber das Geschenk nicht?“

„Frau Farber hat das Haus voller Gäste und schmeißt eine Party.“

„Wie bitte?“, fragte Jasmina, die gerade aus ihrem Büro herüberkam, verwundert.

Mit in die Hüften gestemmten Händen erzählte Hannah die Kurzversion ihres Besuchs bei Katharina.

„Ne, ne? Sie will keine Party, macht aber eine. Wie schizo ist das denn?“

Frau Henseler warf Jasmina einen strengen Blick zu, und die sagte kleinlaut: „Ja, ist doch so.“

Frau Henseler schlug vor, dass Hannah und Jasmina den Tag nutzen könnten. Doch Hannah lehnte ab. „Mir ist nicht mehr nach Entspannung oder Massage. Es wäre rausgeworfenes Geld. Jasmina kann die Entspannung gut gebrauchen. Und jemanden, der sie aufbaut. Fahrt ihr beide lieber.“

„Aber“, wollte Jasmina einwenden, doch Hannah unterbrach sie: „Und jetzt raus hier!“

Jede Störung begrüßte Hannah, denn sie grübelte immer noch über den verkorksten Morgen nach. Ihre kreisenden Gedanken landeten immer wieder vor der Farber'schen Haustür und bei der freudestrahlenden Katharina. Hannah betrachtete die Aktenseiten vor ihr, doch sie sah sie nicht. Warum lief das heute wieder alles schief? Konnte nicht einfach mal was funktionieren? Funktionieren wie früher? Träge vergrub Hannah ihr Gesicht in den Händen. Warum nur? Allmählich zweifelte sie an allem. Jetzt spielte ihr Kopf ihr auch noch Streiche, denn sie meinte, die Stimme ihrer Tochter zu hören. Und dann klopfte es auch noch an der Bürotür. Nein, Carla konnte doch noch gar nicht laufen mit ihren acht Monaten. Die Türklinke bewegte sich und Hannah starrte zur Tür. Durch den Spalt lugte Thomas vorsichtig herein. Erleichtert atmete Hannah aus und winkte ihn zu sich heran.

„Wollte nur sichergehen, dass du nicht gerade telefonierst oder jemanden im Büro sitzen hast."

„Was macht ihr denn hier?", fragte Hannah, als sie auf die beiden zuschritt und sie zur Begrüßung küsste.

„Wir wollten dich abholen und etwas mit dir erledigen."

„Mit mir? Woher kommt ihr? Du hast mit Katharina gesprochen?"

Thomas nickte bestätigend.

Sie fuhren zu einem Audi-Autohaus. Dort zeigte Thomas Hannah einen SUV und fragte: „Was hältst du davon?"

„Wovon?"

„Von dem Wagen natürlich."

„Nett. Möchtest du dir ein neues Auto kaufen?"

„Nein, mein Golf reicht mir. Du bist die Autonärrin. Du liebst doch sportliche, schnelle Autos."

„Ich möchte kein Auto."

„Liebes, schau ihn dir doch bitte mal an! Es ist ein S-Line. Das gefällt dir doch immer so."

„Ich fahre lieber Taxi."

Ein Verkäufer im grauen Anzug kam auf sie zu. Mit ausgestreckter Hand begrüßte er Thomas. „Guten Tag, Herr Wolter, schön, dass es doch noch so kurzfristig geklappt hat. Und Ihnen gratuliere ich zum neuen Audi, Frau Wolter!“ Dabei hielt er lächelnd Hannah die ausgestreckte Hand hin. Doch Hannah starrte ihn an. Ohne jedwede Regung. Nach ein paar Sekunden ließ der Verkäufer seine Hand wieder sinken, während er Thomas ansah.

„Es ist eine Überraschung für meine Frau. Sie ist immer so, wenn sie sprachlos ist.“

„Oh, dann ist die Überraschung offensichtlich gelungen. Hier ist Ihr Schlüssel!“

Eilig griff Thomas nach dem Autoschlüssel und bedankte sich. Hannah stand immer noch wie versteinert daneben und starrte auf den Wagen.

Der Verkäufer schaute zu Hannah und erneut zu Thomas. „Darf ich Ihnen Ihren neuen Audi kurz vorstellen und die Funktionen erklären?“

„Ja, gern.“ Hannah spürte Thomas' Hand auf ihrem Rücken. Er schob sie zu der geöffneten Wagentür. Wie in Zeitlupe kletterte sie auf den Fahrersitz. Atmete sie noch? Sie spürte ihren Atem nicht mehr. Dafür umso mehr ihre zitternden Beine. Ihre Handinnenflächen glichen einer feuchtkalten Seenlandschaft im Nebel. So nah war sie seit dem Unfall keinem Lenkrad mehr gekommen. Bilder schossen vor ihrem inneren Auge vorüber. Wie sie in ihr dunkelblaues BMW-M6-Cabrio eingestiegen war. Dieses Auto hatte sie geliebt. Sich diesen Traum leisten zu können, hatte sie damals mit Stolz erfüllt. Sie, die erfolgreiche Karrierefrau. Sie, die wieder auf dieser Straße zum Notariat fuhr. Damals, um Katharina von der Unterschrift für den Firmenverkauf abzuhalten. Diese laut hämmernde Musik im BMW war wieder da. Wie damals. Da … die Ampel … bumm … bumm … bumm. Die Bässe wummerten durch den Innenraum des

Wagens. Da war sie wieder, sie, die Katharina vor dem Termin erwischen musste. Katharina musste ihr einfach zuhören! Sie musste einfach verstehen, was sie tat. Hannah trat das Gaspedal bis zum Anschlag durch. Dann dieser fürchterliche Aufprall, der ihren Kopf hin und her schleuderte. Den Kopf konnte sie nicht festhalten. Auch nicht den Körper. Ihr Körper drehte sich, der Wagen drehte sich, einfach alles. Sie riss die Hände hoch, vor ihren Kopf. Alles drehte sich immer schneller und schneller. Sie sah nichts mehr. Alles grell und weiß. Dann, oh nein, dieser gnadenlos heftige Aufschlag, der alles erschütterte, wie damals. Sie schüttelte sich. Immer schneller, immer heftiger. Nein, das war damals nicht so gewesen. Dieses kratzende Schleifen, bevor es ganz still wurde. Sie schüttelte sich immer noch. Damals konnte sie sich nicht mehr bewegen, nicht mehr atmen. Das Blut in ihrem Mund. Ihre Zunge fuhr im Mund umher. Jemand rief. Sie schüttelte sich immer noch.

„Hannah! Liebes!“ Thomas drückte mit der Hand gegen ihre Schulter: „Hannah, hörst du mich? … Hannah!“ Sie öffnete ihre Augen. Wandte den Kopf in Richtung der Stimme. Ihr Kopf ließ sich bewegen! Der Kopf drehte sich. Sie konnte ihren Kopf bewegen. Wieso?

„Hannah! Schau mich an … Hannah!“

„Ja.“ Es fiel ihr schwer, ihren Blick auf Thomas zu konzentrieren. Immer wieder verlor sie die Kontrolle und schloss die Augen.

„Hannah, du bist im Autohaus. Du sitzt in deinem neuen Auto. Alles ist in Ordnung. Du bist okay! Hannah, hörst du mich?“

„Ja.“

„Du kannst deine Beine bewegen, auch deine Arme. Das war nur eine Erinnerung, sonst nichts. Es ist alles in Ordnung!“

Sie hörte Thomas sprechen, schnell und mit spitzer Stimme. Mit aller Kraft zog Hannah ihre Beine an. Nichts geschah. Plötzlich war sie wieder auf dem Krankenhausflur, damals, als Max sagte: „So, und jetzt, alte Lady, mal etwas schneller bitte!“ Max, dieser alte Sklaventreiber, hatte sie aus diesem verdammten Rollstuhl geholt. Sogar jetzt spornte er sie an. Sie bewegte erneut ihre Knie. Die Unterschenkel gehorchten. Sie bewegte ihre Füße, dann ihre Hände, dann ihren Kopf. Sie sah ihren Mann an. Carla wimmerte im Wickeltuch an Thomas’ Brust. Mit der einen Hand streichelte er seine Tochter. Die andere lag immer noch auf Hannahs Schulter. Sie erkannte die Autos, die ringsum standen. Sie drehte ihre Hände, sah nirgends Schrammen oder Blut. Ihr Atem pendelte sich auf einen ruhigeren Rhythmus ein. Die Hitze verflüchtigte sich allmählich. Mit den Händen tastete Hannah ihre Wangen ab, dann die Stirn, die Augen. Alles schien okay. Nirgendwo Blut oder klaffende Wunden. Sie hörte Schritte, schnelle Schritte, die herannahten.

„Hier! Ein heißer Kaffee! Der wird Ihnen guttun!“ Der Mitarbeiter des Autohauses hielt Hannah eine Tasse Kaffee hin. Mit zittriger Hand griff sie danach, besaß aber nicht die Kraft, die Tasse festzuhalten. Thomas schob eilig seine Hand unter ihre und half ihr, die Tasse zum Mund zu führen. Es baute sie auf, den heißen Kaffee zu trinken, den Duft einzuatmen. Es half ihr, ins Hier und Jetzt zurückzukommen. Mit jedem Schluck erwachten ihre Lebensgeister.

„Geht es wieder?“, flüsterte Thomas, der Hannah die leere Tasse abnahm und ihr Carla in den Arm legte.

Hannah lächelte ihren Mann an und nickte. Er reichte die Tasse dem Verkäufer und dankte ihm.

„Können Sie uns bitte das Fahrzeug erklären?“, bat Hannah.

„Ja, gern“, antwortete der Verkäufer erleichtert. Er erläuterte ihnen alles ausführlich, bevor Thomas die Übergabepapiere unterschrieb. Diese Minuten nutzte Hannah und umkreiste bedächtig den Wagen. „Allzeit gute Fahrt, Frau Wolter!“, rief der Verkäufer und streckte seine Hand aus.

„Schuster, ich heiße Schuster. Mein Mann benutzt den Doppelnamen nur selten, obwohl er meinen Namen bei der Hochzeit angenommen hat. Danke.“ Sie schüttelte seine Hand.

„Oh, ehm, ja, trotzdem, allzeit gute Fahrt! Und Ihnen auch, Herr Schuster-Wolter!“ Der Verkäufer schüttelte Thomas ebenfalls die Hand und winkte ihm nach.

„Liebes“, wandte sich Thomas an Hannah, „fährst du alleine oder sollen wir zuerst gemeinsam eine Runde drehen?“

„Könnten wir bitte zu einem leeren Platz fahren? Ich kann nicht direkt auf die Straße.“

„Gut, aber du fährst den Wagen nach Hause!“

„Mal sehen.“

Der kobaltblaue Q3 rollte gerade durch die breite Flügeltür auf den Parkplatz davor. Der Verkäufer stieg aus und reichte Hannah die Schlüssel. Thomas schnallte Carla in ihrem brandneuen Kindersitz auf der Rückbank an. Um Hannah abzulenken, verwickelte Thomas sie in ein Gespräch: „Ob er das mit unseren Nachnamen verstanden hat?“

„Naja, er war doch auf Zack. Hm.“ Hannah umklammerte mit einer Hand den Haltegriff. Atmete konzentriert ein und aus. Sie erreichten einen weitläufigen Parkplatz, dessen hinterer Teil gänzlich frei war. Thomas lenkte den Audi dorthin, schaltete den Motor aus und zog den Schlüssel. „So! Ab jetzt bist du dran.“ Dabei ließ er den Autoschlüssel zwischen Daumen und Zeigefinger vor Hannahs Gesicht baumeln. Nickend starrte sie für einige Sekunden auf den Schlüssel, bis sie ihn schließlich zögernd nahm. Sie wechselten die Sitzplätze, jedoch mit unterschiedlicher Geschwindigkeit. Thomas saß bereits auf dem Beifahrersitz, als Hannah, die jede Bewegung enorm anstrengte, noch dabei war, das Heck des Wagens zu umrunden.

Kreidebleich, mit schwitzigen Händen, die sie an ihren Oberschenkeln trocken rieb. Zitternd steckte sie den Zündschlüssel ins Schloss und drehte ihn. Mit beiden Händen umklammerte Hannah das Lenkrad, als wenn sie jeden Moment abstürzen könne. Starr blieb sie sitzen. In ihren Ohren vernahm sie ihren Puls so laut wie einen Presslufthammer.

„Einfach den Hebel auf D schieben und Gas geben“, flüsterte Thomas. Ihre Hand ergriff den Schalthebel und zog daran, bis er auf D einrastete. Ihr rechter Fuß ließ die Bremse los und der Audi begann zu rollen. Thomas gab ihr Anweisungen, die Hannah mechanisch befolgte. Zum Schluss parkte sie rückwärts zwischen den Markierungen der leeren Parkplätze ein, als wenn es sich um eine Parklücke handelte. Als sie den Motor ausgeschaltet hatte, sanken ihre verkrampften Hände kraftlos auf ihre Oberschenkel nieder. Sie hob ihr Kinn in Richtung Dachhimmel und atmete lange ein.

„Und?“, fragte Thomas. Hannah antwortete nicht, sondern schaute ihren Mann nur an. Tränen liefen ihr über die Wangen. Sie schluckte schwer. Sie zitterte und schwitzte gleichzeitig.

„Dann fahren wir jetzt auf die Straße und drehen eine Runde“, schlug Thomas vor. „Bis du mich am Autohaus wieder rauslässt.“

Ohne zu antworten, startete Hannah den Motor, schob den Schalthebel auf D und fuhr im Schritttempo los. Je länger der Audi rollte, desto mehr konzentrierte sie sich auf die Verkehrssituation, desto gleichmäßiger atmete sie. Nach einer halben Stunde waren sie wieder beim Autohaus angelangt, und Thomas stieg aus. Hannah wartete mit laufendem Motor, bis Thomas seinen Golf auf die Straße lenkte. Hintereinander fuhren sie nach Hause.

Den neuen Wagen manövrierte Hannah in die Garage, wo einst ihr geliebtes Cabrio gestanden hatte. Als sie den Motor abstellte, seufzte sie tief und entschuldigte sich bei dem Audi dafür. Der Golf rollte neben dem SUV in die Garage. Sie hatte es geschafft. Sie hatte es tatsächlich geschafft. Fröhlich drehte sie sich zu ihrer Tochter auf der Rückbank um. Doch Carla schlief in ihrem Kindersitz. Auch als sie losgeschnallt und ins Haus getragen wurde, wachte Carla nicht auf. Lächelnd sah Hannah ihren Mann an, der beide Daumen hob.

„Ich bin stolz auf dich, Liebes!“, sagte Thomas und umarmte sie.

Erst jetzt merkte Hannah, wie anstrengend diese Fahrt gewesen war, wie schwer sich ihre Beine anfühlten und wie feucht ihre Bluse war, die ihr am Rücken klebte.

„Danke! Es war ein harter Kampf, ein sehr harter …“

„Und du hast ihn gewonnen!“

„Wie kommst du eigentlich dazu, mir einfach ein Auto zu kaufen … ohne mich zu fragen?“

„Hättest du es gekauft?“

„Wahrscheinlich nicht.“

„Du bist gefahren, nur das zählt!“

Kapitel 5

Vergangenheit ohne Zukunft

Ihren SUV parkte Hannah vor dem alten Backsteinhaus am Straßenrand. Als sie den Zündschlüssel zog, atmete sie vernehmlich aus. Auch wenn sie mittlerweile wieder täglich Auto fuhr, ließen die Erinnerungen an den Unfall sie doch keineswegs los. Immer wieder bahnten Bruchstücke von Erinnerungen sich ihren Weg in Hannahs Gedanken. Mit hängendem Kopf schritt sie lahmend in Richtung des Backsteingebäudes. Auf dem Weg zur Haustür grübelte sie über die lange, schwere Krankenhauszeit nach. Dabei bewegte sich ihr Kinn in schnellen Wellenbewegung auf und ab. Wenige Minuten später saß Vincent Wartenberg ihr gegenüber. Sie sah ihn stumm an.

„Wie fühlen Sie sich", fragte der Therapeut, „jetzt, wo Sie ein neues Auto fahren?"

„Ich dachte", erwiderte Hannah zögernd, indem sie auf der Sitzfläche des Ledersessels nach vorn rutschte, „... ich dachte, wieder am Steuer zu sitzen, würde alles besser machen. Wieder selber zu fahren, würde alle Probleme lösen. Aber nichts hat sich verändert, rein gar nichts." Sie rieb ihre Handflächen an der Jeans ab.

Wartenberg nickte mehrmals, bevor er sagte: „Weil Sie sich noch nicht damit auseinandergesetzt haben, was Ihnen zugestoßen ist."

„Nein, es hat schon vorher angefangen. Bevor der Unfall passiert ist. Ich habe zugelassen, dass es mich bestimmt. Dass es mich antreibt, anderen zu helfen. Dass es mich zwingt, besser als andere zu sein. Dass es mich zu dem gemacht hat, was ich bin. Aber …"

Er nickte erneut, als er nachhakte: „Aber?"

Hannah sprang auf, steckte ihre Hände in die Gesäßtaschen der Jeans und drehte Wartenberg den Rücken zu. Sie reckte ihr Kinn empor und atmete tief ein. „Ich schaffe es nicht mehr, die Erwartungen, die sich an mich richten, zu erfüllen. Ich bin Lichtjahre davon entfernt. Ich bin Mutter. Oder sollte es zumindest sein. Ich war Ehefrau. Den Weg an die Seite meines Mannes finde ich nicht mehr." Hannah hinkte, ihren Oberkörper vorneigend, hinter dem Sessel langsam auf und ab. „Auch bin ich keine Freundin mehr für Katharina. Für die Leute in der Firma trage ich die Verantwortung. Aber gerecht werden kann ich ihr nicht mehr. Die Erwartungen der anderen zu erfüllen, ist mir unmöglich."

Wartenberg legte die Spitzen seiner ausgestreckten Finger zusammen und wartete. Hannah sah ihn mit schmerzverzerrtem Gesicht an. „Ich weiß nicht, ob ich unter diesen Bedingungen eine gute Mutter sein kann. Ich weiß nicht, wie ich es sein kann, ohne meine Tochter zu enttäuschen."

„Hatten Sie ein enges Verhältnis zu Ihrer Mutter?"

„Meiner Mutter? Glauben Sie, ich habe Angst davor, meine Mutter zu enttäuschen?"

Mit nunmehr im Schoß gefalteten Händen antwortete Wartenberg sanft: „Sie ist tot. Sie können Ihre Mutter nicht enttäuschen. Nur sich selbst können Sie enttäuschen, Hannah. Der Tod Ihrer Mutter wird immer ein Teil von Ihnen sein. Und damit müssen Sie Ihren Frieden schließen. So wie Sie mit Ihren Narben am Bein Frieden schließen müssen."

Hannahs Tränen liefen immer rascher. Sie wischte sie mit den Unterarmen weg und nahm wieder Platz. Sie griff nach den Papiertaschentüchern auf dem Beistelltischchen neben dem Sessel. „Und wie", sie kämpfte mit ihrer krächzenden Stimme, die gänzlich zu versagen drohte, „und wie soll ich das schaffen?"

Lächelnd blickte Wartenberg sie an. „Ich kann Ihnen helfen, wenn Sie dazu bereit sind", sagte er.

Nach einer Stunde bei ihrem Therapeuten verließ Hannah das alte Backsteinhaus. Auf dem Bürgersteig bog sie nach rechts ab. Stoppte nach ein paar Schritten, um in die entgegengesetzte Richtung zu bummeln. Sie blieb erneut stehen, reckte ihr Kinn und schaute in Richtung Himmel. Noch tiefer vergrub sie ihre Hände in den Manteltaschen. Sie schüttelte die für den Monat Mai ungewöhnliche Kälte von ihren Schultern und machte kehrt, um zu dem Café am Ende der Straße zu laufen. Sie brauchte jetzt ganz dringend einen leckeren heißen Kaffee.

Auf dem Weg zum Café sah Hannah das steinerne Eingangsportal zum Melatenfriedhof. Die eisernen Gittertore standen offen. Spontan bog sie ab, um durch das Tor mit der goldenen Inschrift darüber die grüne Friedhofsoase zu betreten. Sofort roch sie die feuchte Erde. Die Luft war noch etwas kälter als da draußen, wo das Leben tobte. Der Straßenlärm entfernte sich rasch. Nur noch Stille und ein paar Vögel in der Ferne, die leise zwitscherten. Hannah schloss lächelnd ihre Augen und atmete die erfrischende Luft ein. So wunderbar still und friedlich lag ihr der Friedhof zu Füßen. Sie fühlte sich auf der Stelle leichter, ja fast frei, und so unbeschwert. Alles schien auf einmal möglich. Die magische Stimmung, die hier an diesem Ort herrschte, zog sie an. Sie wollte mehr davon. Gemächlich schritt sie den zu beiden Seiten von Grabstätten flankierten Weg entlang. Die Aufschriften ließen sie über die Menschen rätseln, die dort ihre letzte Ruhestätte gefunden hatten. Ihre Gedanken flogen zu denen, die hier an den Gräbern standen, um die Toten zu betrauern. Sie lebte. Sie hatte die Chance, aus ihrem Leben etwas Sinnvolles zu machen. Sie konnte ihren Weg gehen. Sie hatte alle Chancen auf ihrer Seite, während die, die hier lagen, keine weitere mehr bekamen.

Schließlich erreichte Hannah eine weitläufige runde Wiesenfläche, ähnlich einem Kreisverkehr, der mit seinen Abzweigungen in verschiedene Richtungen zu weiteren Grabreihen führte. Sie betrachtete die Inschriften der teils monumentalen Grabkreuze. Familiendenkmäler, die die Geschichten von Generationen oder deren Auslöschung erzählten. Hannah nahm die wunderbare kalte Luft immer tiefer in sich auf. Als Kind war sie mit ihrer Mutter öfter auf diesem Friedhof spazieren gegangen. Oder mit der Straßenbahn hier vorbeigefahren. Sie grübelte darüber nach, wann sie in der letzten Zeit einen Friedhof besucht hatte. In ihren Gedanken erschien Katharina. Und Justus, wie er im Krankenhausbett lag, friedlich schlafend, ohne wirklich zu atmen. So unerreichbar weit weg, für immer und alle Zeit. Katharinas Kampf, der mit der Zeit immer grausamer geworden war und mit der tödlichen Realität kein Ende genommen hatte. Wie sie gemeinsam die Hölle durchmachten, ohne zu wissen, wie lange ihr Kampf noch dauern würde. Bis sich dann irgendwann das Blatt gegen sie selber wendete. Mit der Zeit forderte Katharinas Handeln Hannahs eigenes Schicksal heraus, was mit diesem fatalen Autounfall endete.

Ein Hupen schreckte sie aus ihren Gedanken auf. Hinter ihr stand ein Friedhofsgärtner mit seinem Reinigungsfahrzeug und blickte sie vorwurfsvoll an, weil sie mitten auf dem Weg stand. Während sie ihn ansah, verschwammen die Bilder vor ihrem inneren Auge hinter aufsteigenden Tränenschlieren. Der Gärtner hob entschuldigend die Hand und fuhr mit respektvollem Abstand vorsichtig an Hannah vorbei.

Hätte sie damals, als sie in diese Kreuzung eingefahren war, ihr Schicksal vorausgesehen, hätte sie alles dafür gegeben, dass es an ihr vorübergefahren wäre. Nach dem Aufprall lag sie dort, in den Trümmern ihres Wagens. Jasmina leistete ihr Erste Hilfe, beatmete sie, tat alles, um sie von der Unfallstelle wegzubringen. Jasmina kämpfte, damit sie überlebte. So wie sie gekämpft hatte, damit Katharina überlebte. Überleben … Die, die hier lagen, hatten diese Chance nicht. Sie selbst hätte jetzt auch hier liegen können!

Hannahs bleischwere Beine zerrten an ihr. Mit letzter Kraft ließ sie sich auf die nächste Parkbank fallen. Unaufhörlich liefen Tränen über ihre Wangen. Sie schlug sich mit der Hand auf den Mund, um nicht laut zu schreien. Sie könnte hier liegen, in einem dieser eiskalten steinernen Gräber, für immer gefangen, ohne Zukunft. Aber sie lebte! Das Schicksal hielt sogar noch ein Geschenk für sie bereit, eigentlich sogar zwei. Sie hatten beide überlebt, Carla und sie. Ohne voneinander zu wissen, kämpften sie gemeinsam. Hannah vergrub ihr Gesicht in den Händen. Diese Gedanken, die alles Leben zu hemmen und zu lähmen drohten, setzten ihr ungeheuer zu. Sie wusste, sie musste mit aller Kraft dagegen ankämpfen, aber sie hatte keine Kraft mehr.

Irgendwann holte der Signalton ihres iPhones Hannah ins Jetzt zurück. Eine SMS von Thomas.

Wann kommst du nach Hause? Der Hefeteig muss ziehen.

Hannah las die Nachricht, biss sich auf die Unterlippe und las erneut. Sie tippte: *Zwischen fünf und sechs Uhr denke ich. Was gibt es denn?*

Thomas: *Hefeteigblume mit Tomatenpesto zur Grillbeilage. Wir freuen uns auf dich! Was von Katharina gehört?*

Hannah: *Nein. Bis später. H.*

Immer noch auf der Bank sitzend, hielt Hannah ihr Handy in den Händen. Ja, Katharina und der sechzigste Geburtstag vor zwei Wochen, ein erneuter Tiefpunkt in ihrer Freundschaft. Seitdem beiderseitige Funkstille. Erst jetzt fiel es Hannah auf. Erneut wischte sie mit dem Handrücken über ihr tränennasses Gesicht. Einige Minuten lang starrte sie auf den Boden zu ihren Füßen. Dann nahm sie ihr Handy und wählte Katharinas Nummer. Das Freizeichen erklang und wurde nach ein paar Tönen von einem Besetztzeichen abgelöst. Erstaunt wollte Hannah in der Anruferliste die Nummer erneut auswählen, bis sie auf dem

Display las: – Anruf abgebrochen –. Katharina drückte sie weg? Seufzend steckte sie ihr Mobiltelefon in die Manteltasche, erhob sich von der Bank und schlenderte weiter. Auf einem kleinen Seitenweg bemerkte sie eine Trauergemeinde. Etwa fünfzehn Personen, im stillen Gebet versunken, gaben jemandem das letzte Geleit. Hannahs weiterer Weg führte sie nun an frischen Gräbern mit Trauerkränzen vorbei, so bunt wie das Leben.

Ein erneutes Piepen ihres Mobiltelefons riss sie aus ihren Gedanken. Eine SMS von Frau Henseler:

Wann kommen Sie ins Büro? Ihr nächster Termin beginnt in einer Stunde. AH

Sofort tippte Hannah:

Bin auf dem Weg. Bitte die Unterlagen auf meinen Schreibtisch legen. Danke! HS

Nach den Besprechungen in den Farber-Werken fuhr Hannah mit einem Stapel Akten nach Hause. Während der Autofahrt rief sie Thomas an, damit er den Grill anwerfen konnte. Als sie die Haustür aufschloss, duftete es überall nach dem heißen Teig im Backofen. Nachdem sie ihre Sachen eilig an der Garderobe abgelegt hatte, trat Hannah in die Küche. Dort eilte ihr Thomas mit einer umgebundenen Kochschürze entgegen und küsste sie kurz im Vorbeigehen, mit zwei Tellern in den Händen. Im Esszimmer spielte Carla auf ihrer Krabbeldecke. Hannah sprach sanft mit ihr. Die Kleine lachte und zappelte. Behutsam nahm Hannah sie und kuschelte mit ihr, bis das Essen fertig auf dem Tisch stand.

Ein Piepen rief Thomas in die Küche. Die Hefeteigblume war fertig und Hannah nahm sie Thomas ab. Carla schaute aus ihrem Kindersitz auf die dampfende Hefeteigblume, die Hannah zwischen die Teller stellte. „Hier kommt der Rest!“, rief Thomas und brachte zwei Teller mit Grillfleisch und gegrillten Pilzen. „Sieht lecker aus und riecht köstlich“, lobte Hannah ihn.

„Danke, es war Carlas Idee.“

„Warum hast du heute Morgen nach Katharina gefragt?“

„Die dicke Luft zwischen euch ist unübersehbar.“

„Aha.“

„Oder hast du seit dem Geburtstag irgendetwas von ihr gehört?“

Hannah zwinkerte mit dem Auge. „Eigentlich nicht … nein … gar nichts.“

Thomas biss in sein Stück Hefeteigblume und nickte schmatzend. „Sie ist wahrscheinlich sauer, wegen ihres Geburtstags.“

Hannah sah ihn mit großen Augen an.

„Du hättest vielleicht am Tag danach noch einmal anrufen sollen?“

„Ich?“ Hannah schüttelte verneinend den Kopf. „Warum hätte ich das tun sollen?“

„Weil sie Geburtstag hatte. Hast du ihr eigentlich gratuliert?“

„Nein, natürlich nicht. Sie wollte den Tag ausfallen lassen!“

„Stimmt.“

„Ich habe mich nur an die Absprache gehalten. Also gibt es keinen Grund für dicke Luft.“

„Warum meldet sie sich dann nicht?“

Hannah hob kurz die Schultern.

Beide schwiegen eine Zeitlang, bis Thomas fragte: „Und wie sieht es mit uns aus?"

Hannah verschluckte ein heißes Pilzstück und hustete. Sie sprang auf und lief zum Wasserhahn, um sich ein Glas Wasser zu holen. Dann fragte sie aus der Küche: „Was soll mit uns sein?"

„Wir sind eine Familie. Wir sind Eltern. Wir sind verheiratet, aber kein Ehepaar."

„Thomas, bitte! Was machen wir denn gerade hier? Machen Ehepaare das nicht? Zusammen essen?"

„Doch. Aber alles andere fehlt."

„Wovon sprichst du?"

„Wir kuscheln nicht mehr. Du schläfst in deinem Schlafzimmer, ich in meinem."

„Ah, typisch Mann. Es geht wieder nur um Sex. Warum dreht sich bei euch Männern immer alles nur um Sex?"

„Das ist unser Fortpflanzungstrieb. Den können wir nicht abstellen. Also was ist nun?"

„Was nun?"

„Ich möchte meine Ehefrau zurückhaben. Wieder ein Eheleben führen!"

„Bitte … was soll das jetzt? Wir hatten bisher ein so schönes Abendessen. Jetzt habe ich keinen Hunger mehr!"

„Du beantwortest meine Frage nicht."

„Welche Frage denn?", entgegnete Hannah mit zitterndem Kinn.

„Wann du in unsere Ehe zurückkehrst?" Thomas senkte den Kopf. „Oder ob du überhaupt zurückkehrst?"

Hannahs Kinn bebte unaufhörlich. Mit einer fahrigen Bewegung stellte sie ihr Glas in die Spülmaschine, dass es schepperte, und drückte die Tür der Maschine unsanft zu.

Sie stapfte aus der Küche zur Garderobe. Schnappte ihre Sachen, um anschließend zur Haustür hinaus, zur Garage zu laufen. Mit ihrem Audi fuhr sie ziellos durch die Gegend. Ihre Gedanken rasten. Nur mit Mühe konnte sie sich auf den Straßenverkehr konzentrieren. Ihre Augen suchten Haltepunkte. Doch die Gedanken kehrten immer wieder zu dem Streit mit Thomas zurück. Und lenkten auch ihren Blick von der Straße ab. Unruhig rutschte sie auf dem Fahrersitz hin und her. Irgendwann stoppte sie an einer Kreuzung vor einer roten Ampel. Nun sah sie auch das Gebäude hinter der Kreuzung. Sie erkannte es sofort. Sie stand nicht an irgendeiner Straßenkreuzung. Es war *die* Kreuzung. Die Kreuzung, die ihr Leben aus der Bahn katapultiert hatte. Hannah starrte krampfhaft auf einen weiter entfernten Punkt im Hintergrund. Sie gab Gas, umklammerte das Lenkrad. Sie saß wieder in ihrem blauen BMW Cabrio, und pochende Musik dröhnte in ihren Ohren. Sie drückte die Finger auf die Ohren, damit dieser Lärm aufhörte. Doch dann drehte sich alles um sie herum, schneller, immer schneller. Auch das Blut in ihrem Körper schien schneller zu zirkulieren. Sie atmete in kurzen, heftigen Zügen. Jeden Moment erwartete sie ihn, diesen gnadenlosen krachenden Aufschlag. Sie zog den Kopf ein. Jeden Moment musste es passieren. Der Wagen hinter ihr hupte ungehalten. Dann hörte sie ein Reifenquietschen. Empört aus dem Seitenfenster heraus gestikulierend und immer noch hupend zog ihr Hintermann links an ihr vorbei. Jemand klopfte gegen ihre Seitenscheibe. Hannah senkte die Hände, um zum Fenster zu schauen. Da stand jemand, an die Scheibe klopfend. Sie drückte den Taster, um die Scheibe herunterzulassen.

„Brauchen Sie Hilfe?", fragte eine weibliche Stimme.

„Nein, danke", erwiderte Hannah. „Es geht schon wieder!"

„Hannah! Du? Seit wann fährst du wieder selber? Du bist kreidebleich. Und nassgeschwitzt. Los, fahr da rechts rüber, auf den Parkstreifen! Ich bin hinter dir."

Hannah nickte. „Okay." Sie schloss das Seitenfenster, fuhr los und bremste sofort wieder. Zwischenzeitlich sprang die Ampel auf Rot. Der Wagen hinter ihr rollte ein Stück vor, bevor auch er stoppte. Bei Grün fuhr Hannah los. Sie hielt auf dem Parkstreifen hinter der Gabelung. Als sie den Motor abgestellt hatte, sackte sie nach vorn, bis ihr Kopf das Lenkrad berührte. Jemand zog mehrmals heftig am Türgriff des Audis. Klopfte hektisch gegen die Scheibe und rief nach ihr. Hannah warf sich gegen die Lehne, bevor sie die Seitenscheibe herunterfahren ließ. Eine Hand griff ins Wageninnere, fingerte nach dem Türöffner und fand ihn auf der Innenseite. Die Wagentür sprang auf, und sofort spürte Hannah, wie sich eine warme Hand auf ihre Schulter legte. „Hanni! Hörst du mich? Geht es wieder? Was machst du in diesem Auto? Seit wann fährst du wieder selber?"

Hannah konzentrierte sich auf ihre Atmung. Sie versuchte, gleichmäßig zu atmen und ihren Puls zu beruhigen. „Welche deiner Fragen soll ich zuerst beantworten?“

„Jetzt werde nicht auch noch frech!“

„Wieso frech?“, meinte Hannah, während sie vorsichtig aus dem SUV kletterte. Sie brauchte frische Luft, ganz dringend.

„Du blockierst doch hier den Verkehr!“

Für einen Moment schloss Hannah die Augen. „Das hier ist die Kreuzung, wo ich fast gestorben wäre“, flüsterte sie.

„Wenn dich das so mitnimmt, dann komm einfach nicht hierher!“

„Aha, so einfach!“

„Ja, so einfach! Warum fährst du überhaupt schon wieder Auto, wenn du nicht in der Verfassung dazu bist?“

„Weil das Leben weitergehen muss? Weil man sich nicht ewig davor drücken darf? Weil man sich mit den Dingen auseinandersetzen muss? Wie zum Beispiel mit dir?“

Katharina riss ihren Mund auf. Doch Hannah kam ihr zuvor: „Dieser Unfall hätte mich fast das Leben gekostet! Ich kann bis heute nicht richtig gehen. Ich werde wahrscheinlich ein Leben lang in meiner Bewegungsfreiheit eingeschränkt sein. Bei diesem Unfall habe ich mich verloren – für immer. Und das habe ich alles nur dir zu verdanken! Weil ich so dumm war, dir das Leben zu retten. Und … und als Dank blamierst du mich in der ganzen Branche! Ruinierst meine Ehe! Vernichtest mein Leben! Aber nein, auch das reicht nicht! Madame muss noch eins draufsetzen! Und noch eins! Und noch eins!“ Mit schmerzverzerrtem Gesicht blitzte Hannah ihre Freundin an.

„War's das?", fragte Katharina.

Hannahs Antwort kam nur im Flüsterton. „Ihr hättet mich besser in dem Wrack sterben lassen sollen."

Katharina hielt die Hand vor ihren Mund, bevor sie sich von Hannah abwandte. Auch Hannah schaute weg. Sie kochte vor Wut. Der Schmerz brannte wie ein glühendes Eisen in ihr. Aus dem Augenwinkel nahm sie wahr, wie Katharinas ausgestreckter Zeigefinger auf sie zuschoss. Wie eine verlängerte Gewehrkugel, die Hannah jeden Moment durchbohren würde.

„Ich lasse mir von dir nicht die Schuld für dein verkorkstes Leben in die Schuhe schieben. Dafür hast du sehr gut alleine gesorgt. Wenn du nicht Auto fahren kannst, dann fahr Taxi. Das ist billiger, als wenn du den ganzen Straßenverkehr aufhältst und wieder einen Unfall verursachst. Du bist damals in diese Kreuzung hier reingefahren. Du hast andere mit deinem rücksichtslosen Verhalten gefährdet. Du hättest, als du dich überschlagen hast, weiß Gott noch andere töten oder verletzen können! Hast du dir jemals die Frage gestellt, was du mir mit deinem Unfall angetan hast? Wie ich danach dagestanden habe? Was ich für Fragen beantworten sollte? Wie man mit mir in der Firma umgegangen ist? Und die Krankenschwestern erst, die uns diese Bodybuilder auf den Hals gehetzt haben! Hast du darüber mal nachgedacht? Statt dich in deinem egoistischen Selbstmitleid zu suhlen?"

„Weißt du was, fahr bitte einfach weiter und lass mich in Ruhe!"

„Oh, sind wir jetzt wieder eingeschnappt?"

„Worüber? Wer von uns beiden nicht richtig Auto fahren kann, steht auf den vielen gelben Karten, die du so gern sammelst. Wie man mit dir umgeht, das liegt ganz allein daran, wie du deine Umwelt schikanierst. Also, wenn du es unangemessen findest, liegt es einzig und allein bei dir, daran etwas zu ändern. Ein Glück, dass Justus das alles nicht mehr miterleben musste."

„Hannah, es reicht jetzt! Du benimmst dich wieder wie ein kleines trotziges Kind!"

„Na, dann spiel du dich hier nicht als Übermutter auf! Kehre lieber mal vor deiner eigenen Haustür, und jetzt fahr bitte weiter!"

„Von dir lasse ich mir nicht vorschreiben, was ich zu tun oder zu lassen habe!"

„Ich habe dich nicht hergebeten!"

„Ach, komisch, ist mir noch gar nicht aufgefallen! Weißt du was, das erinnert mich irgendwie an meinen Geburtstag. Da warst du auch eingeschnappt, weil Bella mir so eine wunderbare Party geschenkt hat. Du bist wie eine beleidigte Leberwurst abgehauen und hast mir bis heute noch nicht mal gratuliert."

Hannah begann kehlig zu lachen. „Warum sollte ich dir zum Geburtstag gratulieren? Madame hatten befohlen, dass der Tag ausfällt! Kein Geburtstag – keine Gratulation. Ist doch logisch, oder? Ich halte mich an Absprachen zwischen uns. Etwas, was du nie gelernt hast!"

„Du hast mir meinen Geburtstag versaut!"

„Ich?"

„Ja, du! Einfach so abzuhauen, ohne zu gratulieren oder mit reinzukommen. Was wäre denn dabei gewesen?"

Schweigend starrte Hannah in Katharinas feuerrotes Gesicht und senkte den Kopf. Ihre Schultern sanken kraftlos herab. Mit heiserer Stimme antwortete sie: „Du wolltest diesen Geburtstag nicht. Ich musste dir versprechen, nichts zu machen, aber auch wirklich gar nichts! Und jetzt klagst du mich genau deswegen an? Wie krank ist das denn?“ Mit einer brüsken Bewegung wandte sie sich von Katharina weg, stieg in ihr Auto und brauste davon.

Eine Runde fuhr sie um den Block. Als sie zur Kreuzung zurückkam, war die Luft rein. Keine Katharina mehr zu sehen. Hannah bugsierte den Audi in eine Parklücke am Straßenrand. Als sie aus dem Wagen ausstieg, erhöhte sich erneut der Druck, der auf ihrem Brustkorb lastete. Sie versuchte, mit Gegendruck dagegen zu arbeiten, doch ihr Atemgeräusch verstärkte sich weiter. Jeder Luftzug erforderte einen schier übermenschlichen Kraftaufwand. Ihre bleischweren Beine streikten. Rücklings lehnte sie gegen ihren SUV und versuchte ihre Beklemmung durch langsames, gleichmäßiges Ein- und Ausatmen in den Griff zu bekommen. Schon wurden ihre Atemstöße wieder heftiger. Ihr Herz raste und jeden Moment rechnete sie damit, dass ihre Beine nachgaben. Sie riss die Autotür auf, ließ sich schwer auf den Fahrersitz fallen und zog mit letzter Kraft die Beine in den Wagen.

Nach einer gefühlten Ewigkeit ließ der Druck in ihrer Brust durch das gleichmäßige Atmen nach. Ihr feuchtkaltes Gesicht war schweißnass, ihre blutleeren Hände zitterten. Vorsichtig startete Hannah den Wagen. Sie wollte nur noch fort. Fort aus dieser Hölle.

In dieser Nacht erwachte Hannah mehrmals schweißgebadet nach Albträumen. Zweimal musste sie den Schlafanzug wechseln, bevor sie, schon kurz vor dem Morgengrauen, in einen gleichmäßigeren, oberflächlichen Halbschlaf sank.

Kapitel 6

Irrwege

Am nächsten Morgen quälte Hannah sich aus dem Bett. Das Spiegelbild war gnadenlos und verriet sie auf ganzer Strecke. Ein kreideweißes Gesicht, so weiß wie die Wand, rotverheulte Augenlider und tiefdunkle Ränder unter den Augen. Schulterzuckend öffnete sie ihre Schublade am Waschbecken. Nach einer Stunde harter Malerarbeiten im Badezimmer, einer aufwändigen Suche nach dem passenden Anzug für den Tag und einem vierfachen Espresso machte Hannah sich auf den Weg zu den Farber-Werken. Im Büro reichte ihr Frau Henseler die Unterlagen für den Vormittag. Sie fragte, ob sie noch etwas für die Besprechungen vorbereiten solle. Hannah verneinte. Frau Henseler nickte und fragte, ob sie sonst etwas für Hannah tun könne. Auch das verneinte sie und dankte ihrer Sekretärin.

Hannah blätterte die Unterlagen durch, machte sich Notizen und rief Jasmina in ihr Büro. Auf dem Tisch vor ihnen breitete Hannah die Blätter mit den Zahlenkolonnen aus.

„In der Tabellenkalkulation kann etwas nicht stimmen. Danach hätten wir mehr als fünfzehn Prozent Ausschuss produziert", sagte Hannah. Sie blickte von den Papieren zu Jasmina auf. Auf ihrem Stift kauend, stützte Jasmina ihren Kopf ab.

„Jasmina?"

„Schon möglich, dass wir so viel Ausschuss produziert haben. Wir hatten einige Probleme an den Fließbändern."

„Aber niemals fünfzehn Prozent! Dann hätten wir jede sechste Flasche einer anderweitigen Verwendung zugeführt. Das kann nicht sein!"

„Doch. Steht ja hier. Das wird schon stimmen."

Während Hannah sich in ihrem Bürostuhl zurücklehnte, beobachtete sie ihre Assistentin. Erst jetzt fiel ihr auf, dass Jasmina eine graue Hose mit einem grauen Strickrolli trug. Beides betonte ihre fahle Gesichtsfarbe. Noch immer kaute Jasmina auf dem Stift herum.

„Okay. Warum sind dann die Verwertungskosten genauso hoch wie in den letzten Quartalen? Steht die Ware noch im Lager? Oder was ist damit?"

Jasmina sah Hannah fragend an. „Wo soll die Ware denn stehen? Das müssten an die dreißig Paletten sein."

Mit verschränkten Unterarmen, immer noch zurückgelehnt, nickte Hannah ihrer Assistentin zu.

„Ja, okay, sind wir dann fertig?", fragte Jasmina. „Ich muss noch die Präsentation für heute Nachmittag vorbereiten."

„Wie, jetzt?"

„Entschuldigung, aber es war zu viel zu tun. Da ist es bisher nicht möglich gewesen." Jasmina schob ihre Unterlagen zusammen und wollte von ihrem Stuhl aufstehen, als Hannah sie stoppte:

„Nee, wir sind noch nicht fertig!"

Jasmina seufzte, nahm aber erneut Platz.

„Jasmina, was ist los mit dir? Dreißig Paletten verschwinden nicht so einfach. Also ist es das Naheliegendste, dass sich ein Formelfehler oder ein Tippfehler in die aufsummierten Zahlen eingeschlichen hat. Spätestens bei dreißig … also dreißig Paletten sind eine verdammt große Menge … also spätestens dann hättest du hellhörig werden müssen! Früher war das auch so. Warum ist es heute anders? Kannst du mir das bitte erklären?"

Jasmina saß stumm da, nun ebenfalls mit verschränkten Unterarmen.

„Ich muss mich zu hundert Prozent auf dich verlassen können", fuhr Hannah fort. „Und ich brauche deine Unterstützung hier."

„Deine Anforderungen sind zu hoch", sagte Jasmina mit dumpfer Stimme. „Das Niveau schaffe ich nicht."

„Was für ein Quatsch ist das denn?", entgegnete Hannah, mit ein wenig mehr Schärfe in der Stimme, als sie eigentlich beabsichtigte. „Du hast früher schon viel schwierigere und komplexere Projekte locker gemanagt."

Von einer Sekunde auf die nächste brach Jasminas Haltung zusammen und sie begann heftig zu weinen. „Das stimmt nicht!", rief sie laut schluchzend. „Wir haben sie zusammen durchgeboxt! Es wäre besser, wenn ich kündige. Dann bist du mich endlich los!"

Mit ungläubig geöffnetem Mund saß Hannah ihrer Assistentin gegenüber. „Wie bitte?" Sie sprang auf, humpelte zur Bürotür und streckte die Hand nach der Klinke aus. Doch in diesem Augenblick wurde die Tür von außen geöffnet. Frau Henseler erschien mit zwei Tassen in der Hand, aus denen es dampfte.

Sie stellte die Tassen auf den Tisch, noch bevor Hannah die Bürotür schloss.

„Heißer Kaffee und Tee kann bei Verspannungen helfen. Da dachte ich mir, ich bringe schnell welchen", sagte Frau Henseler. Hannah dankte ihr und bat sie zu bleiben. Angelika Henseler schaute zuerst ein wenig zögernd zu der zusammengesunkenen Jasmina und setzte sich dann auf einen freien Stuhl. Auch Hannah nahm Platz. Sie sah ihre Sekretärin an und nippte an ihrer Tasse, bevor sie zu sprechen begann. „Jasmina hat mir soeben angeboten, zu kündigen, damit ich sie endlich los wäre. Frau Henseler, haben Sie auch das Gefühl, dass ich Sie loswerden wollte?"

Die Sekretärin schaute zu Jasmina und antwortete: „Nein, im Gegenteil. Mein Eindruck ist, Sie brauchen verlässliche Mitarbeiter mehr denn je."

„Danke, ich habe bereits absolut verlässliche Kolleginnen. Sie sind sogar dann an Ort und Stelle, wenn ich ziemlich in der – sagen wir mal – Scheiße hänge und vor lauter Blutungen mit Sauerstoffmangel kämpfe. Für Jasminas Hilfe zur rechten Zeit bin ich sehr dankbar. Ohne Jasmina gäbe es Carla nicht. Für den Unfall bin ich allein verantwortlich. Das hat nichts mit den Demonstrationen der Kollegen vor dem Farber'schen Anwesen oder den Protestaktionen bei Katharinas Lesungen zu tun. Allein mein Verschulden hat zu dieser Katastrophe geführt. Was unser Arbeitsklima angeht, bedaure ich sehr, dass es zu Unmut führt. Wir können hier nur als Team siegen. Also, was können wir tun, damit es wieder besser wird?"

Das Gespräch beruhigte sich allmählich. Angelika Henseler unterbreitete ihrer Chefin ein paar Ideen und Vorschläge. Auch Jasmina beteiligte sich nach einer Weile wieder am Gespräch. Einem gemeinsamen Essen stimmten für den Anfang alle drei zu.

Nach dem Mittagessen kämpfte Hannah mit dem Schlaf. Die vergangene Nacht steckte ihr merklich in den Knochen. Die letzten Arbeitsstunden zogen sich ungewohnt in die Länge. Auf dem Weg nach Hause konnte sie kaum ihre Augen aufhalten und gähnte fortwährend. Ihr Nacken knackte bei jeder Bewegung. Sie riss die Augen auf und schaute konzentriert auf die Straße vor ihr. Kurz bevor sie zu Hause ankam, klingelte ihr Handy und die Freisprechanlage nahm das Gespräch automatisch an. Es war Rudnik. Höflich begrüßte er Hannah und bat sie um ein persönliches Gespräch. Hannah stimmte einem Treffen mit ihm am Freitag kommender Woche im Ruderclub in Köln-Rodenkirchen zu. Auf ihre Frage, worum es bei diesem Gespräch gehen solle, antwortete Rudnik ausweichend. Doch Hannah, die an Svenjas eindringliche Vorwarnung dachte, wusste es bereits.

Freitag vor Pfingsten

Wegen des beginnenden langen Pfingstwochenendes stand der Verkehr in und rund um Köln. In den verstopften Straßen ging es nur im Schritttempo voran. Angespannt und etwa zehn Minuten zu spät traf Hannah auf dem Parkplatz des Ruderclubs in Rodenkirchen ein. Eilig schritt sie hinkend in Richtung Clubhaus. Durch ein Fenster sah sie ihn bereits, in seinem Nadelstreifen-Anzug und seiner schwarzen Rundbrille. Ihn, der stets hager war und seine weißen Haare akkurat kurz geschnitten trug. Hannah eilte auf ihn zu und entschuldigte ihre Verspätung. Rudnik hatte sich höflich erhoben und sagte nur: „Passt schon. Sie sind hier."

Hannah nahm Platz und bestellte einen Milchkaffee, Rudnik wählte einen Orangensaft. Mit einem „Kommt sofort" eilte der junge Kellner davon. Diesen Moment nutzte Rudnik, faltete seine Hände und begann: „Frau Schuster, wir kennen uns nun schon einige Jahre, und Sie wissen, ich bin kein Mann langer Reden." Zuerst sah er ihr direkt in die Augen, bis seine Blickrichtung an Hannah vorbei abwanderte. Dies irritierte sie.

„Man hat mich gebeten", fuhr Rudnik fort, „Ihnen ein äußerst attraktives Angebot zu unterbreiten. Im Zuge von Umstrukturierungsmaßnahmen werden wir in naher Zukunft einen Vorstand für die Sparte Reinigen und Pflegemittel benötigen. Niemand ist für diese Aufgabe qualifizierter als Sie, liebe Frau Schuster. Unser Konzern braucht Sie. Selbstverständlich können Sie Ihr Team mitbringen. Ihr Gehalt wird sich aus fixen wie auch erfolgsabhängigen Teilen zusammensetzen. Aber das kennen Sie ja bereits. Man hat mich beauftragt, Ihre Bedingungen sowie auch Ihre Gehaltsvorstellungen abzufragen."

Hannah vermied jedwede Regung in ihrem Gesicht. Aufmerksam hörte sie ihrem ehemaligen Chef zu. Der versuchte, seine Füße unter dem Tisch stillzuhalten. Seine Handinnenflächen trocknete er ein ums andere Mal in seinen Jacketttaschen ab. Auch das bemerkte Hannah. Rudnik fühlte sich sichtlich unwohl in seiner Haut, und Hannah genoss es.

„Selbstverständlich unterstützen wir Sie bei Ihrem zeitraubendem Genesungsprozess. Griff ist für seine großzügigen Sozialleistungen für Mitarbeiter mit Behinderungen bekannt." Rudnik hüstelte kurz. „Sie werden doch wieder vollkommen gesund, oder?"

Der Kellner brachte die Getränke und Hannahs Aufmerksamkeit schweifte für einen Moment ab. Hatte er gerade Behinderung gesagt? Sie wiederholte seine Worte im Geiste. Dennoch verloren sie ihre Härte dadurch nicht. Mit kühler Stimme sagte sie: „Keiner meiner Ärzte sprach bisher von einer Behinderung oder bleibenden Schäden."

„Ehm, das freut mich. In unserer Position dürfen wir nicht angeschlagen sein, sondern müssen zweihundert Prozent Leistung erbringen. Aber das wissen Sie ja. Sicherlich werden Sie diese volle Einsatzfähigkeit bald wieder erlangen … Ich meine, sicher werden Sie bald wieder so dynamisch sein wie früher. Mit Ihrer Dynamik haben Sie alle begeistert. Auch ich habe immer an Sie geglaubt."

Hannah schaffte es, ihre Fassade aufrechtzuerhalten. Je mehr Rudnik sprach, desto fester wurde ihr Schutzwall. „Danke für Ihr Vertrauen in mich", sagte sie. „Gibt es noch andere Kandidaten für den neuen Vorstandsposten?"

„Man hat mich gebeten, Sie anzusprechen. Griff braucht Sie."

Hannah nickte, während Rudnik zurückgelehnt mit seinen Fingerspitzen spielte. „Sie wissen", sagte sie, „dass ich die Farber-Werke nicht so einfach verlassen werde."

„Das ist uns bewusst. Unser Angebot gilt als Gesamtpaket, inklusive der Farber-Werke. Eine Eingliederung in unsere Konzernstruktur ist machbar. Wenn Sie es wünschen, werden die Farber-Werke als Teil des Griff-Konzerns weiterhin von Ihnen betreut. Sicherlich nicht in dem Umfang wie heute. Aber dies wird auch bei minimierter Belegschaft nicht vonnöten sein."

Hannahs Halsschlagader pulsierte. Rasch strich sie sich ihre Haare aus der Stirn. „Was ist mit Sandoz?"

Abrupt setzte Rudnik sich aufrecht hin. „Mir ist nichts über die Pläne von Herrn Sandoz bekannt", erwiderte er, hastig seine Brille zurechtschiebend.

Hannah lächelte, trank ihren Milchkaffee aus. „Sonst noch etwas, das ich wissen müsste?"

Rudnik schüttelte verneinend den Kopf.

„Bis wann brauchen Sie meine Antwort?"

Rudnik hob seine Augenbrauen. „So schnell wie möglich. Und bitte behandeln Sie unser Gespräch vertraulich!"

„Meine Integrität ist Ihnen sicher. Und Sie?"

Rudnik hustete kurz in die vorgehaltene Faust und nickte zustimmend.

„Gut, dann wäre das ja geklärt. Ihr Angebot werde ich überdenken." Hannah stand auf, nahm ihre Tasche und streckte Rudnik die Hand entgegen. Er reichte ihr seine Hand und erhob sich ebenfalls.

Solange Hannah Dietmar Rudnik kannte, so lange klemmte er seine Aktenmappe unter den Arm. Dem Kellner machte er ein Zeichen, er solle die Getränke aufschreiben. Der junge Mann hob seinen Daumen zur Bestätigung. Hannahs Protest winkte Rudnik ab, bevor er ihr die Tür aufhielt. Beim Hinausgehen hielt er seinen Arm hinter ihrem Rücken und schob sie vorwärts. Ein Blitz schoss ihnen entgegen. Zack, noch einer und noch einer. Hannah blickte in die Kamera eines Mannes, der eine beige Weste trug. Zack, noch einer.

„Hey, was soll das!?", rief sie empört.

Auch Rudnik schrie: „Hören Sie sofort damit auf!"

Beide hielten die Hände abwehrend vor ihre Gesichter. Doch der Fotograf schoss ein Bild nach dem anderen. So plötzlich, wie er aufgetaucht war, so unvermittelt verschwand er auch wieder.

Hannahs Halsschlagader pochte. „Was war das denn jetzt!?", raunzte sie Rudnik an. „Haben Sie den bestellt?"

„Den Reporter? Nein, sicherlich nicht. Sie etwa?"

„Natürlich nicht!"

Als sie bei ihrem Wagen anlangte, tauchte der Reporter von vorhin wieder auf und sprach sie von hinten an. „Was ist es Ihnen wert, wenn die Fotos nicht in der Zeitung erscheinen?"

Mit der Hand schob Hannah ihre Haarsträhne aus der Stirn und sah den Mann mit gerunzelter Stirn an. „Wer schickt Sie? Das ist doch kein Zufall, oder?"

Er grinste schelmisch. „Interessante Fotos von Rudnik und Ihnen. Dafür interessieren sich einige Leute, brennend sogar, meine Verehrteste!"

„Dann lassen Sie sich nicht von mir aufhalten, und viel Spaß dabei! Einen schönen Tag!" Ohne auch nur ein Wort abzuwarten, stieg Hannah in ihren Wagen und fuhr davon.

Im Stau auf dem Nachhauseweg blieb ihr viel Zeit, über diesen Reporter nachzudenken. Wer hatte ihn zum Ruderclub geschickt? Und vor allem – warum? Sie wusste keine Antwort. Endlich bog sie in die Einfahrt zu ihrem Zuhause ab. Dort, an der Haustür, stand das Gepäck für die Fahrt nach Zeeland aufgestapelt bereit.

Kaum hatte sie die letzte Reisetasche im Kofferraum verstaut, erschien Thomas. Er trug die frisch gewickelte Carla im grünen Frotteeanzug auf seiner Hüfte. Hannah drückte ihrer Tochter flüchtig einen Kuss auf das Händchen. Und Thomas schnallte Carla im Kindersitz an.

Kapitel 7

Ente schwarz auf weiß

Mit einem beschwingten Lächeln auf den Lippen hinkte Hannah nach dem Pfingstwochenende auf den Haupteingang der Farber-Werke zu. Gleich hinter der Tür wurde sie von Frau Henseler erwartet, die Hannah bat, sofort mit in ihr Büro zu kommen.

Fragend hob Hannah die Augenbrauen. „Guten Morgen, was ist denn los?"

„Kommen Sie bitte mit. Es ist dringend!" So zügig wie möglich folgte Hannah ihrer Sekretärin. Frau Henseler schloss die Bürotür, bevor sie Hannah die Tagesausgabe des Kölner *Primus* hinhielt. Sie nahm die Zeitung und schaute auf die Schlagzeile:

Griff-Konzern sondiert Übernahme der Farber-Werke.
Erfolgreiches Geheimtreffen mit Handschlag besiegelt

Hannahs Augen flogen über den Text des nachfolgenden Artikels.

Wie wir aus gut unterrichteten Kreisen erfahren haben, prüft der Griff-Konzern die Übernahme der Farber-Werke. Beide Firmen agieren sehr erfolgreich im Reinigungsmittel- und Körperpflege-Markt. Besonders pikant ist die Tatsache, dass die jetzige Geschäftsführerin der Farber-Werke noch im vorletzten Jahr im Griff-Konzern als Ressortdirektorin den Wasch- und Wäschepflegemittel-Sektor in Europa verant-

wortete. Letzten Freitag trafen im Ruderclub nun die Firmenvertreter bei einem geheimen Sondierungsgespräch zusammen. Beobachter berichten von einer positiven Atmosphäre. Das Gespräch, das nur rund eine Stunde dauerte, endete mit einer beiderseitigen Vereinbarung per Handschlag.

In den letzten Jahren durchliefen die Farber-Werke einige Höhen und Tiefen. Nach dem plötzlichen Tod des Firmeninhabers Justus Farber kämpfte das Familienunternehmen um Aufträge und Arbeitsplätze. Besonders unter der zeitweisen Leitung der Witwe Katharina Farber sah die Zukunft der Werke nicht rosig aus. Skandale um keimbelastete oder verunreinigte Produkte brachten die Farber-Werke in eine Schieflage. Hannah Schuster übernahm die Geschäftsführung der Farber-Werke, nachdem sie den Griff-Konzern kurzfristig verlassen hatte. Erst im letzten Herbst, nach einem schweren Autounfall, kehrte Schuster zurück. Umso erstaunlicher ist es, dass die Farber-Werke nun doch verkauft werden. Vor Schusters Unfall hatte ebenfalls ein Verkauf der Farber-Werke angestanden, was jedoch Schuster gemeinsam mit der Belegschaft verhinderte. Nun der erneute Versuch? Vielleicht diesmal mit mehr Anteilen für Hannah Schuster, die beim letzten Mal leer ausgegangen wäre?

Hannah starrte auf den Artikel und überflog ihn erneut. Vier Fotos ergänzten den Text. Das erste zeigte sie, das zweite Rudnik auf dem Weg vom Parkplatz zum Ruderclub. Auf dem dritten Foto saßen sie beide im Clubgebäude zusammen am Tisch. Die letzte Aufnahme hatte den Augenblick festgehalten, in dem Hannah und Rudnik sich die Hände schüttelten.

Erschrocken sah Hannah zu ihrer Sekretärin, dann wieder auf die Tageszeitung in ihren Händen. Sie schüttelte den Kopf und pfefferte die Zeitung auf den Schreibtisch. „Wow, was für ein Schmierenblatt!"

„Ist da was dran? Also, an der Geschichte?", fragte Frau Henseler heiser.

Hannah schüttelte verneinend ihren Kopf.

„Das wird aber Wellen schlagen. Sie waren dort. Das lässt sich nicht wegdiskutieren!"

„Aber weder der Verkauf noch die Übernahme der Farber-Werke kommen in Frage."

Das Telefon im Vorzimmer klingelte, und Frau Henseler eilte hinüber, um das Gespräch anzunehmen. Aus den Wortfetzen, die sie verstehen konnte, hörte Hannah heraus, dass die Betriebsratsvorsitzende sie sprechen wollte. Seufzend nahm sie ihre Tasche, bevor sie auf die Bürotür zuschritt. Dort traf sie auf Jasmina, die ein langes Gesicht zog.

„Wann hättest du es uns gesagt?"

„Hallo? Spinnt ihr jetzt alle? Warum sollte ich die Firma verkaufen?"

„Weil du was Besseres haben kannst?", giftete Jasmina.

„Nichts und niemand wird hier verkauft. So ein Blödsinn!"

„Hast du deshalb so sehr gegen den Verkauf der Farber-Werke gekämpft? Um den Preis in die Höhe zu treiben?"

Angelika Henseler sprang auf. „Jetzt beruhigen Sie beide sich bitte wieder!"

„Nein, das tun wir nicht!“, ereiferte sich Jasmina. „Warum triffst du dich mit Rudnik, wenn du die Firma nicht verkaufen willst?“

„Wir haben Stillschweigen über den Inhalt des Gesprächs vereinbart. Aber ich versichere dir, die Farber-Werke sind unverkäuflich.“

„Pah, dann steigt Rudnik hier ein?“, fragte Jasmina mit verschränkten Unterarmen.

Hannah musste lachen. Doch ihre beiden Kolleginnen sahen sie erwartungsvoll an. Frau Henselers Telefon klingelte erneut. Diesmal war es Svenja Kappenberg, die Sekretärin des Vorstandsvorsitzenden des Griff-Konzerns. Ihr Chef verlangte, Hannah zu sprechen. Hannah machte ihrer Sekretärin ein Zeichen, sie möge bitte das Gespräch ins Büro durchstellen.

Sie eilte zu ihrem Schreibtisch und nahm den Hörer ab. Rudnik schoss sofort los. Er warf Hannah vor, die Presse informiert zu haben, überdies mit gefährlichen Falschinformationen. Hannah widersprach ihm und lehnte jede Verantwortung für den Bericht ab. Niemand habe von ihr etwas von dem Termin erfahren. Nur ein Informant bei Griff könne die Sache an die Öffentlichkeit getragen haben. Dies wiederum bestritt Rudnik vehement. Er bezeichnete es als völlig ausgeschlossen und unterstellte Hannah, sie habe ihren Marktwert durch diese Kriegslist erhöhen wollen.

Doch Hannah lachte nur darüber, was Rudnik noch mehr aufbrachte. Schlussendlich beschimpfte er Hannah. Sie blieb ungeachtet dessen höflich, dankte Rudnik für seinen Anruf und beendete das Telefonat.

Der Zeitungsartikel wirbelte einiges auf. Aber vor allem durcheinander. Im Laufe des Vormittages erkannte Hannah, dass die Tagesplanung für die nächsten Tage hinfällig sein würde. Hannah und ihre beiden Kolleginnen mussten nicht nur aufgebrachte Mitarbeiter besänftigen. Frau Henselers Anrufliste wuchs rasant. Reporter lauerten der Belegschaft vor dem Firmengelände auf. Spontan lud Hannah ihre beiden Kolleginnen zum Mittagessen ein.

Auf dem Weg zum Restaurant folgte ihnen ein Auto. Jasmina bemerkte es und schlug Alarm. Bevor Hannah den Audi auf dem Restaurantparkplatz parkte, sagte Jasmina: „Der Wagen hat auch gehalten. Etwa dreihundert Meter weg am Straßenrand. Glaubt ihr mir jetzt?"

Frau Henseler versuchte sie zu beruhigen. „Vielleicht hat der Fahrer nur das gleiche Ziel wie wir."

„Warum steigt dann niemand aus dem Auto aus?", flüsterte Jasmina.

Hannah sah im Rückspiegel Jasminas rötliche Flecken am Hals. „Okay", sagte sie, „mal angenommen, der ist uns wirklich gefolgt – was bringt das?"

„Hannah, was wollte Rudnik? Erzähl es uns endlich!", jammerte Jasmina.

„Rudnik ist beauftragt worden, mir das Angebot, zum Griff-Konzern zurückzukehren, zu unterbreiten."

Jasmina saß nun fast zwischen den Vordersitzen. „Wie jetzt? Beauftragt worden? Was heißt das?"

„Anscheinend wird Rudnik von oberster Stelle unter Druck gesetzt, weil er seinen Laden nicht im Griff hat. Man will mich wieder an Bord wissen."

„Werden Sie gehen?", fragte Frau Henseler.

Mit tiefen Falten auf der Stirn sah Hannah ihre Sekretärin an. Bevor sie antworten konnte, sagte Jasmina: „Seinen Laden nicht im Griff hat – das ist gut. Der ist doch bei Griff! Was ist denn mit Sandoz?"

„Justus hat mir seine Firma anvertraut", sagte Hannah. „Er hat mir die Verantwortung für die Zukunft der Farber-Werke übertragen. Ich werde ihn nicht enttäuschen. Aber ich lasse Rudnik noch eine Weile zappeln. Er hat mich heute am Telefon beschimpft. Mit solchen Typen, egal ob Rudnik oder Sandoz, will ich keine Zeit verschwenden."

„Richtig!" Jasmina ballte kampfeslustig ihre Faust in Richtung Dachhimmel.

„Gute Entscheidung", lachte Frau Henseler erleichtert, „auch wenn wir nicht die Vorteile eines so großen Konzerns wie Griff bieten können."

„Dafür", entgegnete Hannah, „haben wir Mitarbeiter, die vor Katharina Farbers Haus protestieren und für die Farber-Werke kämpfen. Dann ist es meine oberste Pflicht, dies auch zu tun!"

„Könnten wir uns für den Kampf vielleicht vorher etwas stärken? Mein Magen knurrt!" Hannah und Frau Henseler sahen Jasmina an, die entschuldigend die Schultern hob.

Während des Essens besprachen sie, wie sie die Flut an Anfragen sinnvoll abarbeiten konnten. Auf dem Rückweg zu den Farber-Werken schaute Hannah in den Rückspiegel. Der Wagen, der ihnen vorhin gefolgt war, fuhr erneut hinter ihnen. Jedoch blieb er mit einigem Abstand zur Toreinfahrt am Straßenrand stehen.

Nach der Mittagspause stellte der Parfümeur seine Duftkreationen für das Ostergeschäft im nächsten Jahr vor. Hannah plante eine neue Produktreihe. Und heute standen wichtige Grundsatzentscheidungen für den weiteren Weg in neue Märkte, den die Firma einschlagen wollte, an. Im Team mit den Kollegen der Produktentwicklung sowie mit dem Designer prüfte Hannah jede Duftprobe. Wie an einer Schnur standen die Probenflakons auf dem Tisch, jede mit einer kurzen Beschreibung des Duftes. Hannah besprach die Bewertungen der einzelnen Düfte mit den Kollegen. Nach einiger Zeit betrat Frau Henseler mit einem Tablett voller Tee und Kaffee den Besprechungsraum. Diskret wandte sie sich an Hannah und flüsterte ihr zu: „Frau Farber ist auf dem Parkplatz vorgefahren. Ich denke, sie hat auch die Zeitung gelesen."

Hannah nickte. „Bitte um Entschuldigung", sagte sie in die Runde. „Bin gleich wieder da." Sie schob ihren Stuhl nach hinten, um aufzustehen. Da platzte Katharina bereits in den Besprechungsraum herein. Mit vorgeschobenem Kinn schaute sie die Leute im Raum nacheinander an. Bei Hannah blieb ihr Blick hängen. „Ich muss dich sofort sprechen!", zischte sie mit hoher Stimme.

Hannah versuchte zu lächeln und ruhig zu bleiben. Sie wendete sich ihrem Team zu. „Meine Damen und Herren, bevor sich hier alle die Köpfe heiß diskutieren, die Farber-Werke sind unverkäuflich. Es gibt auch keinen Wechsel innerhalb der Geschäftsleitung. Der Zeitungsbericht ist schlichtweg falsch."

Katharinas Augen verengten sich zu Schlitzen. Hannah legte ihrer Freundin die Hand auf den Rücken und schob sie aus dem Konferenzraum. Noch ehe sie die Tür schließen konnte, schoss Katharina los: „Ich höre!"

Hannah blieb höflich, versuchte es zumindest, jedoch vermied sie es zu lächeln. Katharina war an der Tür stehengeblieben und fixierte sie mit einem durchdringenden Blick.

„Der Zeitungsbericht ist falsch", wiederholte Hannah. „Ja, ich habe mich mit Rudnik getroffen. Ja, wir haben uns zum Abschied die Hände geschüttelt und gemeinsam das Lokal verlassen. Ja, Rudnik wollte mich zu Griff zurückholen. Nein, der Verkauf oder die Übernahme der Farber-Werke sind indiskutabel."

„Von wegen, das steht in dem Artikel ganz anders drin. Und die Bilder sagen auch etwas anderes!"

„Aha. Du glaubst also einem Schmierenblatt mehr als mir? Das ist jetzt nicht wahr!"

„Was ich glaube, tut nichts zur Sache. Die Fakten sprechen eine andere Sprache!"

„Aha, die Fakten. Welche Fakten hast du denn? Fotos, die zwei Leute beim Kaffeetrinken zeigen oder über einen Parkplatz gehen. Mehr gibt es da auch an Fakten nicht."

„Es reicht, Hannah! Als ich die Firma vor mehr als einem Jahr verkaufen wollte, hast du mir die Belegschaft auf den Hals gehetzt und Himmel und Hölle in Bewegung gesetzt. Und jetzt willst du selber verkaufen. Das ist widerwärtig!"

Hannah schob ihre Haare aus der Stirn. „Niemand will die Firma verkaufen. Deine Unterstellung entbehrt jeder Grundlage."

„Du hast dich seit dem Unfall sehr verändert, und zwar eindeutig zu deinem Nachteil!"

Hannahs Halsschlagader pochte. Ihr Puls rauschte in den Ohren. Was sie gerade gehört hatte, war genug. Entschlossen griff sie nach Katharinas Oberarm und schob ihre Freundin in Richtung Ausgang. Doch die wehrte sich.

„Was soll das?!"

Zornig fauchte Hannah zurück: „Ich werde im Besprechungsraum gebraucht! Dort werden wichtige Entscheidungen auf der Grundlage wirklicher Fakten getroffen. Für Märchenstunden habe ich keine Zeit. Das ist dein Metier!" Mit einer ausladenden Armbewegung unterstrich sie ihre Worte.

Mit einer brüsken Kehrtwendung, die Nase hoch in die Luft gereckt, stolzierte Katharina davon. Für einen Moment sah Hannah ihr kopfschüttelnd nach.

„Ihre Besprechung!", rief Frau Henseler in Hannahs Richtung.

„Ja, stimmt." Hannah hob dankend die Hand und ging zurück zum Besprechungsraum.

Es fiel ihr schwer, sich wieder auf die geschäftlichen Themen zu konzentrieren. Sie konnte es einfach nicht fassen, dass gerade Katharina ihr unterstellte, sie wolle die Farber-Werke verkaufen. Ihr Handy vibrierte, und sie hoffte, es wäre keine neue Katastrophe. Eine Kurznachricht von Thomas:

Katharina sagt, du verkaufst die Firma? Es steht schon in der Zeitung?

Hannah schrieb zurück:

Zeitungsente

Nur mit Mühe brachte sie diesen turbulenten Arbeitstag hinter sich. Sie hoffte, sich nicht auch noch mit Thomas über die Lügengeschichte aus der Zeitung streiten zu müssen. Zuhause erwartete sie eine Überraschung: Sie fand alle Räume verwaist vor. Niemand im Haus. Nirgendwo ein Zettel. Und so schrieb sie Thomas eine Nachricht:

Wo seid ihr? Wann kommt ihr? Bin zu Hause. H.

Ihr Handy piepte.

Sind bei Katharina. Heute ist Justus' zweiter Todestag.

Hannah las die Nachricht ein zweites, ein drittes Mal. „Mist!", fluchte sie vernehmlich in Richtung Himmel.

Nach einer halben Stunde parkte sie ihren Wagen vor dem Farber'schen Anwesen. Sie stieg die Marmorstufen zur Eingangstür hinauf und klingelte. Verblüfft sah sie Thomas an, der ihr die Tür öffnete. Er winkte sie herein, den Zeigefinger auf die Lippen gelegt. Nickend begrüßte Hannah ihn. Im Wohnzimmer sah sie Carla und Katharina schlafend auf dem Sofa liegen.

„Sie hat Carla gefüttert", sagte Thomas leise, „dann sind beide eingeschlafen."

„Das tut beiden gut. Es ist heute kein einfacher Tag für Katharina."

„Möchtest du einen Kaffee?"

„Ja, gern, einen friedlichen heißen Kaffee, bitte!"

Thomas nippte an seinem Tee, während sie in der Küche an der Arbeitsplatte lehnten. Er fragte nach dem Zeitungsartikel. Seufzend erzählte Hannah von dem Termin vor Pfingsten. Als sie geendet hatte, fragte Thomas: „Warum hast du letztes Wochenende nichts davon erzählt?"

„Es war für mich nicht wichtig, da ich nicht vorhabe, zu wechseln. Schon mehrere Male hat Rudnik sein Wort nicht gehalten. Warum sollte er es diesmal tun?"

Thomas nickte zustimmend. „Erst deinen versprochenen Vorstandsposten Sandoz geben ... und jetzt das?"

„Eben, genau wegen solcher Aktionen glaube ich Rudnik nichts mehr."

Von draußen hörte Hannah das Klappern des Briefkastens. Gerade noch sah sie durch das Fenster einen Motorroller, der sich mit lautem Knattern entfernte. Aus dem Wohnzimmer huschte Katharina heraus zur Haustür. Das Knattern hatte auch sie aufgeschreckt.

„Du hast gesagt, Rudnik sei beauftragt worden. Von wem?", fragte Thomas.

„Das hat er nicht gesagt, aber ich denke, dass er in fremdem Auftrag handelte." Weiter kam Hannah nicht. Denn sie starrte auf die Frühausgabe der *Kölner Zeitung*, die ihr Katharina entgegenstreckte. Mit dicken schwarzen Buchstaben schlug ihr die Schlagzeile entgegen:

Vorstandsvorsitzender des Griff-Konzerns mit
sofortiger Wirkung abberufen
Lukrative Alternative in trockenen Tüchern?

Darunter prangte das übergroße Titelbild: Rudnik mit seiner Hand um Hannahs Hüfte. Beide lachten.

„Was?", schrie Hannah. „Die spinnen doch!" Sie entriss Katharina die Zeitung und las den Artikel laut vor:

Dietmar Rudnik, Vorstandsvorsitzender des Griff-Konzerns, wurde gestern Nachmittag mit sofortiger Wirkung abberufen. In einer kurzen Stellungnahme teilte dies die Presseabteilung mit.

Nachdem in der gestrigen Ausgabe des Kölner Primus *ein Bericht über das konspirative Treffen mit Hannah Schuster erschien, zog der Aufsichtsrat die Konsequenzen. Schuster, Geschäftsführerin der Farber-Werke und ehemalige Kollegin Rudniks, soll, nach ersten Erkenntnissen, mit Rudnik über die Übernahme der Farber-Werke verhandelt haben. Nach neuesten Informationen ging es jedoch auch um weitaus privatere Themen. Der vertraute Umgang der beiden lasse keinen anderen Schluss zu, so unser Informant.*

Die folgenden Zeilen las Hannah mit immer schriller werdender Stimme:

Fast ein Jahrzehnt war Rudnik Vorstandsvorsitzender des Griff-Konzerns. Unter ihm machte Hannah Schuster eine steile Karriere, bis sie zum Juli 2010 das Unternehmen verließ. Zuletzt verantwortete sie als Ressortdirektorin den Wasch- und Wäschepflegemittel-Sektor im europäischen Raum. 1994 schloss Schuster ihr duales Masterstudium ab. Als Produktmanagerin im internationalen Marketingbereich begann ihre Karriere bei Griff. Rudnik hingegen kam 1996 aus der Autozuliefererbranche zu Griff und stieg zügig zum Vorstandsvorsitzenden auf. Nun werfen die neuesten Bilder ein anderes Licht auf die Zusammenarbeit der beiden. Bevorteilte der Vorstandsvorsitzende seine Geliebte? Hat Schuster 2010 kalte Füße bekommen und fluchtartig das Unternehmen verlassen? Schmiedeten beide eine gemeinsame Zukunft bei den Farber-Werken?

Hannah sah von der Zeitung auf, zuerst zu Thomas und dann zu Katharina. „Kann ich bitte einen doppelten Wodka haben?“, fragte sie.

Mit gerunzelter Stirn schaute Katharina zu Thomas, der sagte: „Nein, du musst noch Auto fahren. Also deshalb hast du mir nichts von dem Treffen erzählt! Geht das schon länger mit euch?“

„Sicher, schon immer! Alles, was ich im Leben geschafft habe, verdanke ich solchen schmierigen Typen wie Rudnik! Das müsstest du doch wissen!“

Katharina wollte etwas sagen, aber Hannah fuhr dazwischen: „Jetzt komm du nicht auch noch mit der Geschichte im Krankenhaus-Café mit Max und seiner Freundin!“ Sie hinkte auf und ab. Mit einer Hand schob sie ihre dunklen Haare aus der Stirn.

Thomas ließ nicht locker. „Ist Rudnik der Grund, warum du nicht mehr Teil unserer Ehe bist?“

„Thomas, wo warst du in den letzten zwölf Jahren? Wärst du da gewesen, wüsstest du, dass diese Schmierengeschichte Blödsinn ist! Es gibt keinen Verkauf der Farber-Werke! Auch keine Rückkehr zu Griff! Nur eine Anfrage, und Rudnik war der Überbringer.“

„Wie kommen dann zwei unterschiedliche Zeitungen auf den gleichen Inhalt?“, fragte Katharina und deutete auf die Schlagzeile.

Hannah hob kurz ihre Schultern an. „Ich weiß es nicht.“

Doch Katharina hakte nach: „An jeder Geschichte ist ein Fünkchen Wahrheit. Also erzähl es uns.“

„Hört ihr mir nicht zu? Rudnik hat mich angerufen und um ein Gespräch außerhalb der Firma gebeten. Da Svenja mir das schon prophezeit hatte, stimmte ich zu. Er hat von Umstrukturierungen innerhalb von Griff gesprochen und dass ein neuer Vorstand für die gesamte Sparte Reinigen und Pflegemittel gebraucht werde. Ich sei die passende Kandidatin für diesen Job. Über etwas anderes oder Privateres haben wir nicht gesprochen!"

„Und wieso umarmt der Kerl dich?", beharrte Thomas. „Kannst du mir das bitte erklären?!"

„Ja, mein Lieber, kann ich. Stell dir das mal vor! Ich habe die Restauranttür geöffnet und er hat sie mir aufgehalten. Auf den Fotos sieht es anders aus."

„Hanni, bitte", winkte Katharina ab. „Wir sind keine Kinder mehr. Bitte binde uns keinen Bären auf!"

Hannah sah abwechselnd zwischen ihrem Mann und ihrer Freundin hin und her. „Ich fasse es nicht. Ihr glaubt einer Tageszeitung mehr als mir? Obwohl ich nichts getan habe, verurteilt ihr mich? In was für einer Medienwelt leben wir eigentlich! Ich denke, es ist besser, wenn ich jetzt gehe!" Sie eilte ins Wohnzimmer und nahm die noch immer schlafende Carla auf den Arm. Dann raffte sie ihre Sachen zusammen, um das Haus zu verlassen.

„Du kannst von Glück reden", sagte Katharina, die ihr nachgegangen war, „wenn die Zeitungen in den nächsten Tagen nicht noch mehr deiner Geheimnisse aufdecken."

Ohne ein weiteres Wort schloss Hannah die Haustür und eilte, das schlafende Kind im Arm, zu ihrem Auto. Warum glaubte ihr niemand? War es so schwer zu verstehen? Ein schlecht recherchierter Zeitungsartikel war soeben dabei, ihre Ehe zu zerstören. Und interessierte das diesen Schmierfinken von Reporter, der Fotos mit Unwahrheiten kombinierte? Sie schnallte Carla auf der Rückbank im Kindersitz an und streichelte ihr kurz liebevoll über den Kopf. Nachdem sie eingestiegen war, atmete sie lange ein und konzentrierte sich aufs Fahren.

Auf halber Strecke nach Hause bog Hannah in Richtung Rheinufer nach Rodenkirchen ab. Ein paar Minuten später parkte sie den Wagen am Straßenrand. Sie stieg aus, baute Carlas Kinderwagen zusammen und lief mit ihr los, über die Wiese, zum Weg am Strand und dann am Wasser entlang. Einige Transportschiffe tuckerten gemächlich vorüber. Mit jedem Schritt ließ Hannahs innere Anspannung nach. Sie sah den Schiffen auf dem Wasser zu, wie sie gegen die Strömung ankämpften oder auch mit der Strömung glitten. Sie betrachtete die Menschen, die am Strand zusammensaßen, grillten und chillten. Die spielenden Kinder oder die Jogger, die an ihr vorbeiliefen. Und den Mann, der dort am Ufer des Rheins saß, abseits von allen anderen und mutterseelenallein. Seine blonden struwweligen Haare und seine sportliche Statur erkannte Hannah sofort.

„Max!“, rief sie. „Hey, Maaax!“

Doch Max reagierte nicht. Stattdessen trank er einen Schluck aus seiner Weinflasche. Hannah zog den Kinderwagen durch den Sand zu ihm hin. „Hey Max, was machst du denn hier?“

„Hier gibt es keinen Max. Versuchen Sie es morgen wieder.“

Hannah stutzte. Kurzerhand nahm sie Carla aus dem Kinderwagen und setzte sich neben ihn. „Okay, dann warte ich bis morgen.“

„Vielleicht gibt es dann auch keinen Max." Er nahm erneut einen Schluck aus der Weinflasche.

„Oder vielleicht doch. Wir werden sehen."

„Hannah, du kannst nicht die ganze Nacht hier sitzen."

„Warum nicht? Andere machen das doch auch."

„Oh, gibt es schon eine Warteschlange?" Max drehte sich um. Hannah lachte über den Scherz, hob jedoch rasch ihre Hand und hielt sie sich vor den Mund. Denn Max starrte sie an. „Na ja", versuchte sie es erneut, „ich meinte eher, die anderen sitzen zu zweit die ganze Nacht hier."

Max schaute nach links und nach rechts. „Wir sind das einzige Pärchen hier."

„Max, bitte! Lass das bloß nicht Becky hören!"

„Sie kann das ruhig hören. Es ist nicht mehr wichtig."

„Oh, du meinst …? Das tut mir leid."

„Mir nicht. Zwei Abmahnungen reichen."

„Abmahnungen?"

„Beckys Eifersuchtsaufstände haben sich auch auf die Stationen ausgeweitet. Dort hat sie Patientinnen angegriffen. Nur weil ich mich mit der Chefin so gut verstehe, darf ich selber kündigen. Ist besser für das Zeugnis."

„Wie bitte?"

„Ich habe heute gekündigt."

„Das tut mir leid."

„Mir auch."

„Was hast du vor?"

„Weiß noch nicht. Irgendwann mache ich meine eigene Praxis auf. Aber bis dahin muss ich noch ein paar Jahre in einer Klinik schuften. Mal sehen, wohin es mich verschlägt."

„Was muss deine Praxis an Räumlichkeiten haben?"

Max kniff die Augen zusammen und zählte an seinen Fingern. „So acht bis zehn Räume, behindertengerechter Eingang, Parkplätze. Warum?"

„Ach, nur so. Es hat mich einfach interessiert."

Max setzte die Flasche nochmals an. Aber es kam wohl nichts mehr. Mit einem Fluch pfefferte er die leere Weinflasche in den Sand.

„Hey", rief Hannah tadelnd, „was soll das! Lass das sein! Kinder können in die Scherben treten."

Max krabbelte auf allen vieren vor zu der leeren Flasche, um sie in den Mülleimer zu werfen, der knapp drei Meter entfernt stand. Er traf auf Anhieb und Hannah lobte ihn: „Guter Wurf! Aber leider keine drei Punkte."

„Wie läuft es bei dir so? Klappt es besser mit deinem Baby und deinem Mann?"

„Hmmm, jeden Tag wächst sie und lernt dazu. Erstaunlich, wie viel diese kleinen Körper leisten. Im August hat sie Geburtstag. Und wenn es so weitergeht, feiern wir den ohne Papa."

„Was ist denn los?"

„Du liest anscheinend keine Zeitung."

„Nein, ich lese im Internet, was in der Welt passiert."

„Im *Primus* wie auch in der *Kölner* standen Artikel über mich drin, die – sagen wir mal – unfein berichtet haben. Im ersten habe ich die Firma verkauft. Im zweiten habe ich ein über ein Jahrzehnt währendes

Verhältnis mit meinem Ex-Chef, worauf meine Karriere basiert."

„Also, das hätte ich der alten Dame gar nicht zugetraut. Du bist doch sonst so ..."

Doch weiter kam Max nicht. Hannah gab ihm einen kräftigen Schubs. Sich mit einem Arm im Sand abstützend, um nicht umzukippen, rief er: „Ey, lass das!"

Da begann Carla fröhlich zu lachen und steckte die Erwachsenen mit ihrem Lachen an. Für eine Weile sahen beide den vorbeifahrenden Schiffen zu, bis Hannah seufzte. „Den Schmierengeschichten in der Zeitung wird mehr Vertrauen entgegengebracht als mir. Sogar Thomas und Katharina glauben, was in diesen Blättern steht."

„Dein Mann denkt, du hättest was mit deinem Ex-Chef?"

„Jep, und das jahrelang."

„Wie dumm ist das denn!"

„Katharina glaubt, ich verkaufe die Firma."

„Du? Die fast mit ihrem Leben bezahlt hat, um genau das zu verhindern?"

„Ja, genau die. Beim jetzigen Verkauf der Firma würde ich mehr abkassieren."

„Verstehe. Damals hättest du nichts bekommen. Auch eine Logik. Aber die dumme Kuh war schon immer extrem, finde ich."

„Nenn sie bitte nicht immer dumme Kuh. Katharina hat das nicht verdient. Bei dem Thema hängen viel zu viele Emotionen dran. Wenn ich die Farber-Werke verkaufen würde, käme das einem Leichenmord gleich."

„Einem was bitte? Hast du Leichenmord gesagt?"

„Ja, mit einem Verkauf der Firma würde ich Justus umbringen."

„Der ist schon tot."

„Eben darum Leichenmord. Aber im Ernst: Solange ich die Farber-Werke leite, wird Katharina Farber in dieser Firma rein- und rausspazieren, als wäre Justus noch dort. Ein Gefühl, wenn auch nur für Momente, das nur ich ihr schenken kann. Wird die Firma verkauft, werden auch diese Momente der vertrauten Nähe verkauft."

„Nee, glaubst du wirklich …? So weit denkt die nicht."

„Mag sein. Justus hat mir die Firma anvertraut, er hat Katharinas Zukunft und die seiner Belegschaft in meine Hände gelegt. Dafür hatte er gute Gründe. Deshalb müsste ich schon sehr gute Gründe haben, diese Verantwortung abzugeben."

„Hast du die?"

„Nein. Genauso wenig wie ich ein Verhältnis mit meinem Ex-Vorstandsvorsitzenden habe oder hatte. Man fängt nichts mit Kollegen an. Auch in diesem Jahrhundert verlassen immer noch die Frauen das Unternehmen, und nicht die Männer, die fremdgegangen sind."

„Ich bin nicht fremdgegangen und bin trotzdem meinen Job los. Nur wegen …"

„Sag es bitte nicht!", unterbrach Hannah ihn. „Meine Tochter soll nicht als Erstes Schimpfwörter sprechen lernen."

„Ach, ist doch wahr. Ich bin meinen Job los. Sie hat ihren noch."

„Sie bist du auch los! Das ist doch schon mal was."

„Becky fehlt mir. Auch wenn sie so furchtbar eifersüchtig war. Sie hatte auch andere Seiten."

Hannah streichelte Max' Schulter. „Hey, morgen lacht die Sonne schon wieder viel heller."

„Das sagst gerade du. Wo soll ich so schnell einen neuen Job herbekommen?"

„Manchmal biegen Lebenszüge an Weichen ab und halten erst wieder an ganz anderen Bahnhöfen als geplant."

Max sah sie an. „Und, bist du schon über die Weiche gefahren?"

„Kann sein. Es kann aber auch sein, dass ich kurz davor bin, unfreiwillig über die Weiche geschoben zu werden. Die Zeitungsberichte lösen bereits Erdbeben aus, die in der Firma zu weiteren Nachbeben führen. Ich weiß noch nicht, wie ich das überleben soll." Tränen bahnten sich ihren Weg über Hannahs Wangen. Rasch wischte sie sie weg.

Max starrte eine Zeitlang in den Sand. „Alles scheiße irgendwie", sagte er schließlich mit heiserer Stimme.

„Hmmm. Und genau das muss aufhören. Ich kann so nicht mehr weitermachen. Alle prügeln auf mir rum. Ich sage die Wahrheit, keiner glaubt mir. Ich laufe weg, und die sind schon vor mir da. Ich kämpfe, verliere aber nur. Ich will meinen Weg gehen, und es ist kein Weg mehr da."

„Hannah, du übertreibst!"

„Du glaubst mir auch nicht?"

„Doch, das tue ich und ich glaube an dich! Du wirst wieder laufen können, wenn du Geduld hast. Du wirst diesen Kampf gewinnen."

„Mir fehlt die Kraft dazu."

„Dann lass dich operieren und wir sehen weiter. Du hast dich ja bereits für die OP entschieden, obwohl du sie ablehnst."

„Wie bitte?"

„Wir reden doch hier nur um den heißen Brei, oder? Alles steht und fällt mit deiner Beweglichkeit, mit den psychischen und physischen Folgen, die sich daraus ergeben."

Carla begann zu weinen, und Hannah zog sie auf ihren Schoß, um sie zu beruhigen.

„Ich muss wieder die alte Hannah werden, wie vor dem Unfall!"

„Die hatte keine Tochter, keinen Mann und keinen Job. Das ist wirklich erstrebenswert!"

„Ehm, so, naja, nein, so habe ich das nicht gemeint."

Hannah saß mit Max noch eine Weile am Strand. Sie beobachteten stumm die vorbeifahrenden Schiffe und das strömende Rheinwasser, das Treibgut mit sich führte. Vielleicht hatte Max recht? Vielleicht auch nicht? Oder doch? Hannahs Gedanken kreisten um das, was Max ihr gesagt hatte.

Kapitel 8

Auf dem Weg

Am nächsten Morgen setzte sich der Albtraum für Hannah fort. Auf dem Küchentisch fand sie einen Zettel von Thomas:

Ich möchte dich die nächsten Tage nicht sehen. Ich brauche Zeit, um nachzudenken. Dir würde ich Gleiches empfehlen. Um Carla kümmere ich mich.

Sie legte den Zettel zurück auf den Tisch. Ohne vorher zu frühstücken, fuhr sie zeitiger ins Büro als geplant. Dort versuchte sie sich auf die Schriftsätze vor ihr zu konzentrieren. Auch der Kaffee half heute nicht sonderlich. Sie hörte Schritte im Flur und sah von ihren Unterlagen auf, als Jasmina ihr Büro betrat. Ihre Assistentin kramte einen Briefumschlag aus ihrer Tasche und pfefferte ihn vor Hannah auf den Schreibtisch.

„Meine Weste soll weiterhin sauber bleiben. War Rudnik wenigstens gut im Bett, sodass es sich auch dort gelohnt hat?"

Mit tosendem Lärm schepperte Geschirr von einem Tablett. Frau Henseler starrte der mit hochgerecktem Kinn vorbeistolzierenden Jasmina durch die offenstehende Bürotür nach. Sofort eilte sie in Hannahs Büro, um Partei für Jasmina zu ergreifen. Jasmina durchlebe eine schwierige Zeit. Die Trennung von ihrem Freund sei noch zu frisch.

Mit erhobenen Händen unterbrach Hannah den Redeschwall ihrer Sekretärin. „Botschaft angekommen. Ich rede gleich mit ihr. Versprochen."

„Danke, Frau Schuster."

„So, dann wollen wir mal den Scherbenhaufen beseitigen, hm?" Hannah stand auf, um Frau Henseler beim Aufsammeln zu helfen.

Kaum eine Stunde saß sie in ihrem nächsten Termin. Hildegard Barthel, die stellvertretende Aufsichtsratsvorsitzende des Griff-Konzerns, hatte kurzfristig um ein Gespräch gebeten und saß nun im Besprechungsraum Hannah gegenüber. „Ich darf Ihnen", begann Barthel, „im Namen des Griff-Konzerns versichern, dass wir wegen dieses Vorgehens der Presse bestürzt sind. Aber wir denken, dass wir die Wahrheit kennen. Ferner bieten wir Ihnen nun den Vorstandsvorsitz an. Die aktuellen Entwicklungen machen eine Neubesetzung unabdingbar." Sie zupfte an den Ärmelenden ihrer Jacke. „Sie, liebe Frau Schuster, haben in der Vergangenheit bei Griff und auch hier gezeigt, dass Sie zu Höherem berufen sind. Wären Sie an dieser Position in unserem Konzern interessiert?"

„Vielen Dank für Ihr Angebot. Ich weiß das sehr zu schätzen. Aber glauben Sie wirklich, es wäre nach den Schlagzeilen noch glaubhaft, wenn Sie mich als neue Vorstandsvorsitzende präsentieren würden?"

„Also doch!", ertönte in diesem Moment die Stimme Katharinas am offenen Türspalt. Hannah sprang sofort auf, um zu Katharina zu eilen. Doch die wandte sich hastig ab und preschte zum Ausgang. Hannah rief ihr hinterher: „Jetzt warte doch!“

Doch Katharina erwiderte nur, ohne sich noch einmal umzudrehen: „Nein danke, ich habe genug gehört!“

Resigniert blieb Hannah stehen. Es hatte keinen Zweck. Mit gesenktem Kopf schlich sie zurück in den Besprechungsraum. Hildegard Barthel blickte ihr mit leicht geneigtem Kopf entgegen.

„Frau Farber glaubt auch, was in den Zeitungsberichten steht“, sagte Hannah niedergeschlagen. „Also, wer dahintersteckt, hat ganze Arbeit geleistet!“

„Sie haben meine Frage noch nicht beantwortet“, entgegnete Hildegard Barthel, ohne auf das, was Hannah gesagt hatte, mit einem Wort einzugehen.

„Die vorherige, meinen Sie?“ Hannah räusperte sich kurz. „Es ehrt mich sehr, dass Sie gerade mir diese Position anbieten. Aber ich habe hier ein perfektes Umfeld, eine leistungsfähige Mannschaft und überaus loyale Mitarbeiter. Das ist ...“

„... unbezahlbar. Nur zu gut kann ich das verstehen! Im Gegenzug ist das ein herber Schlag, für uns, bei Griff. Meine Kollegen im Aufsichtsrat werden über diese Nachricht sehr unglücklich sein. Wäre es nicht noch einmal eine Überlegung wert?“

Hannah schüttelte verneinend den Kopf. „Frau Farber sagte einmal zu mir: Auch wenn Außenstehende nicht alle meine Entscheidungen verstehen, so sind es immer noch meine Entscheidungen.“

„Eine kluge Frau, die Frau Farber. Sie mag Sie sehr, wenn Sie mir diese Bemerkung erlauben.“

Mit leicht hochgezogenen Mundwinkeln nickte Hannah ihr zu.

„Frau Schuster", sagte Hildegard Barthel noch einmal, „Ihnen stehen die Türen bei Griff jederzeit offen. Wir wissen um Ihre Qualitäten. Meine Kollegen im Aufsichtsrat und ich würden es begrüßen, Sie wieder an Bord zu wissen."

„Vielen Dank für das Vertrauen. Aber warum ist Dietmar Rudnik so plötzlich abberufen worden?"

„Die Gesamtsumme der Vorkommnisse überstieg die positive Perspektive. Seine Karenzzeit konnte Herr Rudnik nicht angemessen nutzen. Mehr kann ich Ihnen dazu nicht sagen."

„Danke, das war schon mehr als genug."

„Auch personelle Entscheidungen in dieser Zeit haben zu dem Entschluss gestern geführt. Das sollten Sie wissen."

Hannah runzelte die Stirn. „Herr Rudnik sagte mir, er sei beauftragt worden, den Vorstandsposten mir anzubieten."

„Das ist korrekt. Ziel war die Bereinigung einer eklatanten Fehlentscheidung, die nun zu seiner eigenen beigetragen hat."

An der Tür zum Konferenzraum klopfte es. Frau Henseler trat ein. Sie erinnerte Hannah an den nächsten Termin, während sie ihr eine Dokumentenmappe reichte. Noch bevor die Sekretärin den Raum verlassen konnte, stand Hildegard Barthel auf. Sie hielt Hannah die Hand hin und dankte ihr für das kurzfristige Gespräch.

Hannah bat ihre Sekretärin, Frau Barthel hinauszubegleiten, und eilte in Richtung Betriebshallen. Dort warteten die versammelten Kollegen. Sie betrat das improvisierte Podium aus abgedeckten Paletten und lächelte in die Runde.

„Liebe Kolleginnen und Kollegen, wie Sie sicherlich den Medien entnommen haben, gab es zwei Berichte über die Zukunft der Farber-Werke und meiner Person. Und vielleicht ist es dem ein oder anderen aufgefallen, dass soeben die stellvertretende Aufsichtsratsvorsitzende des Griff-Konzerns hier im Hause war. Sie hat mir den Vorstandsvorsitz für den gesamten Konzern angeboten."

Ein Raunen durchzog den Raum.

„Ich habe abgelehnt. Mein Platz ist hier." Hannah sah in verblüffte, aber auch in lächelnde Gesichter.

„Sie haben abgelehnt? So eine Chance?", fragte die Betriebsratsvorsitzende.

Hannah nickte ihr zu. „Ja. Und ich habe es gern getan. Wir haben alle zusammen zu sehr für die Farber-Werke gekämpft. Hier ist meine Zukunft, mit unserer Mannschaft!"

„Kommt Herr Rudnik dann zu uns?", fragte die Betriebsratsvorsitzende.

Hannah lachte. „Nein! Oh Gott, nein! Er würde sich auf Dauer nicht unserer Geschäftsleitung unterordnen."

„Unterordnen?"

„Ja, Sie haben richtig verstanden. Als mein ehemaliger Chef würde er diese Rangordnung hier fortführen wollen. Auch wenn sie organisatorisch nun anders gestaltet wäre."

Ein Kollege aus dem Lager fragte: „Also isch dat wahr, die Farber-Werke werden Se als Chefin behalten?"

Seine Nachbarin jubelte: „Alles bleibt, wie es ist?"

„Das hoffe ich doch nicht", antwortete Hannah lächelnd. „Wir werden uns weiterentwickeln müssen. Unsere Märkte entwickeln sich. Da müssen wir mitziehen, wir alle, die hier stehen. Wir sind die Farber-Werke – wir sind die Zukunft."

Applaus ertönte und einige hoben den gestreckten Daumen.

Die Laborleiterin hob die Hand. „Wieso stehen solche Lügengeschichten in der Zeitung? Offensichtlich waren Sie in diesem Paddelverein."

„Ja, das stimmt. Der Vorstandsvorsitzende, vielmehr der jetzige ehemalige Vorstandsvorsitzende, bat mich um ein vertrauliches Gespräch. Auf seinen Vorschlag hin haben wir uns im Ruderclub in Rodenkirchen getroffen. Dort hat er mir ein Jobangebot unterbreitet, das ich abgelehnt habe. Das Gespräch war damit beendet und alles gut. Bis ein Fotograf auftauchte. Seitdem steht alles kopf."

Hannah blickte in die Runde und sprach weiter: „Ich kann Ihre Besorgnis verstehen. Glauben Sie mir, wir werden alles tun, um die Wogen der Aufregung schnellstmöglich zu glätten. Auch unsere Kunden und Lieferanten lesen Zeitung. Es wäre hilfreich, wenn Sie im Freundes- und Bekanntenkreis die Wahrheit kommunizieren. Wir werden gegen diese Berichterstattung vorgehen, auch mit rechtlichen Schritten." Sie schaute fragend in die Menschenmenge, ob noch eine Wortmeldung käme. Dann sagte sie abschließend: „Ich hoffe, der Spuk ist in ein paar Tagen vorbei. Vielen Dank für Ihre Aufmerksamkeit."

Applaus ertönte, als Hannah winkend vom Podium stieg.

Im Büro wartete eine dampfende Tasse Kaffee auf ihrem Schreibtisch und sie schloss hinter sich die Tür. Sofort suchte sie ihr Handy, um Katharina anzurufen. Aber niemand nahm ab. Also trank sie erst einmal einen Schluck Kaffee, um klare Gedanken zu fassen. Dabei fiel ihr Jasmina ein. Sie sprang auf und eilte in Jasminas Büro. „Können wir reden? Hast du Zeit für mich?"

„Du bist die Chefin. Ich habe Zeit zu haben."

„Warum warst du nicht bei der Mitarbeiterinformation?"

„Gab es neue Erkenntnisse, die mir noch nicht bekannt waren?"

„Jasmina, was soll der Eiertanz hier? Ich habe nun wirklich keine Zeit dafür. Deine Kündigung ziehst du bitte zurück. Und lass es bitte bleiben, mir alle zwei Wochen deine Kündigung zu überreichen. Das wird nichts!"

Hannah erzählte ihr von dem Gespräch mit Hildegard Barthel und fragte, wie sie beide wieder auf einem normalen Level zusammenarbeiten könnten. Jasmina erklärte Hannah ihre Sicht der Dinge. Sie entschuldigte sich und nahm die Kündigung zurück. Hannah akzeptierte beides. Ihr knurrender Magen erinnerte sie an die Tageszeit, die sie völlig vergessen hatte. Als wenn Frau Henseler es gehört hätte, ploppte eine Nachricht von ihr auf Jasminas Bildschirm auf: *Pizza ist da.*

„Wir haben Pizza bestellt", sagte Jasmina lächelnd. „Eine Hawaii ist für dich. Die andere brauche ich, um das Chaos hier runterzuschlucken."

„Oh, danke. So eine Pizza kann Leben retten." Beide lachten, als Hannahs Magen erneut hörbar zu rumoren begann.

Am Nachmittag brandete eine zweite Welle von Anfragen auf sie zu. Mit Hilfe von Jasmina und Frau Henseler gab Hannah ihr Bestes, um alle Anfragen zügig abzuarbeiten. Fix und fertig kam sie abends nach Hause. Niemand erwartete sie. Niemand wollte etwas von ihr. Denn Thomas und Carla planschten beim Babyschwimmen. Hannah kam diese Ruhe wie ein Geschenk vor. Sie setzte sich für einen Augenblick auf die Couch. Im nächsten Moment fiel nicht nur die ganze Last von ihr ab, sondern ihr fielen auch die Augen zu.

Ihr knurrender Magen weckte sie. Nur mit Mühe stand Hannah vom Sofa auf und schlurfte hinkend in die Küche. Sie knipste das Licht an, um etwas zu sehen, und erschrak. Dort, an der Küchenarbeitsplatte, stand Thomas und aß eine Banane. Sie wollte an ihm vorbeigehen, um den Kühlschrank zu öffnen.

„Du hast dunkle Ränder unter den Augen. Dein Doppelleben nimmt dich anscheinend sehr mit."

„Thomas, es reicht!" Hannah funkelte ihren Mann an. „Es gibt keinen Liebhaber, Firmenverkauf oder sonst was! Nur ein Angebot für den Vorstandsvorsitz bei Griff, das ich abgelehnt habe."

„Vorstandsvorsitz? Das ist doch Rudniks Job?"

„Ja, jemand aus dem Aufsichtsrat war heute bei mir."

„Dann würdest du die Vorgesetzte von Sandoz!"

„Stimmt. So habe ich es noch nicht betrachtet."

„Das wird ihm aber gar nicht gefallen."

„Ist mir egal – ich gehe ja nicht zu Griff zurück."

„Warum dann der Aufstand in den Zeitungen?"

„Keine Ahnung, was dahintersteckt oder wer. Auf jeden Fall muss es aufhören, besser gestern als morgen!"

„Es ändert aber nichts an unseren Problemen. Was ist mit unserer Ehe? Kehrst du zurück oder nicht?"

„Ein Anfang wäre, mich nicht der Untreue zu bezichtigen. Falsche Verdächtigungen zerstören ganze Familien. Es wird lange dauern, bis ich dir wieder vertrauen kann."

„Wer hat mich denn monatelang der Untreue verdächtigt?"

„Thomas, bitte! Ich lag in einem Wrack voller Blut und konnte kaum atmen."

„Ich weiß, wir haben dich rausgezogen. Falls du das auch vergessen hast."

„Nein, habe ich nicht. Ich bin zu müde, um mit dir zu streiten. Statt zusätzlich fertiggemacht zu werden, würde ich mir von meinem Ehepartner mehr Unterstützung wünschen. Wenn du dazu nicht bereit oder in der Lage bist, lass mich wenigstens in Ruhe."

„Wie redest du mit mir? So kannst du vielleicht mit deinen Angestellten reden, aber doch nicht mit mir!"

„Thomas, bitte! Such dir jemand anderen, um deinen Frust abzulassen. Dafür habe ich keine Kraft mehr. Auch dank dir. Gute Nacht!"

„Jetzt spinnst du völlig, oder was?"

„Gute Nacht! Versuch du auch, dich mal auszuschlafen. Morgen sieht die Welt wieder sonniger aus."

„Hannah!"

Kapitel 9

Abflug im Juli

Ein wunderbarer Sommertag begrüßte Hannah. Die Sonne heizte schon am frühen Morgen der Umgebung ein. Wie kleine Stiche prallten die Sonnenstrahlen auf Hannahs Haut. Sie trug nur ein leichtes Blusenoberteil zu der beigen Leinenhose. An solchen Tagen vermisste sie ihr Cabrio. Seufzend stieg sie in ihren SUV ein und fuhr, abgeschottet von der Natur, los zu den Farber-Werken.

Auf ihrem Schreibtisch lag die Unterschriftenmappe bereit. Sofort nahm Hannah sie und sah die Dokumente darin durch. Frau Henseler reichte Papiere nach, ergänzte oder korrigierte die Unterlagen. Hannah stieg der Duft von frischem Kaffee in die Nase, mit dem Frau Henseler nun auf den Schreibtisch zusteuerte.

„Vielen Dank! Sie verwöhnen mich wieder. Was ist los?"

„Nichts. Warum?"

„Normalerweise bearbeiten Sie die Mappe in einem Durchgang. Heute versuchen Sie den passenden Moment für etwas zu finden. Richtig?"

„Haben Sie etwas von Frau Farber gehört?"

„Nein."

„Aber … fast sechs Wochen ist sie jetzt schon in Italien. Und sie hat sich nicht bei Ihnen gemeldet?"

„Nein."

„Sie sich auch nicht bei ihr?"

„Nein."

„Aber dann wissen Sie auch nicht, wie es ihr geht?"

„Worauf wollen Sie hinaus?"

Frau Henseler sah zu Boden. „Reden Sie mit ihr. Der Konflikt schwelt weiter. Irgendwann bleibt nur verbrannte Asche übrig."

Hannah lehnte mit verschränkten Unterarmen in ihrem Bürostuhl zurück. Dabei sah sie zum Fenster hinaus.

„Frau Farber vermisst Sie sicherlich", fuhr Frau Henseler fort. „Unsere Generation hat es versäumt zu lernen, wie man das richtig in Worte fasst. Aber glauben Sie mir, es ändert nichts an den Gefühlen!"

Hannah sah ihre Sekretärin an.

„Frau Schuster, rufen Sie bitte Frau Farber an. Sie wartet auf Ihren Anruf. Ganz sicher."

„Danke", sagte Hannah, „ich werde es mir überlegen." Frau Henseler nickte.

„Sonst noch etwas? "

„Unsere Kollegin schwebt auf Wolke sieben", sagte Frau Henseler grinsend.

„Sie meinen Jasmina?"

„Ja." Frau Henseler klatschte in die Hände. „Ist das nicht toll? Ich gönne es ihr sehr nach dieser schweren Zeit."

„Frau Henseler – was wollen Sie mir jetzt wieder damit sagen?"

„Och, nichts."

„Okay, okay. Katharina hat sich die ganze Zeit nicht gemeldet, aber ich werde sie anrufen. Jasmina hat eine schwere Zeit durchgemacht, aber ich werde ihr gratulieren. Sonst noch etwas?"

„Oh, so war das nicht gemeint", stotterte Frau Henseler.

„Schon gut. Denken Sie bitte daran, bis heute Nachmittag die Termine für die beiden Wochen, nachdem ich wieder da bin, durchzusprechen."

„Ja, das habe ich eingeplant. Sie haben mir noch nicht gesagt, wohin Ihre Geschäftsreise geht. Es ist noch kein Hotel gebucht."

„Das Hotel habe ich bereits gebucht. Alles andere auch. Danke."

„Aber ...?", sagte Frau Henseler in fragendem Ton und hob dabei ihre gestreckten Hände.

Hannah unterschrieb das letzte Dokument, schloss die Unterschriftenmappe und reichte sie lächelnd an Frau Henseler. Die nahm die Mappe und schickte sich an, das Büro zu verlassen. An der Türschwelle machte sie auf dem Absatz kehrt um und kam zu Hannah zurück, die nun am Fenster stand. Frau Henseler trat ans Fenster und blickte für einige Sekunden nach draußen, bevor sie leise zu sprechen begann. „Sie beide brauchen einander, auch wenn es keine von Ihnen beiden zugeben will. Frau Farber hat Sie sehr verletzt, weil sie sich selber durch die Berichterstattung angegriffen fühlte. Sie hat Angst davor, Sie zu verlieren."

„Diese Angst habe ich auch", sagte Hannah heiser, indem sie auf einen imaginären Punkt in der Ferne schaute. „Sie fehlt mir sehr."

Im Spiegelbild der Fensterscheibe sah sie, dass Frau Henseler lächelte, bevor sie sich umwandte und das Büro verließ.

Hannah blieb noch eine Weile am Fenster stehen. Sie dachte über die Worte ihrer Sekretärin nach. Die letzten Wochen glichen einer chaotischen Wildwasserfahrt. Hannah versuchte sich über Wasser zu halten. Trotzdem tauchte sie hier und da unter. Sie wollte nur noch, dass es aufhörte. Ihr Telefon klingelte. Mechanisch nahm sie den Hörer ab. „Schuster."

„Hallo Frau Schuster, hier Henning Reims. Wir haben den Namen des Reporters genannt bekommen. Wie gedenken Sie nun weiter rechtlich vorzugehen?"

„Das ist aber eine überraschende Wendung. Bisher wurde doch alles blockiert."

„Recht ist Recht und muss es auch bleiben. Da sind oftmals auch der gegnerischen Seite die Hände gebunden."

„Gut, ich überlege mir bis morgen, wie es weitergeht. Können wir morgen kurz telefonieren?"

„Ja, können wir. Ich erwarte Ihren Anruf. Auf Wiederhören."

„Ja, bis morgen."

Ihr Handy klingelte und auf dem Display erschien eine Nachricht von Thomas:

Wir fahren jetzt los.

Dazu hatte er ein Foto von einer fröhlichen Carla im Autositz geschickt. Hannah biss sich auf die Unterlippe und streichelte über das Display. Leise sagte sie: „Gute Reise, meine Kleine."

Sie tippte eine Antwort an Thomas:

Gute Fahrt und eine noch bessere Zeit!

Hannah schritt ans Fenster, dabei hielt sie ihr Handy fest in der Hand. Sie sah hinauf zum Himmel, als ihr eine einzelne Träne die Wange hinunterlief. Mit der Hand wischte sie sie fluchend weg. Eine Nachricht von Jasmina ploppte auf ihrem Bildschirm auf:

Betriebsleiter-Besprechung in 15 Minuten. Hast du Gesprächsbedarf?

Hannah tippte schnell ein *Nein* und schickte ihre Antwort ab. Auf dem Schreibtisch suchte sie ihre Unterlagen zusammen, nahm ihr Tablet und hielt kurz inne, bevor sie den Raum verließ.

Am Abend in ein einsames Zuhause zurückzukehren, deprimierte Hannah. Sie schlurfte durchs Haus, auf der Suche nach Süßigkeiten, öffnete Schranktüren, schloss sie wieder und suchte weiter. In der Nacht wachte sie schwitzend auf. Ihr Schlafanzug klebte an ihrer Haut. Notgedrungen stand sie auf, um sich umzuziehen. Da sie nun nicht mehr einschlafen konnte, schaute sie umher. Über ihrem Bett entdeckte sie Staubflusen an der Decke und holte den Staubsauger, um die Dinger wegzusaugen. Um besser sehen zu können, schaltete sie mehr Lampen ein. Sie fand noch weitere Ecken, die schon lange keinen Staubsaugerbesuch mehr gehabt hatten. So arbeitete sie sich von Zimmer zu Zimmer vor.

Um kurz vor neun Uhr traf Hannah zur Voruntersuchung im Krankenhaus ein. Sie wartete gerade auf den Aufzug, als sie Max' Stimme hinter sich hörte: „Hannah! Was machst denn du hier?"

„Morgen ist meine OP. Ich will das jetzt endlich hinter mich bringen. Es muss alles wie früher werden!"

Max runzelte die Stirn. „Also doch jetzt die OP?"

„Es muss sein. Alles geht schief. Ich habe das Gefühl, dass nichts mehr gelingt. Alle zerren an mir. Es ist, als wenn ich zerrissen würde."

Max seufzte und streichelte Hannahs Schulter mit der Hand. „Hey, du hast schon anderes überstanden. Das wird wieder!"

„Na, hoffentlich hast du recht!"

„Ich drücke dir die Daumen!"

„Wieso bist du hier? Ich dachte, du hättest gekündigt."

„Hab' ich auch. Meine Chefin hat mich gebeten, einen Monat länger zu bleiben, wegen der Urlaubszeit der Kollegen. Personalmangel und so."

„Aha. Und warum kannst du nicht ganz bleiben?"

„Meine Nachfolgerin kommt am ersten August. Das Budget geht auf ein anderes Konto."

„Verstehe."

„Dann sehen wir uns beim Lauftraining. Ich freue mich schon darauf!"

„Oje, und ich dachte, es könnte nicht mehr schlimmer kommen!"

Verschmitzt lachte Max. „Auch alte Damen lernen bei mir wieder laufen – ganz sicher! Wir sehen uns morgen nach der OP."

Hannah nickte, winkte zum Abschied und sprang mit einem langen Schritt in den wartenden Aufzug.

Am nächsten Tag klopfte es an der Tür zu Hannahs Krankenzimmer, und Max kam herein. Als er sie in Straßenkleidung auf dem Bett sitzen sah, fragte er verblüfft: „Was ist passiert? Doch keine OP?"

„Jep", antwortete Hannah knapp, ohne von ihren Händen, die sie im Schoß zusammengelegt hatte, aufzuschauen.

„Schade, ich hatte mich schon auf unser Training gefreut!"

Hannah schob ihre Haare aus der Stirn. „Sie haben die OP abgesetzt. Ich bin schwanger. Als wenn ich nicht schon genug Probleme hätte, bin ich jetzt auch noch schwanger! Ich fasse es nicht."

„Das ist doch toll! Herzlichen Glückwunsch! Was sagt dein Mann dazu?"

„Der weiß noch nicht einmal, dass ich hier bin."

„Aber ich dachte … du bist nicht wieder mit Thomas zusammen?"

„Das ist ja genau mein Problem." Hannah senkte ihren Kopf.

Max setzte sich zu ihr aufs Bett. „Wer ist denn der Vater? Der Typ aus der Zeitung?"

Hannah blitzte Max erbost an. „Der Typ aus der Zeitung ist mein ehemaliger Chef. Sonst nichts! Aber auch gar nichts. Und, ja, Thomas ist der Vater. Aber er wird es nicht werden."

„Hannah! Wo ein Kind ist, ist auch Platz für ein zweites! Nur besondere Menschen haben das Glück …"

„Ja, ja, das hast du mir damals auch schon gesagt! Aber ich schaffe es noch nicht einmal, eine gute Mutter für Carla zu sein. Warum soll ich dann einem zweiten Kind das Leben versauen? Es ist besser so, glaub mir."

„Nein! Die Carla, die ich kenne, ist eine glückliche kleine Person, die eine wunderbare Mutter hat. Du liebst sie sehr, sonst wärst du nicht hier. Du wolltest die OP für sie – damit sie die Wettrennen gegen dich nicht haushoch gewinnt."

Nun lächelte Hannah.

„Es wäre schade", fuhr Max eindringlich fort, „wenn Carla nicht eine Schwester oder einen Bruder bekäme. Überleg es dir, bevor du nachher diese eine Entscheidung dein Leben lang bereust!"

Hannah sah ihn lange an. „Du wirst bestimmt auch mal ein toller Papa."

„Abwarten. Dafür brauche ich erst einmal die richtige Frau. Und einen Job mit Perspektive."

Es klopfte an der Zimmertür. Eine Krankenschwester brachte Hannah den Arztbrief und wünschte ihr alles Gute. Max sah der Kollegin nach, bevor er sich wieder Hannah zuwendete. „Überleg es dir bitte noch einmal. Dein kleines Wunder", dabei deutete er auf Hannahs Bauch, „hat eine faire Chance verdient! Ihr beide habt eine faire Chance verdient."

Hannah seufzte. „Wie soll das gehen? Ohne OP? Thomas denkt, ich bin auf einer Geschäftsreise."

„Lügen haben kurze Beine!"

„Ja, ich weiß. Ich hasse mich dafür. Es ist auch nicht meine Art. Ich bin total neben der Spur seit der Geschichte mit Katharina."

„Dann klär das mit ihr und mit dir."

„Sie ist in Italien … schon seit Wochen."

„Dann fahr hin. Rede mit ihr. Sag ihr, dass sie wieder Oma wird!"

„Ha, wenn ich das sage, bringt sie mich um!"

„Das Gegenteil wird sie tun."

Hannah starrte Max an, der verschmitzt lachte. „Ich muss weiter. Eine attraktive Fünfzigjährige wartet auf mich."

„Na dann – und danke!"

Max stand auf. An der Tür drehte er sich um und deutete mit der Hand an, dass sie telefonieren sollten.

„Okay", rief Hannah, „machen wir!"

Nachdem sie den Arztbrief in ihren Rollkoffer gequetscht hatte, humpelte sie zur Tür hinaus. Auf dem Weg zum Taxistand rasten ihre Gedanken. Wie konnte es sein, dass alles, aber auch wirklich alles in ihrem Leben danebenging? Jetzt auch noch schwanger! Wo war die Hannah geblieben, die keine Kinder wollte? Die Karriere machen wollte. Die unabhängig und frei sein wollte. Die sich die Dinge leisten wollte, von denen andere ein Leben lang träumten. So nah war sie ihrem Ziel gewesen – Hannah Schuster die Vorstandsvorsitzende des Griff-Konzerns –, und was tat sie? Sie lehnte diese einmalige Chance ab! Fluchend presste sie ihre Handtasche gegen ihren Bauch. „Wie kann man nur so doof sein!"

„Entschuldigung, ich habe Sie nicht verstanden. Wo wollten Sie hin?"

Hannah starrte den Taxifahrer mit geöffnetem Mund an. „Ehm, habe ich etwa laut gesprochen?"

Der Mann nickte. Hannahs Gesichtshaut begann feuerrot zu glühen. Sie entschuldigte sich kleinlaut, nannte ihm ihre Adresse und zog krachend die Wagentür zu.

Als sie Thomas' Golf vor dem Haus stehen sah, erschrak sie und wies den Fahrer an, sie zum Hauptbahnhof zu fahren. Er nickte nur und blieb auf der Straße.

Kapitel 10

Juli, zu heiß in Italien

Ihr Handy piepte. Die Bahn-App meldete, dass sie am nächsten Bahnhof ihre Zielstation erreichte. Sie packte ihre Sachen zusammen und zog ihren Koffer zur Zugtür. An diesem Freitagmorgen schien der Zug von Mailand zum Comer See noch spärlich besetzt. Die Bremsen quietschten und der Zug verlangsamte sein Tempo. Ihr Spiegelbild in den Fensterscheiben lächelte ihr etwas zerzaust von der Nacht im Schlafwagenabteil entgegen. Hannah musste feststellen, dass auch italienische Züge schwungvoll bremsten. Mit aller Kraft hielt sie sich an einem Haltegriff fest. Zusätzlich hatte ein Schaffner, der zufällig neben ihr stand, seine Hand hinter ihren Rücken gehalten. Sie dankte ihm, als er die Waggontür des Zuges öffnete.

Auf dem Bahnsteig angekommen, schüttelte sie den Kopf. Das gibt's doch gar nicht, dachte sie, jetzt sehe ich schon so hilflos aus, dass mich fremde Männer stützen müssen! Das musste ganz schnell anders werden, aber ganz schnell! Sie blickte sich um, zog ihr Handy aus der Tasche und tippte Katharinas Adresse in die Navigations-App. Sofort erschien eine Karte mit einer farbigen Linie. Es schien nicht weit bis Katharinas Haus zu sein und so folgte Hannah der Streckenlinie auf dem Display. Die Sonne lachte an diesem Freitagmorgen, so kurz vor dem Wochenende.

Der See lag tiefblau glänzend inmitten der traumhaften Landschaft. Die Navigations-App führte Hannah an mehreren Straßenkreuzungen vorbei. Erneut schaute sie auf dem Display, in welcher Richtung Katharinas Haus lag. Nach der nächsten Kurve erreichte Hannah eine elegante, zweistöckige historische Villa inmitten eines großzügig angelegten parkähnlichen Gartens. Sie hielt inne, verglich die Adresse in ihrer Navi-App mit der des Hauses. Alles stimmte überein. „Wird schon schiefgehen", murmelte sie, streckte ihren Rücken und hinkte zur Haustür. Auf ihr Klingeln öffnete ein durchtrainierter, sonnenverwöhnter Schönling die Tür. Hannah bemerkte seine in alle Richtungen stehenden Haare. Reflexartig strich sie über ihre eigene Haarpracht. Sie sah an ihm hinab, bis sie ein Stückchen Stoff an ihm entdeckte. Er trug lediglich ein Badetuch um seine Hüften. Hannah starrte ihn von oben bis unten an. Nur dieses Stückchen Stoff, ansonsten …

„Ciao. Cosa posso fare per voi?"

Nackt. Er stand fast nackt vor ihr, mit strähnignassen dunkelbraunen Haaren. Er nickte ihr zu, mehrfach. Hannah öffnete den Mund, um zu antworten. Aber kein Ton kam heraus. Sie stand wie ein Fisch im Aquarium vor ihm und bewegte ihren Mund. Hinter diesem Model-Typen erschien Katharina, barfüßig und im Bademantel. Sie rubbelte sich gerade die Haare mit einem Handtuch trocken und rief: „Luca, wer ist denn an der Tür?"

Hannah schaute an Luca vorbei, weil er Katharina verdeckte. Und die Blicke der beiden Freundinnen trafen aufeinander.

„Hannah? Oh mein Gott! Komm rein! Luca, das ist meine …“

„Nee, ich bin gar nicht hier. Entschuldigung! Ein Irrtum! Ich bin hier falsch“, krächzte Hannah. Hastig machte sie kehrt, rannte die Einfahrt der Villa hinunter, raus auf die Straße, zur nächsten Straßenecke.

Katharina rannte ihr hinterher und versuchte sie zum Anhalten zu bewegen. „Hanni! Bleib stehen!“

„Du siehst mich nicht. Ich bin nicht hier!“

„Stopp, bleib endlich stehen!“

Hannah, die immer noch ihren Rollkoffer hinter sich her zog, schaffte es, Katharina zu entkommen. Zwei Straßen weiter blieb sie stehen. Auf den Griff des Koffers gestützt, rang sie nach Luft. Ihr Brustkorb brannte. Sie schüttelte den Kopf. Wie hatte sie nur so blöd sein können, hier aufzutauchen? Ohne jede Vorwarnung! Abermals schüttelte sie fassungslos den Kopf, presste die flache Hand gegen die Stirn, mehrmals. Aber es half nichts. Hannah versuchte, diesen verdammten Brustschmerz mit der Hand wegzudrücken. Stöhnend sah sie in den Himmel. In ihr tobte ein Orkan gegensätzlicher Gefühle. Schon zog sie an dem Rollkoffer, um zurück zu Katharina zu laufen. Nach zwei Schritten jedoch stoppte sie wieder. „Nein, auf gar keinen Fall!“ Sie drehte um in Richtung Bahnhof. An der nächsten Straßenecke verklemmte sich der Rollmechanismus ihres Koffers. Mit aller Kraft zog sie. Fast wäre sie gestolpert, als der Koffer dem Druck nachgab. Und schon wieder brannte ihr Brustkorb so heftig, dass sie innehielt. So konnte sie nicht weitergehen. So konnte es nicht weitergehen.

Das Verkehrsschild am Bahnhof übersah sie. Zu sehr war sie mit ihren Gedanken beschäftigt und stieß unsanft gegen die Metallstange. Mit der freien Hand rieb sie ihr schmerzendes Nasenbein. Und mit einem Mal stand sie vor der Abfahrtsanzeige im Bahnhof. Mit gerunzelter Stirn begann sie nach einer Zugverbindung zu suchen. Bei dem Zug nach Mailand, der in fünfzehn Minuten abfuhr, blieb sie hängen. Zielstrebig steuerte Hannah auf den angezeigten Bahnsteig zu. Der Zug wartete dort auf die Weiterfahrt. Ohne weiter zu zögern, stieg Hannah ein und suchte einen freien Sitzplatz.

Während der Fahrt ließen die Stiche in ihrer Brust nach und sie atmete gleichmäßiger. Ganz langsam fand sie ihre Ruhe wieder. Und Ruhe brauchte sie, um die Umgebung, die draußen vor dem Zugfenster vorbeiflog, überhaupt wahrzunehmen. In der Scheibe sah sie ihr Spiegelbild. Und die Person, die sie sah, war ihr fremd. Hannah schluckte schwer. Sie schaute erneut hin, doch das Spiegelbild verschwand. Die gläserne Fläche war leer. So wie Hannah. Einfach nur leer.

Eine Durchsage kündigte den Mailänder Bahnhof als nächsten Halt an. Wie in Zeitlupe begann Hannah ihre Sachen einzusammeln. Quietschend fuhr der Zug im Bahnhof ein. Hannah stieg aus und reihte sich in den Menschenstrom ein, den es in unterschiedliche Richtungen zog. Zuerst lief sie in die verkehrte Richtung. Als sie es bemerkte, wendete sie, um in die entgegengesetzte Richtung zur Haupthalle zu laufen.

Der Bahnsteig zog sich in die Länge, sehr sogar. Nach ein paar Minuten erreichte sie das Hauptgebäude, einen monumentalen Bau aus Stein und Marmor. Sie lief hinein und schaute angestrengt auf die großflächige elektronische Anzeigetafel, die über dem Durchgang zur Gleishalle hing. Sie drehte dabei ihren Kopf, um die langen Zeilen lesen zu können.

Da ertönte direkt neben ihr eine wohlbekannte Stimme. „Was ist passiert, Hanni? Warum gehst du nicht an dein Telefon und rennst vor mir weg?“, fragte Katharina sanft.

Mit hängenden Schultern schloss Hannah die Augen. Erwischt! Fünfzig Kilometer Entfernung reichten zur Flucht nicht aus. Von allen Alternativen hatte Katharina genau die ausgewählt, die auch Hannah gewählt hatte. Und jetzt saß sie in der Falle. Ihr Gesicht begann zu glühen. Schnaufend atmete sie aus. Ohne Katharina anzusehen, fragte sie: „Was machst du hier?“

Katharina nahm die Sonnenbrille ab. „Ich habe dich gesucht und auch gefunden. Also, was ist so Schlimmes passiert, dass du nicht bleiben oder mit mir sprechen kannst?“

„Nichts.“

„Gut, dann komm bitte mit mir zurück.“

„Nein, ich will nach Hause. Ich störe hier nur!“

„Das ist Blödsinn. Luca ist mein neuer Gärtner.“

„Ach, nennt man das jetzt so?“ Hannah hob geschwind die Hand auf den Mund.

„Er ist nur mein Gärtner!“

Hannahs Kopfkino drehte sich wie ein Hamsterrad.

„Och, ich dachte der Gärtner ist immer der Mörder“, piepste sie. „Deshalb ist er auch nur mit einem

Handtuch rumgelaufen, weil ihr gerade eine Leiche im Garten vergraben habt!"

Katharina holte Luft. „Was willst du hören?", fragte sie resigniert. „Ja, ich habe mit ihm geschlafen. Wir arbeiteten gestern im Garten und dabei bekam ich plötzlich Rückenschmerzen. Luca hat mich massiert. Anscheinend hatten wir auch etwas zu viel Chianti getrunken. Dann ist es eben passiert. Bin ich so unattraktiv, dass das für dich unvorstellbar ist? Auch in meinem Alter?"

Für den Bruchteil einer Sekunde verursachten die rotierenden Bilder in ihrem Kopf Hannah einen heftigen Schwindel. Sie schwankte zwischen dem Impuls, wegrennen, und dem Wunsch, sich die Ohren zuzuhalten. Nur weg hier, weg aus diesem Atemzug, aus dieser Stadt! Ihre Füße bebten. Hastig sagte sie: „So ist das doch gar nicht gemeint. Genieße es! Ehrlich! Ich will einfach nur weg!"

Sie spurtete los, doch Katharina hielt sie eisern am Handgelenk fest. „Du störst nicht. Ich freue mich sehr, dich zu sehen."

Eine Durchsage ertönte: *Eurocity nach Zürich, 13:10 Uhr, fährt heute auf Gleis 4 ein.* Hannah neigte den Kopf und schaute zu den Gleisen. „Mein Zug kommt, ich muss los."

„Hannah! Du bist in Mailand! Seit Jahren wolltest du doch wieder mal hierherkommen. Jetzt bist du hier! Wenn du nicht bei mir bleiben willst, dann nutze die Gelegenheit und besichtige die Stadt. Nimm dir ein Hotel und bleib hier!" Katharina unterstrich ihre Worte durch mehrmaliges Nicken.

Doch Hannah wehrte den Versuch ab. „Nein, ich hätte gar nicht hierherkommen sollen. Sei bitte nicht sauer! Ich erkläre es dir vielleicht später mal. Auf Wiedersehen!“ Sie bewegte sich eilig hinkend in Richtung Gleis 4 auf der anderen Seite.

„Hanni!“, rief Katharina ihr hinterher.

Doch Hannah wollte nur weg. Sie hinkte den Bahnsteig entlang, als der Zug neben ihr einfuhr. Ein ohrenbetäubendes Quietschen durchströmte die Gleishalle. Neben ihr stoppte eine Tür zur ersten Klasse. Sofort drückte Hannah den roten Taster, um in den Waggon einzusteigen.

Nach Luft ringend saß sie einsam in dem Erste-Klasse-Abteil. Doch allmählich kam sie zur Besinnung. Wahrscheinlich war Katharinas Idee, sich Mailand anzusehen, gar nicht so abwegig. Der Pfiff des Schaffners ertönte. Spontan sprang Hannah auf, schnappte ihren Rollkoffer und verließ eilig den Zug.

Sie schaute dem abfahrenden Zug nur kurz hinterher und schritt dann gemächlich den Bahnsteig entlang, hin zum Hauptgebäude des Bahnhofs. Ihr fiel die massive Gleisüberdachung aus Eisen und Glas auf, mit diesen eigenwilligen Ornamenten. Am Ende des Bahnsteigs hing ein Stadtplan von Mailand. Sie reckte ihr Kinn, um ihn besser sehen zu können, als plötzlich ein bunter Hut ihr die Sicht versperrte. Fast wäre sie mit Katharina zusammengeprallt, die wie aus dem Nichts hinter der Werbetafel am Bahnsteigende hervorgetreten war. Katharina sagte nur: „Ich kenne ein sehr schönes kleines Hotel in einer ruhigeren Nebenstraße.“

Hannah schüttelte fassungslos den Kopf. „Woher wusstest du …?"

„Hanni, ich kenne dich." In Katharinas Augenwinkeln stiegen Tränen auf. „Und anscheinend kenne ich dich sogar sehr gut! Diese Chance konntest du dir nicht einfach entgehen lassen. Also, was ist nun mit dem Hotel? Fahren wir hin?"

„Nenn mich nicht Hanni. Ich hasse das, Mammi!"

Katharina umarmte Hannah, bevor sie sie zur Treppe schob, die hinab zur Vorhalle des Bahnhofs führte. Links parkten einige Wagen am Taxistand.

Sie stiegen in das nächstbeste wartende Taxi ein. Katharina sprach mit dem Taxifahrer in fließendem Italienisch. Hannah sah zu ihrer Freundin und dann zu dem Fahrer, der die Anweisungen anscheinend sofort verstand. Hannah musterte Katharina unauffällig von der Seite. Erst jetzt fielen ihr die knallrote Hose und das fliederfarbene Top auf, die Katharina trug, und die unfrisierten Haare, die sie unter dem bunten Hut versteckte. War dies wirklich ihre Freundin, oder saß nur eine schlechte Kopie von ihr dort? Eine so massige dunkle Sonnenbrille hätte Katharina in Köln nie getragen. Das Taxi hielt vor einem Hotel. Katharina drückte dem Fahrer zwei Geldscheine in die Hand. An der Rezeption blickte Hannah erneut verblüfft zu ihrer Freundin. Denn auch mit dem Rezeptionisten sprach sie italienisch. Er telefonierte kurz, bevor ein gedrungener, stilvoll gekleideter grauhaariger Herr erschien. Mit ausgestreckten Händen steuerte er auf Katharina zu.

„Buon giorno, mia bella. Lange nicht mehr gesehen!"

„Buon giorno, Edoardo, hast du ein Zimmer für meine Hanni?"

„Ja, ja. Pio, das Eckzimmer in der dritten Etage ist doch frei?"

Der Rezeptionist nickte zustimmend.

„Sehr gut. Dieses Zimmer liebe ich. Es ist so gemütlich", sagte der Hotelchef in gebrochenem Deutsch zu Hannah. „Es freut mich sehr, Sie in unserem Hotel begrüßen zu dürfen. Wir werden alles tun, um Ihren Aufenthalt so angenehm wie möglich zu gestalten."

„Aber bitte keine Gärtner!", rutschte es Hannah heraus, bevor ihre Hand den Mund erreichte.

Sofort bemerkte sie Katharinas Ellbogen in ihrer Seite. „Hanni!"

„Vielen Dank, ich werde mich hier sicherlich sehr wohl fühlen", sagte Hannah lächelnd. Bei diesen Worten schüttelte sie dem Hotelchef beide Hände und schaute im Raum umher, um dem Gesagten mehr Nachdruck zu verleihen. „Nicht wahr, Mammi?"

Stumm verzog Katharina ihre Mundwinkel.

Der Hotelchef hielt ihnen die Tür auf, und die beiden betraten das Eckzimmer. Es besaß einen Erker, was dem Raum eine gemütliche Ausstrahlung verlieh. Durch die langen Fenster schien die Sonne auf die dunklen Mahagonimöbel, mit denen das Zimmer ausgestattet war. Katharina ließ sich in einen der beiden gemütlichen Sessel fallen. Den zweiten Sessel nahm Hannah. „Und jetzt?", fragte sie und bemerkte Katharinas zitternde Hand.

Zögernd hob Katharina ihr Kinn. Sie sah Hannah direkt an. „Was meinst du?"

„Was erwartest du von mir?“

Katharina überlegte kurz. „Bereitet dir nur mein Haus Unbehagen, oder auch meine Anwesenheit? Wenn es nur mein Haus ist, könnte ich dich bei der Stadtbesichtigung begleiten.“

Hannah seufzte. „Habe ich eine andere Wahl?“

Verneinend bewegte Katharina den Kopf, während sie ihre zitternde Hand zu verstecken versuchte.

Hannah stand auf, um ins Bad zu hinken. Sie öffnete den Wasserhahn. Wohltuend lief kaltes Wasser über ihre Hände. Sie hielt ein Handtuch unter den Hahn, wrang es aus und kühlte damit ihren Nacken. Draußen hörte sie Katharina telefonieren, sogar mehrmals hintereinander. Sie betrachtete die großartigen beigen Kacheln an der Wand, die Umrandungen mit den braunen Mosaiksteinchen sowie den mit Mahagoniholz umkleideten Waschtisch.

Sie hörte, wie es draußen an der Zimmertür klopfte. Dann erklang eine fremde Stimme und Katharina sagte: „Molte grazie.“

Hannah legte ihre Kleidung ab, um in die Dusche zu steigen, als es erneut an der Zimmertür klopfte. Diesmal schien es die Stimme von Pio, dem Rezeptionisten, zu sein. Sie stellte das Wasser an. Erfrischend rauschte es über sie hinweg. Die Wasserperlen spülten alle ihre Sorgen von ihr ab. Mit jedem Tropfen erwachten Hannahs Lebensgeister mehr. Sie vergaß Katharina nebenan.

Als sie ausgiebig geduscht und das Wasser wieder abgedreht hatte, hörte sie es vor der Badezimmertür rascheln. Das Geräusch von Reißverschlüssen. Neugierig lauschend stieg sie vorsichtig aus der Dusche.

Sie trocknete ihre Haut mit einem wunderbar flauschigen Badetuch ab, das nach Wildrose duftete. In das Handtuch geschmiegt, öffnete sie die Badtür und erschrak. Vor dem Garderobenspiegel stand eine völlig veränderte Katharina und zog gerade ihre Ohrringe an. Sie war frisiert, dezent geschminkt und trug ein perfekt sitzendes kobaltblaues Sommerkleid. Mit ausgestrecktem Daumen wies Hannah auf die Badtür hinter ihr. „Ehm, war ich so lange da drin?“

Lachend und mit ausgestreckten Händen stand Katharina vor ihr.

„Wow“, sagte Hannah kopfschüttelnd, „wie hast du das bloß wieder gezaubert?“

„Das ist nur die gute frische Luft hier, und die italienischen Männer.“

„Nein!“ Hannah hob abwehrend ihre Hände. „Sag es bitte nicht …“

„Schluss jetzt, los, wir gehen!“

„Ehm, das ist nicht die neueste Mailänder Mode“, erwiderte Hannah, indem sie mit beiden Daumen auf ihr Badetuch deutete. Katharina presste die Lippen zusammen und verkniff sich, deutlich sichtbar, ein Lachen. Hannah öffnete eilig ihren Koffer, um Unterwäsche hervorzukramen. Dann verschwand sie erneut im Bad.

Kurze Zeit später verließen die beiden Frauen das Hotel und schlenderten um den Häuserblock herum. Sie tauchten ein in das lebhaft pulsierende Mailand. Auf der Piazza del Duomo reihten sie sich in die Touristenströme ein, flanierten vorbei an vielen winzigen Geschäften, stilvollen Galerien und gefüllten Lokalen. In der Galleria Vittorio Emanuele blieb Hannah hier und da stehen, betrachtete die kunstvoll gestaltete Fassade oder die Mosaike im Fußboden.

„Das sind die Stadtwappen von Rom, Turin, Florenz und Mailand", sagte Katharina, „über uns, die Glaskuppel, in 47 Metern Höhe."

Hannah staunte „Woher weißt du das alles?"

„Es ist mein Job. Für meine Romane muss ich recherchieren, und irgendwann behält man so etwas."

Überall herrschte reges Treiben. Katharina lotste Hannah an den Palazzi vorbei, zum Rand des Zentrums. Dort führte sie ihre Freundin in ein von außen unscheinbares Ladenlokal. Ein mit edlem gold-braunem Schiffsparkett ausgelegtes Konfektionsatelier.

Hannah sah sich fragend um. „Was willst du hier?"

„Du brauchst einen Anzug. Dein Koffer sah nicht danach aus, als ob du was Entsprechendes dabeihättest."

„Nein, ganz sicherlich nicht. Wofür brauche ich einen Anzug?"

„Heute Abend treffe ich einige wichtige Freunde zum Abendessen. Du begleitest mich natürlich."

„Warum sollte ich das tun?"

„Damit du nicht heimlich mit dem Nachtzug abreist!"

„Dein Abendessen, deine Freunde …"

„Dein Überfall, hier, bei mir."

Hannah gab auf. Sie wollte nicht mit Katharina streiten. „So schnell bekommen wir aber keinen Anzug."

„Hier schon."

Tatsächlich saß der neue Anzug wie angegossen. Hannah fühlte den angenehm weichen Stoff, der sich an ihren Körper schmiegte, ohne dass er die Form verlor. Auch der Schnitt gefiel ihr. Er betonte die richtigen Stellen und ließ die unvorteilhaften verschwinden. Sofort bemerkte sie die Veränderung. Sie schritt aufrechter, selbstbewusster daher. Auch Katharina bemerkte es, denn sie sah Hannah lächelnd von oben bis unten an.

Am Abend hielt das Taxi vor einem prunkvollen Palazzo. Schon als sie das Gebäude betraten, wunderte sich Hannah über den roten Teppich und den Kellner mit den Begrüßungsdrinks. Sie stiegen eine ausladende Treppe hinauf ins Obergeschoss. Hannah blieb einen halben Schritt hinter Katharina, um ihr den Vortritt zu lassen. Unbemerkt konnte sie so den Palazzo mit ihren Blicken erkunden. Hatte Katharina nicht von einem Abendessen mit Freunden gesprochen? Bevor Hannah nachfragen konnte, sah sie bereits den grandiosen Saal mit den vielen weißgedeckten Tischen. Immer zehn Stühle standen um je einen Tisch herum, geschmackvoll gedeckt, für mehrere Gänge, mit Blumengestecken und Kerzen.

Hannah schätzte die Zahl der Gäste, die an den Tischen um sie herum saßen, auf hundertfünfzig. Einige Plätze waren unbesetzt geblieben, andere Tische hingegen waren voll besetzt. Immer wieder steuerten Gäste auf Katharina zu, um sie zu begrüßen. Jedem schüttelte Hannah höflich die Hand. Mit ihnen an der Tafel saßen ein Spediteur, ein Verleger, ein auf Sonderanfertigungen spezialisierter Autobauer, ein Winzer und ein Teigwarenhersteller. Mit allen schien Katharina befreundet zu sein. Jedenfalls schloss Hannah das aus dem vertrauten Umgangston, der am Tisch herrschte. Die Lautstärke im Saal stieg mit jedem Essensgang, bis eine Frau am Nachbartisch fröhlich zu singen begann. Sofort verstummten die Gespräche. Hannah blickte überrascht zu der singenden Frau. Und dann begannen plötzlich alle im Saal zu singen. Katharina stupste Hannah an, und sie versuchte den Text mitzusingen.

Ihr direkter Tischnachbar, der Autobauer Matteo Buccho, erzählte Hannah im Verlaufe des Essens bemerkenswerte Dinge aus seiner Firma. Ihn überraschte sie mit ihrem Autowissen. Sie diskutierten über die Zukunft der Automobilindustrie. Spontan lud Matteo Buccho sie zu einem Besuch in seinem Unternehmen ein. Nach dem Essen sprach Hannah lange mit Gianni Fiorentino. Seine Weine begleiteten heute Abend die einzelnen Gänge. Hannah blieb jedoch ihrem Tafelwasser treu. Draußen kündigte sich in der Ferne eine Gewitterfront an, die die Atmosphäre drückend heiß werden ließ. Die vielen Menschen heizten den Saal durch ihre Anwesenheit zusätzlich auf. So saß Hannah ohne ihren Blazer am Tisch. Ihr Tafelwasser schwitzte sie schneller aus, als sie es trank. Und mit einem Mal fiel ihr auf, dass sie Katharina schon länger nicht mehr gesehen hatte. Sie vermisste sie.

Kapitel 11

Mannomann, der August

Am nächsten Morgen frühstückte Hannah im Hotel. Sie gähnte vor Müdigkeit. Dabei bemerkte sie die verstohlenen Blicke der Gäste an den anderen Tischen. Zügig beendete sie ihr Frühstück. Auf dem Weg nach oben klingelte ihr iPhone. Katharinas Nummer erschien auf dem Display. Hannah drückte den grünen Button.

„Bin noch nicht wach!"

„Hanni, so schlimm kann es doch gar nicht gewesen sein. Den Vino habe doch ich getrunken und nicht du!"

„Stimmt."

„Heute Morgen muss ich noch ein paar Termine erledigen. Können wir uns gegen Mittag treffen? Hast du Zeit für mich?"

„Hm, ob ich Zeit habe? Kommt ganz drauf an, was meine Beschäftigungs-Managerin sich noch alles ausdenkt, um mich von der Abreise abzuhalten."

„Ich glaube", sagte Katharina sanft, „dieses Stadium haben wir nun überwunden. Treffen wir uns im Hotel und gehen dann ins *Savini* in der Galleria? So gegen 13 Uhr?"

„Okay."

„Danach möchte ich dir gern was zeigen."

„Solange es keine …"

„Nein, nein, kein Gärtner“, unterbrach sie Katharina, „Luca habe ich gefeuert.“

„Oh, mir ist übel. Ich muss … bis heute Mittag!“ Mit ihren Händen suchte Hannah hektisch ihre Taschen nach der Zimmerkarte ab. Eilig öffnete sie die Tür und lief ins Bad.

Punkt 13 Uhr saß Hannah im Foyer ihres Hotels. Die mit edlem bordeauxrotem Samtstoff bezogenen Rokokostühle fand sie überraschend bequem. Wie zu Zeiten Ludwigs XIV. saß sie auf einem barocken Stuhl mit goldenen Füßen. Da sah sie auch schon Katharina mit Schwung den Eingangsbereich des Hotels durchqueren.

„Ah, da bist du ja schon!“, rief Katharina freudig.

„Ich könnte noch länger auf meinem Thron hier sitzen bleiben“, antwortete Hannah lachend.

„Oh, ein Thron, soso. Dir ist der gestrige Abend wohl zu Kopf gestiegen, Majestät!“ Katharina umarmte sie. „Es ist schön, dass du hier bist, sehr schön.“

Zusammen schlenderten sie zur Galleria. Hannah faszinierte dieser Baustil. Überall Stuck, Fresken und Marmor. Hier hätte sie ewig stehen können, um jede einzelne Ecke zu betrachten. Doch Katharina zog sie voran. Der Tisch sei reserviert und man erwarte von den Gästen, dass sie pünktlich erschienen. Seufzend gab Hannah nach und folgte ihrer Freundin zum Eingang des Restaurants. Dort erwartete man sie bereits. Das *Savini* stammte auch aus der Hochzeit der Mahagonimöbel, stand aber in einem stilistischen Gegensatz zum Hotel mit seinen beigen Polsterungen auf den Stühlen. Katharina erklärte ihr, die geweißte

Stuckdecke sei aus den Anfangsjahren des vorletzten Jahrhunderts.

„Wahnsinn", staunte Hannah, „was das für Arbeit war und wie aufwändig. Heutzutage unbezahlbar."

„Von der Unmöglichkeit, die fähigen Stuckateure dafür zu finden, ganz zu schweigen."

Durch halbrunde Fenster sah Hannah hinab in die Galleria. Jede Menge Touristen flanierten durch die Passage. Hier im *Savini* lief alles geruhsamer. Kaum die Hälfte der Tische war besetzt. Hannah bemerkte, wie Katharina sie anstupste und auf die Speisekarte in ihrer Hand deutete. Denn der Ober trat gerade an ihren Tisch, um die Bestellung aufzunehmen. Hannah überflog die Karte und wählte spontan Tagliatelle mit Basilikum, Rucola und Lachsstreifen aus.

„Schön hier. Gefällt mir. Besonders diese Aussicht", schwärmte sie.

„Dachte ich mir. Deshalb sind wir hier."

„Hm, du versuchst es mit allen Mitteln. Ich seh' schon."

Katharina spitzte den Mund und klimperte mit den Augen.

„Ein Autobauer saß gestern Abend neben mir", fuhr Hannah fort. „Wir unterhielten uns über Elektromotoren-Entwicklung. Interessanter Typ."

„Hanni! Hast du vor, die Branche zu wechseln?"

Hannah schwieg einen Moment zu lange, denn Katharina setzte sich auf ihrem Stuhl kerzengerade auf. Hannah lächelte zaghaft, während sie die Ecke der Serviette nachdenklich zwischen den Fingern drehte. „Ein anderer, mit dem ich mich lange unterhalten habe, war Winzer."

„Nicht nur das", nickte Katharina, „er ist mittlerweile einer der größten Weinexporteure Italiens. Gianni hatte schon immer ein gekonntes Händchen für Weine. Ein wunderbarer Mann."

Hannah trank schmunzelnd einen Schluck von ihrem Tafelwasser.

„Was grinst du wieder so?", fragte Katharina.

„Ach nichts … es fällt mir nur auf, dass du irgendwie ein Männerproblem hast."

„Ein Männerproblem?"

Hannah lachte und hielt sich die Hand vor den Mund. „Jaha, du siehst irgendwie nur noch Männer!"

„Blödsinn!"

„Ach? Wer hatte denn gestern Abend die ganze Zeit nur Männer um sich herum versammelt?"

„Gianni und ich waren mal ein Paar, während meines Studiums", sagte Katharina, indem sie ihr Glas gedankenverloren in der Hand drehte. „Wir waren jung. Und verliebt, sehr verliebt."

Hannah sah Katharina an.

„Was?", stutzte Katharina. „Du schaust, als ob ich ein Geist wäre."

„Ach, nichts. Ich bin nur überrascht und verwundert." Hannah nahm noch einen Schluck Wasser. „Es freut mich, wie gut es dir geht."

„Das war in den letzten Monaten nicht immer so. Alleine im Bett zu liegen, alleine aufzustehen, alleine zu frühstücken, das alles ist grausam. Besonders wenn man weiß, dass man am Abend wieder einsam dasitzt und niemand bei einem ist." Katharina senkte ihr Kinn, doch Hannah bemerkte die Traurigkeit in den Augen ihrer Freundin. Sie legte ihre Hand auf Katharinas Hand und streichelte sie sacht.

„Schön, dass du hier bist, Hanni."

Der Kellner servierte das Essen und sie aßen schweigend.

Nach etwa einer halben Stunde trat der Ober erneut an ihren Tisch und fragte nach den Wünschen der Damen.

Hannah winkte ab. Katharina bat um die Rechnung. „Halbe-halbe", sagte Hannah. Aber ihre Freundin lehnte das ab. Jeglicher Protest blieb erfolglos.

Draußen auf dem Gehweg ergriff Katharina Hannahs Hand, um sie zu einem Taxistand zwei Straßen weiter zu führen. An der offenen Fahrzeugtür fragte Hannah: „Was hast du vor?"

„Ich möchte dir etwas zeigen. Steig bitte ein."

Bevor Hannah antworten konnte, nannte Katharina dem Fahrer auf Italienisch die Zieladresse und stieg ein. Durch das Klingeln ihres iPhones abgelenkt, folgte Hannah ihrer Freundin flott ins Wageninnere. Ihr Handy schaltete sie auf Vibrationsalarm um, bevor sie es zurück in die Tasche schob. Katharina beobachtete sie dabei.

„Warum gehst du nicht ran?"

„Lange Geschichte", antwortete Hannah, ohne ihren Blick ihrer Freundin zuzuwenden. „Das war Thomas."

„Er weiß, dass du hier bist?", fragte Katharina vorsichtig.

„Nein."

„Du wirst es ihm aber heute noch sagen?"

„Nein."

„Morgen oder übermorgen?"

„Vielleicht." Hannah merkte, wie Katharina sie musterte.

„Wo warst du, bevor du hier angekommen bist?"

„Im Krankenhaus."

„Er weiß, dass du im Krankenhaus warst?"

„Nein."

„Und wo solltest du eigentlich sein?"

„Auf Geschäftsreise."

Katharina nahm Hannahs Hand in ihre beiden Hände. Sie schwiegen, bis das Taxi vor Katharinas prachtvollem Haus hielt. Dem Fahrer drückte Katharina drei Fünfziger in die Hand, doch auch Hannah hatte ihre Geldbörse geöffnet. Mit der Hand schob Katharina Hannahs Portemonnaie weg. „Lass das!" Und sie nahm vom Fahrer das Wechselgeld entgegen. Sie gab ihm einen Zehn-Euro-Schein Trinkgeld.

Auf dem Weg zur Haustür begann Hannah zu schimpfen. „Was ist los mit dir? Du jagst einem Mann nach dem nächsten hinterher. Du schmeißt mit Geld um dich, als wenn du eine unendliche Quelle besitzt. Hier raus hätten wir auch mit dem Zug fahren können, anstatt über einhundert Euro für eine Taxifahrt zu bezahlen!"

„Meine Männer, mein Geld, meine Entscheidungen. Auch wenn du sie nicht verstehst, so sind es immer noch meine Entscheidungen. Bei der nächsten Fahrt gebe ich dem Taxifahrer vielleicht fünfzig Euro Trinkgeld. Na und?"

Hannah blieb stehen und schüttelte den Kopf. Auch Katharina hielt inne.

„Es ist besser, wenn ich gehe", sagte Hannah leise. Sie schwankte, bis sie Katharinas Arm um ihre Hüfte spürte. Mit leichtem Druck schob Katharina sie zur Haustür und schloss auf. Sie stiegen die Treppe hinauf, um auf die Terrasse hinauszugehen. Dort zog Katharina eine Liege heran und sie setzten sich darauf.

„Schau mal, diese Aussicht!"

Hannah hob ihren Kopf. Der Comer See glänzte in seinem tiefsten Blau. Sie schloss die Augen und atmete langsam ein. Immer noch hielt Katharina sie fest.

„Öffne deine Augen, schau hin, es ist fantastisch."

Hannah kippte zur Seite und lehnte ihren Kopf an die Schulter ihrer Freundin. Katharina rutschte näher zu ihr heran. Schweigend blieben sie eine Zeitlang so sitzen, bis Katharina fragte: „Möchtest du zu der grandiosen Aussicht einen Kaffee?"

„Nein", flüsterte Hannah, indem sie ihre Tränen wegwischte. „Nein, ich möchte, dass du bleibst." „Okay", antwortete Katharina. Nach ein paar Minuten der Stille fragte Katharina: „Was ist passiert?"

„Wo soll ich anfangen? Es ist so kompliziert."

„Warum warst du im Krankenhaus?"

„Ich will endlich normal laufen können. Die Ärzte haben mir keine Perspektive ohne OP prognostiziert."

„Das weißt du schon länger, oder?"

„Ja."

„Hm, dachte ich mir", sagte Katharina nickend, „aber du humpelst immer noch. Oder geht das noch weg?"

„Nein, das bleibt."

„Aber so war es doch immer. Was hat die OP denn geändert?"

„Sie wurde abgebrochen, als ich auf dem Operationstisch lag."

„Warum denn das?"

„Der Anästhesist hatte kurz vorher noch einen Schwangerschaftstest angeordnet. Der war vergessen worden. Das Ergebnis kam, während sie mir die Kabel und Schläuche anlegten."

Katharina starrte Hannah an, und es dauerte einige Sekunden, bis sie nachfragte: „Der Test war positiv?"

Stumm nickte Hannah.

„Aber … aber das ist doch toll. Glückwunsch!" Katharina wollte sie abermals umarmen, doch Hannah wich zurück.

Langsam dämmerte eine Ahnung in Katharinas Augen auf. „Thomas weiß nicht, dass du hier bist. Er wusste auch nichts von deinem Krankenhausaufenthalt?"

Stumm nickte Hannah.

„Ist das Kind von deinem Liebhaber aus der Zeitung?"

„Nein! … Nein, ich habe kein Verhältnis, nicht mit Rudnik, nicht mit sonst wem, mit niemandem!"

„Wer ist dann der Vater des Kindes?"

„Thomas natürlich. Aber das ist ja das Problem."

„Warum?", fragte Katharina mit Furchen auf der Stirn.

„Schau mich doch an. Ich bin einundvierzig und bringe nichts mehr auf die Reihe. Ich bin eine miserable Mutter. Dazu noch ein Krüppel! Mein Leben entgleitet mir. Sogar du flüchtest vor mir!"

„Du eine miserable Mutter? Dass ich nicht lache! Hanni, bitte! Und ein Krüppel schon mal gar nicht!"

„Aber ich erlebe es jeden Tag! Dieses Mitleid in den Augen der anderen frisst mich innerlich auf.

Wenn ich auf Geschäftspartner zugehe, wie die gequält lächeln, damit ich bloß nichts merke." Tränen bahnten sich ihren Weg über Hannahs Wangen. Ihren leisen Widerstand überwindend, zog Katharina ihre Freundin nun fest in ihre Arme.

„Mein Therapeut sagt, ich muss mich mit dem Geschehenen konfrontieren. Ich muss mich mit dir auseinandersetzen, um wieder zu mir selbst zu finden. Bei dem Unfall habe ich mich verloren."

„Oh", sagte Katharina, „das habe ich nicht geahnt." Hannah blickte Katharina fest in die Augen. „Er sagt, solange ich die Vergangenheit nicht verarbeitet habe, kann ich meine Zukunft vergessen."

„Ach, Hanni", seufzte Katharina und strich sanft über ihren Rücken.

„Seit dem Unfall schotte ich mich ab, gegen alles und jeden. Alles wird schlimmer. Jeden Tag kommt eine Schüppe drauf. Egal, was ich mache. Egal, was ich anfange. Es wird alles nur schlimmer."

„Deshalb weiß Thomas nichts von deiner OP?"

Hannah nickte stumm.

„Und ich bin schuld an allem!"

„Na ja, also ... schuld? Schuld ist so ein großes Wort. Wir sind beide durch diese Hölle gegangen. Das musste ja Spuren hinterlassen. Mein Unfall toppte das noch." Hannah atmete hörbar ein. „Ich bin in meinem Turmzimmer gefangen und finde die Diele nicht, unter der die Tür zur Treppe ist."

„Ja, das kenne ich nur zu gut. Wenn man aus seiner eigenen Haut nicht raus kann, obwohl man es sich so sehr wünscht."

„Was meinst du damit?"

„Die Zeit vor dem Unfall. Du wolltest die Firma retten. Ich hingegen wollte sie nur noch loswerden. Egal, zu welchem Preis. Ein Leben ohne die Farber-Werke. Bis – ja – bis zu der Sekunde, wo du blutüberströmt und regungslos in dem Autowrack lagst. Da wusste ich, dass der Preis zu hoch sein würde. Ich wünschte mir, an deiner Stelle dort zu liegen."

„Du?"

„Ja, ich."

Hannah sprang auf und lief ein paar Schritte von Katharina weg. Sie reckte das Kinn zum Himmel empor und versuchte ihre Tränen zurückzuhalten. Sie spürte, wie Katharinas Hände sich auf ihre Schultern legten.

„Hast du dir mal die Frage gestellt", sagte Katharina leise, „warum du freiwillig durch die Hölle gegangen bist? Mein Mann lag im Sterben. Das musste ich durchstehen, aber du nicht. Du hättest jederzeit gehen können."

„Du hast mich gebraucht. Im steigenden Wasser war ich dein rettender Strohhalm. Und als die Strömung übermächtig wurde, wurde ich zum Fels in der Brandung, der dir Halt bot."

„Dafür bin ich dir sehr dankbar. Aber warum hast du es getan?"

Hannah schaute weiterhin nach oben und überlegte einige Augenblicke, bis sie die Antwort fand. „Es fühlte sich richtig an. Bei unserem ersten Krankenhausbesuch sah ich dich so sehr leiden und spürte, was du brauchtest. Dein stummer Hilfeschrei war nicht zu überhören. Ich spürte deine Schmerzen. Irgendwann war die Strömung auch für mich zu stark, als dass ich mich noch von dir hätte wegbewegen können. Ich saß in der Falle."

„Ach, Hanni, es tut mir leid, dass du wegen mir leiden musstest. Ich hätte es dir gern erspart."

„Es gab ja auch die schönen Momente, in denen du gelacht hast, weil ich da war. Das sind die wichtigen Momente im Leben. Genauso wie jetzt gerade. Mir geht es mies, und du bist für mich da. Du hättest mich auch gestern fortgehen lassen können, hast es aber nicht getan. Im Gegenteil, du hast dafür gekämpft, dass ich bleibe. Mehr habe ich damals auch nicht getan."

„Ach Hanni."

„Das sagtest du bereits, Mammi!"

„Nenn mich bitte nicht Mammi. Das macht mich alt!"

„Dann sag nicht Hanni zu mir. Hannah reicht völlig."

Katharina lächelte und drückte Hannahs Hand kurz. „Es ist schön, dass du bei mir bist."

„Ja", sagte Hannah flüsternd, „du hast mir gefehlt."

„Ich habe deinen Koffer aus dem Hotel hierher bringen lassen."

Hannah sah ihre Freundin mit großen Augen an.

„Ja, ich dachte, wir könnten so die wenige gemeinsame Zeit besser nutzen, nicht?"

„Aber ich habe doch das Hotelzimmer noch gar nicht bezahlt."

Katharina verdrehte die Augen. „Hanni, bitte! Das Haus hier ist groß genug. Du kannst dir eins der Gästezimmer aussuchen."

„Meine Rechnungen kann ich sehr gut selber bezahlen."

Katharina sah über den Brillenrand Hannah an und sagte sanft: „Zeit ist unbezahlbar und wir wissen nicht, wie viel wir davon noch gemeinsam haben."

Hannah bemerkte, wie Katharina ihre zitternde in der anderen Hand versteckte. Stumm nickte Hannah zustimmend.

Katharinas Anspannung verflog und erleichtert klatschte sie die Handflächen zusammen. „Kaffee?"

„Ja, bitte."

Kapitel 12

Ungewollt

Am nächsten Morgen traf Hannah in der Küche auf eine fremde Frau und sagte verwundert: „Guten Morgen?"

„Ah guten Morgen, Signora Hannah, ich bin Giulia. Wie geht Ihnen heute? Alles okay mit Bambino?"

„Ehm, ja, danke, alles bestens. Woher wissen Sie …?"

„Signora Farber sagte mir. Sie freut sich sehr, und jetzt das."

„Was?"

Giulia reichte ihr die aktuelle Ausgabe der Tageszeitung *La Stampa*. Hannah sah auf einem Bild in ihr fröhliches Gesicht, Arm in Arm mit Katharina. Weitere Fotos zeigten ebenfalls Gäste des Empfangs von vorgestern. „Ich verstehe nicht ganz. Was ist damit?"

„Signora Hannah, sehen Sie, dort unten." Giulia zeigte auf die Bildunterschrift.

„Ja und?"

„Da steht, Mutter und Tochter feierten bis tief in die Nacht."

„Na ja, stimmt ja, wir waren bis weit nach Mitternacht dort."

Giulia schaute Hannah sorgenvoll an. „Sie verstehen nicht? Mutter und Tochter." Sie deutete mit der

Hand eine schnelle Vorwärtsbewegung an. „Immer noch nicht verstehen?“

Hannah bewegte ganz langsam verneinend ihren Kopf.

„In Italia ist die Familie heilig. Signora Farber ist eine bekannte Frau, sehr bekannt. Sie verstehen? Ihre Bücher sind grandiosi.“

Hannah schob ihre Haare aus der Stirn. Giulia hob resignierend die Schultern, bevor sie sich dem Abwasch zuwandte. Sofort griff Hannah nach einem Spülhandtuch, um das nasse Geschirr abzutrocknen. Als sie einen Teller abstellte, fragte sie: „Ist Katharina im Haus?“

„Nein, einkaufen. Kommt bald.“

Als Hannah einige Teller abgetrocknet hatte, hörte sie jemanden an der Haustür. Bepackt mit zwei Taschen, kam Katharina wenige Augenblicke später die Treppe hinauf in die Küche.

„Wie ich sehe, kennt ihr euch schon! Es hat etwas länger gedauert als gedacht. Ella hat mich am Telefon aufgehalten.“

„Und wer ist Ella?“

„Ella Gardner. Sie kümmert sich um die Vermarktung meiner Bücher und Medienprojekte hier in Italien. Sie kommt gleich vorbei.“ Katharina balancierte sechs Paprika in den Händen zum Kühlschrank. Sie zog an der Tür, wobei die Paprika zu Boden fielen. Hannah legte ihr Handtuch zur Seite, um sich nach dem Gemüse zu bücken. In diesem Moment bückte Katharina sich ebenfalls.

„Auaaa!“

Hannah war mit der Stirn gegen Katharinas Kopf geprallt. „Du hast mich genau über der Augenbraue getroffen."

„Und du mich darüber. Pass doch auf!" Eine Hand vor die obere linke Gesichtshälfte haltend, zog Katharina zwei Kühl-Akkus aus dem Eisfach. Eines reichte sie Hannah, das andere drückte sie sich selbst auf die Stirn.

„Das wird bestimmt dick und blau!", fluchte Hannah. „Mist!"

„Lass mal sehen. Uii, Hanni, warum passt du auch nicht auf", sagte Katharina, während sie Hannah streichelte und ihr einen Kuss auf die Wange gab. „Du bist aber auch schusselig."

„Ach, dein Kopf war doch im Weg, nicht meiner, Mammi", sagte Hannah mit einer abwinkenden Handbewegung.

Giulia strahlte übers ganze Gesicht, die Hände vor dem Kinn gefaltet. „Mamma mia, Bambina und Mama." Die beiden Freundinnen starrten Giulia an. Die schaute von einer zur anderen, bevor sie sagte: „Ah, großes Geheimnis … aber jetzt nicht mehr." Dabei zeigte sie auf die Tageszeitung auf dem Küchentresen. Da keine der beiden Frauen antwortete, wandte sich Giulia rasch ab. „Eh, ich musse putzen Büro." Sie nahm die Putzmittel mit, die neben dem Waschbecken standen, und stieg, eine Melodie trällernd, die Treppe hinab.

Katharina nahm am Esstisch Platz und drückte ihr Kühl-Akku auf die Beule. Hannah schritt auf die Terrasse hinaus, um frische Luft zu atmen. Sie schaute auf den Comer See, der heute ein wenig aufgewühlt war und Wellen warf. Unruhig lief sie auf der Terrasse auf und ab. Mit dem Fuß schoss sie Steinchen vor sich her. Sie merkte, wie ihr Kopf zu brummen begann. Das kühlende Pad drückte sie fester an die Stirn. Vielleicht ersparte es ihr so die Kopfschmerzen. Noch eine Baustelle konnte sie nicht gebrauchen.

Im Haus hörte Hannah eine fremde Stimme. Verstehen konnte sie die Frau nicht, die da mit Katharina sprach. Die Stimmen kamen näher.

„Meine Liebe“, sagte die fremde Frau, „für dein nächstes Projekt können wir diese PR sehr gut gebrauchen.“

„Nein, lass sie da raus!“, hörte man Katharina erwidern.

„Ah, da sind Sie ja!“ Eine Frau um die fünfzig, mit schwarzen langen Haaren und in einem hautengen roten Kostüm, steuerte auf Hannah zu. Im nächsten Moment fand Hannah sich in der Umarmung der Fremden. „Also Sie sind diejenige.“ Die Frau ließ Hannah los und blieb mit ausgestreckter Hand lächelnd vor ihr stehen. „Mein Name ist Ella Gardner, für Sie natürlich Ella. Ich darf Sie doch sicher Hannah nennen, nicht wahr?“

Hannah starrte die Frau an, die sie so unvermittelt umarmt hatte. „Es freut mich Sie kennenzulernen“, sagte sie mechanisch. „Entschuldigen Sie mich bitte.“ Sie wollte die Terrasse verlassen, doch die Frau, die einen Arm um Hannahs Hüfte legte, führte sie von der Tür weg.

„Meine Liebe, wir brauchen Sie. Wir Italiener lieben unsere Kinder über alles. So eine Mutter-Tochter-Geschichte passt perfekt. Ein gefundenes Fressen in der Sommerflaute. Das verschafft uns Aufmerksamkeit, große Aufmerksamkeit, verstehen Sie?"

Ella Gardner wendete sich Katharina zu, nachdem sie Hannah endlich losgelassen hatte. „Eine Tochter wäre hier in Italien vorteilhaft, sage ich dir. Es macht dich um Jahre jünger, meine Liebe, um Jahre!"

Katharinas Augen leuchteten. Mit beiden Händen strich sie durch ihre Haare. „Oh, meinst du wirklich?" Im Spiegelbild der Terrassentür betrachtete sie sich.

„Mindestens zehn Jahre jünger, meine Liebe. Ach, was sage ich da. Jeder wird denken, du bist knapp fünfzig, bei einer so jungen Tochter!"

Katharina legte ihre flache Hand auf den Bauch und spannte ihren Po an, während sie ihr Spiegelbild betrachtete.

Hannah hüstelte, dabei zeigte sie Ella mit der Hand eine Vier und eine Eins.

Ella sah zu ihr hin, dann schaute sie wieder weg. Sie ließ ihren Blick nochmals zu Hannah und dann zu Katharina wandern, bevor sie sagte: „Na ja, fast fünfzig." Sie zuckte mit den Schultern.

Um nicht laut loszulachen, biss Hannah sich auf die Unterlippe.

Ellas Handy piepste. Sie schaute auf ihr Display. „Catena Trevisani will wissen, ob ihr euch dazu entschieden habt, in ihre Sendung zu kommen?"

„Wie bitte?", fragte Katharina mit verschränkten Armen.

„Deine Tochter kennt sie. Sie hat mit Catena lange auf dem Empfang gesprochen. Und Catena möchte die Geschichte als Erste in ihrer Sendung bringen."

„Das gibt's doch gar nicht!" Katharina schoss auf Hannah zu. „Wie kannst du der Trevisani erzählen, du wärst meine Tochter!“ Ihr ausgestreckter Zeigefinger schien scharfe Funken in Richtung Hannah zu versprühen. „Wie kommst du dazu? Ich wollte nie Mutter sein! Auf gar keinen Fall!“

„Stopp!“ Hannah hob abwehrend beide Hände. „Wer ist überhaupt Catena Trevisani?“

„Catena Trevisani kennt jeder, meine Liebe! Sie ist die mächtigste TV-Moderatorin Italiens, mit eigenem Sender. Sie entscheidet über deinen Erfolg oder Misserfolg! Sie allein kann das, nur sie im Alleingang.“

„Und du musst ihr so einen Blödsinn erzählen? Hannah! Bist du noch bei Sinnen!“

Hannah schüttelte den Kopf. „Das habe ich nicht getan! Im Übrigen habe ich auf dem Empfang überhaupt nicht mit irgendeiner Medientante gesprochen. Ganz sicher nicht!“

Katharina funkelte Hannah an. „Wenn Trevisani sagt, sie hat mit dir gesprochen, dann wird was dran sein!“

Ella kramte ihr Handy raus und tippte auf dem Display. Sie hielt Hannah ein Foto entgegen. „Das ist sie. Catena stellt sich gern als Vorsitzende einer Wohltätigkeitsorganisation vor.“

Hannahs Augen wurden groß, als sie auf das Handydisplay starrte.

„Catena hat mir von eurem angenehmen Gespräch vorgeschwärmt. Ganz begeistert von deiner Tochter ist sie, ganz begeistert.“

„Ella!“, rief Katharina entrüstet. „Hannah ist nicht meine Tochter! Und ich bin nicht ihre Mutter. Und Oma werde ich auch nicht.“

Ella fiel ihr lächelnd ins Wort, indem sie zu Hannah sagte: „Ah, wie passend. Sie sind schwanger.

Glückwunsch!" Sie triumphierte. „Das wird ja immer besser, immer besser!"

Mit verdrehten Augen schaute Hannah Katharina an. „Ruf mich an, wenn wir zu dieser Fernsehtante fahren müssen. Bis dahin genieße ich meine Zeit allein! Ich wünsche euch einen amüsanten Tag!"

Ohne eine Reaktion abzuwarten, lief Hannah ins Haus hinein.

In ihrem Schlafzimmer warf sie ihre umherliegenden Sachen in den Koffer. Ihre Halsschlagader pochte. Liebend gern hätte sie Katharina erwürgt, erschossen oder was auch immer. Und diese Ella erst! Wütend riss sie den Rollkoffer vom Bett. Beim Hinausgehen knallte sie die Tür hinter sich zu. Vor Wut schnaufend schritt sie zur nächsten. Mit einem Ruck riss sie die Haustür auf. Vor ihren Augen explodierte ein Blitzlichtgewitter. Augenblicklich schloss sie die Tür wieder und atmete scharf ein. Ein kalter Schweiß war ihr auf die Stirn getreten, und fröstelnd stand sie mit dem Rücken gegen die Tür gelehnt.

„Was ist los?", fragte Katharina, die zu ihr gelaufen kam.

Hannah zeigte mit dem Daumen über ihre Schulter. „Reporter! Mindestens fünf."

Im Hintergrund erschien Ella, mit einem Grinsen im Gesicht und die halb erhobene Rechte zur Faust geballt.

„Du hast die Presse angerufen!", rief Katharina.

„Meine Liebe, eine bessere Werbung für dein nächstes Buch gibt es nicht. Sei dankbar!"

Kapitel 13

Alles oder nichts

„Hanni", sagte Katharina, die nun neben Hannah auf der Terrasse stand, „ich denke, es ist besser, wenn du nach Hause zu deiner Familie fährst." Sie kämpfte mit ihrer heiseren Stimme. „Dein Leben wird harmonischer sein, wenn jeder von uns beiden seinen eigenen Weg geht." Die letzten Worte krächzte sie nur.

Hannah schwieg, ohne eine Regung zu zeigen.

„Hannah, hast du mir zugehört? Es ist besser so."

„Für wen?"

„Für dich."

„Aha."

„In die Geschichte mit Justus hätte ich dich nicht mit reinziehen dürfen. Du hattest damit nichts zu tun. Dann wäre dir auch dein Unfall erspart geblieben. Und alles, was da dran hängt, bis heute."

„Aha."

„Die Farber-Werke sind dein Ding. Da gehst du bereits deinen Weg. Gott sei Dank habe ich damit nichts mehr zu tun."

Hannah bemerkte, dass ihre Freundin sie ansah. Nach langen Sekunden der Stille sprach Katharina weiter: „Es ist besser so, glaub mir. In ein paar Jahren wirst du mit deinem Mann und deinen Kindern über das alles hier lachen. Ich gehe jetzt, damit du in Ruhe packen kannst. Zum Bahnhof kann Giulia dich fahren. Leb wohl, und danke für alles, Hanni."

Hannah hörte, wie Katharinas Schritte sich entfernten. Sie schaute auf den See. Sein Wasser schien schwarz, ein tiefes mattes Schwarz. Von ferne zog ein Gewitter auf. Die dunkle Wolkenwand am Horizont schwoll zu gewaltiger Größe an. In Windeseile trieb sie am Himmel auf Hannah zu, die immer noch da stand, die Hände in den Taschen ihrer Jeans. Das Atmen fiel ihr schwer. Aus den Wolken schossen Regentropfen wie Pfeile in den See. Hannah sah dem Schauspiel zu. Die ersten Tropfen fielen in ihrer Nähe und trafen sie Sekunden später. Doch sie sah nur die nassen Flecken auf ihrer Haut. Spüren konnte sie nichts. Der Regen wurde nun heftiger. Hannahs Beine gaben nach und sie sank zu Boden. Im letzten Moment versuchte sie, an der schützenden Mauer Halt zu finden. Aber ihre Hände rutschten kraftlos hinab, auf den nassen Boden, auf dem sie nun saß, mit der Schulter an die Rückwand der Terrassenmauer gelehnt. Sie hörte, wie jemand die Terrassentür zuzog, um sie sofort wieder zu öffnen.

„Mamma mia, Signora Hannah, sind ganz nass!", rief Giulia, die auf Hannah zulief. „Kommen Sie!" Es bereitete Giulia einige Mühe, Hannah auf die Beine zu hieven und sie mit sich ins Haus zu ziehen. Das Gewitter entlud sich mittlerweile mit gewaltigem Donnern direkt über ihnen. Rechts und links neben dem See schlugen Blitze ein.

Im Bad ihres Gästezimmers bekam Hannah ein großes Tuch in die Hand gedrückt. „Hier", sagte Giulia in einem Kommandoton, „trocknen Sie ab! Ich koche heißen Espresso für die Lebensgeister. Kommen Sie bitte!"

Hannah nickte kaum merklich, allein im Gästezimmer zurückbleibend. Während sie ihre nassen Sachen auszog, hörte sie, wie die Haustür ins Schloss fiel. Frauenstimmen waren zu vernehmen. Katharina und Giulia.

„Sie Rabenmutter!“, schrie Giulia aus heiterem Himmel.

„Ich bin keine Mutter!“, brüllte Katharina zurück.

„Das ich sage ja“, konterte Giulia ungerührt. „Na los, kümmern Sie endlich um Ihre Bambina!“

Hannah humpelte zum Bett. Sie hörte, wie es an der Haustür klingelte. Jemand kam die Treppe herunter und öffnete. Dann ertönte Ella Gardners Stimme. „Du kümmerst dich nicht um deine Tochter? Das kommt in den Medien aber ganz mies an, meine Liebe! Ganz mies, sage ich dir.“

Rücklings kippte Hannah aufs Bett. Warum konnte sie sich nicht in Luft auflösen, einfach verschwinden? Tränen liefen an ihren Ohren hinab. In was für einen Albtraum war sie da nur hineingeraten? Warum nur? Warum sie? Warum kam es immer schlimmer, wenn es eigentlich nicht mehr schlimmer kommen konnte?

Handyklingeln hallte von der Treppe herab und Ella Gardner meldete sich.

„Ja, ich habe mit beiden darüber gesprochen … Nein, entschieden ist noch nichts … Wer? … Luca Marcello? Wer ist das? … Gärtner, soso … Hm, verstehe ... Ich melde mich ... Versprochen, meine liebe Catena, versprochen.“

„Was ist mit Luca?“, fragte Katharina erschrocken.

„Ah, meine Liebe, du kennst also Luca?"

„Natürlich, er ist mein Gärtner … vielmehr, er war es."

„Ist etwas passiert? Ich meine, dass er es war?"

Hannah hörte durch den Türspalt, wie Katharina stotterte: „Nichts. Was soll gewesen sein? Wir waren fertig. Also, mit dem Garten."

„Meine Liebe, er scheint im Garten einen besseren Job gemacht zu haben."

„Wie bitte?"

„Er erzählte Catena, deine Tochter hätte dich und ihn, na sagen wir mal, in flagranti erwischt."

„Ich fasse es nicht! So ein Gigolo!"

„Wo ist sie eigentlich?"

„Wer?"

„Deine Tochter. Wir brauchen sie!"

„Ella, Schluss jetzt! Hannah ist nicht meine Tochter. Nur eine Freundin, mehr nicht!"

„Wie auch immer, Catena erwartet euch beide!"

„Lass sie da raus! Wenn es unbedingt sein muss, gehe ich dorthin."

„Allein? Meine Liebe, du hast es immer noch nicht verstanden. Catena will deine Tochter, ehm, ja, Hannah eben. Und Catena bekommt immer, was sie will!"

Hannah stand vom Bett auf, öffnete die Zimmertür ein Stück weiter und ging zur Treppe. Ihr Kreislauf spielte verrückt. Aber dennoch kämpfte sie sich die Treppe hinauf. Als Katharina sie entdeckte, sah sie erschrocken zu Giulia, die einen Besen in der Hand hielt. Dann schaute sie wieder zu Hannah.

Ella lächelte Hannah an. „Da sind Sie ja, meine Liebe. Ich hatte Sie schon vermisst, sehr vermisst."

„Das freut mich zu hören", sagte Hannah. „Andere können mich nicht schnell genug loswerden."

Ella sah zwischen den beiden hin und her. „Ist das jetzt wieder so ein Mutter-Tochter-Ding zwischen euch?"

Katharina protestierte: „Ella, bitte, ich wollte nie Mutter sein!"

„Rabenmutter!", fauchte Giulia und trollte sich mit ihrem Besen, zu der Arbeit, die sie unterbrochen hatte.

Hannah sah Giulia hinterher. Irgendwie mochte sie diese Italienerin. Aus dem Augenwinkel bemerkte sie, wie Ella eine Zigarette aus ihrer Handtasche fingerte. Sie klemmte sie zwischen die Lippen und zündete sie an.

Sofort zog Katharina ihr die Zigarette aus dem Mund. „Spinnst du? Zu rauchen, was soll das? Das Baby!"

Hannah starrte Katharina an. Bevor Ella sich entschuldigen konnte, lachte Hannah laut los. Zu surreal war dies hier alles. Es konnte nur ein schlechter Traum sein. Sie lachte Katharina aus.

„Hanni, bitte!"

„Nenn mich nie wieder Hanni!" Hannah schritt auf Katharina zu. „Dank dir kann jeder meiner Geschäftspartner oder Kunden im Internet von meiner Schwangerschaft lesen. Und das auch noch in Jahrzehnten!"

„Es tut mir leid."

„Kleb dir dein Pflaster sonst wo hin!"

„Hanni, bitte, ich kann doch nichts dafür, dass die Trevisani …"

Hannah fiel ihr ins Wort: „Das kommt davon, wenn alte, verbitterte Frauen junge Männer ins Bett zerren!“ Sie spürte, wie ihre Halsschlagader pochend anschwoll.

„Ich bin nicht alt, und schon gar nicht verbittert!“

„Na, dann schau mal in den Spiegel. Wenn du Glück hast, bekommt er nicht noch Rostflecken!“

Hannah lief zur Treppe, aber Katharina hielt sie auf.

„Hey, was fällt dir ein, abzuhauen!“

„Es war deine Idee, dass jede ihren eigenen Weg geht.“

„Du wolltest sie wegschicken?“, mischte Ella sich ein.

Hannah schüttelte den Kopf. „Ich bin hierhergekommen, weil es mir schlecht ging. Ich wusste nicht, wie es weitergehen sollte. Ich wollte deinen Rat, deine Hilfe. Dank dir geht es mir jetzt noch schlechter und die ganze Welt weiß davon.“

„Hanni, bitte, es tut mir leid!“

„Ach, das ist doch nur oberflächliches Gerede. Das glaubt dir doch eh keiner mehr.“ Hannah drehte ab zur Treppe, lief hinab, in ihr Gästezimmer. Sie hörte Ellas mahnende Stimme durch die noch einen großen Spalt offene Tür. „Meine Liebe, so läuft das nicht! Wir brauchen deine Tochter. Ihr werdet beide bei Catena erwartet, ihr beide!“

„Ella, das ist jetzt nicht der richtige Zeitpunkt!“

„Es könnte keinen richtigeren geben. So geht man mit seiner Tochter nicht um!“

„Sie ist nicht ...“, setzte Katharina erneut zu protestieren an.

„Das mag alles sein", unterbrach Ella sie. „Wie auch immer. Was auch immer ihr beide seid, dein Erfolg hängt zum großen Teil von meiner PR-Arbeit ab. Meine Glaubwürdigkeit steht auf dem Spiel, wenn das hier mit euch beiden nicht auf die Reihe kommt. Schnell auf die Reihe, sage ich dir."

„Ella, bitte! Es ist alles schon zu sehr verfahren."

„Dann bring es wieder in die richtigen Bahnen. Das bist du mir schuldig!"

„Nein, ich – dir – was schuldig? Dass ich nicht lache! Das Desaster hast du uns doch erst eingebrockt. Geh du doch zur Trevisani!"

„Dann nehme ich diesen Luca mit. Der wird sicher viel zu erzählen haben. Das wird ein großer Spaß, ein richtig großer Spaß. Ich höre bis heute Abend von dir, meine Liebe, hörst du mich?"

Nachdem die Tür hinter Ella ins Schloss gefallen war, wurde es im Haus still. Man hätte eine Stecknadel fallen hören können. Nach einiger Zeit hörte Hannah Töpfe scheppern. Sie nutzte die Gelegenheit, um die Tür vorsichtig weiter zu öffnen. Ihren fertig gepackten Koffer hinter sich her ziehend, schlich sie auf Zehenspitzen hinauf zur Haustür. Ihre Hand berührte bereits den Türknauf, als ihr iPhone klingelte. Thomas' Klingelton schallte durch die Eingangshalle.

„Ah, da bist du ja", sagte Katharina.

Hannah sah sie kurz an, stellte das Handy auf lautlos und sagte: „Leb wohl."

Katharina sackte in sich zusammen. „Hanni, bitte!", beschwor sie ihre Freundin mit einem flehenden Unterton in der Stimme. „Ich habe die leckere Nudelpfanne gekocht, die du immer so gern isst."

„Nein danke, ich habe keinen Hunger."

Katharina sprintete die Treppe hinab auf sie zu, doch Hannah schob ihren Koffer zur Tür hinaus.

„Bitte, du musst was essen!"

Hannah schoss auf Katharina zu. „Was ich muss, ist immer noch meine Sache! Was geht dich das an? Was mischst du dich in mein Leben ein?" Ihr Kopf fühlte sich heiß an, heiß vor Wut.

„Du bist hierhergekommen – nicht ich!"

„Ja, weil ich dich vermisst habe, aber da wusste ich noch nicht, dass du mich vernichten würdest!"

„Nein … ich … du … es tut mir leid!"

„Ach, du mit deinem ständigen ‚Tut mir leid'! Was ändert es denn? Nichts! Rein gar nichts!"

„Was soll ich denn ändern? Es geht einfach nicht!"

„Hast du dich jemals gefragt, was ich von dieser Mutter-Tochter-Geschichte halte? Glaubst du, es geht spurlos an mir vorbei, wenn meine beste Freundin so gnadenlos ablehnend von mir spricht? Und dann? Dann schickst du mich weg! Jede soll ihren eigenen Weg gehen, hast du gesagt. Und? Jetzt lässt du mich nicht gehen! Ich habe es so satt!"

„Hanni, bitte!"

„Hör endlich auf, mich Hanni zu nennen! Ich hasse das!"

„Dann hör du auf, mich Mammi zu nennen! Damit hat der Blödsinn erst begonnen!"

„Haha, herzlich willkommen beim fröhlichen Worte-im-Mund-Umdrehspiel. Heute führt Sie wieder Katharina Farber durch die Sendung." Hannah wandte sich kopfschüttelnd ab.

Aber Katharina gab sich noch nicht geschlagen. „Wärst du nicht wie ein pubertierender Teenager abgezogen“, konterte sie, „müssten wir nicht in diese Sendung.“

„Wir? Du zwingst mich doch nur, weil du Angst davor hast, allein dort zu sitzen!“

„Das ist nicht wahr, und das weißt du!“

„Lass mich bitte jetzt gehen. Dann bist du mich los und siehst mich nie wieder!“

„Nein, bitte nicht“, flüsterte Katharina, und Hannah sah Tränen in ihren Augen aufsteigen. Die Hände in die Hüften gestemmt, mühte sie sich, gleichmäßiger zu atmen. Sie humpelte zu ihrem Koffer, um endlich dieses Haus, dieses Grundstück, dieses Italien hinter sich zu lassen. Als die Haustür hinter ihr ins Schloss gefallen war, hörte sie hinter sich schnelle Schritte von harten Absätzen.

„Signora Hannah?“, rief Giulia.

„Arrivederci, Giulia.“

„Wasse passiert?“

„Ach, nichts.“

„Sie haben Streit?“

Hannah griff hastig nach ihrem Koffer, der irgendwie nun mit einem lauten Rums umfiel.

„Signora Hannah?“

Schnell hob Hannah den Koffer auf und wollte loslaufen. Doch Giulia stellte sich ihr in den Weg, lächelte sie an, nahm ihre Hand und führte sie zurück ins Haus. „Bitte.“ Sie deutete zum Esstisch.

Katharina telefonierte, aber Giulia unterbrach sie: „Signora Farber, bitte!“ Giulia zog einen Stuhl vom Tisch weg und wies mit der ausgestreckten Hand darauf.

Stumm nahm Katharina, die ihr Telefonat abrupt beendet hatte, am Esstisch Platz. Hannah vermied es,

Katharina anzusehen. Giulia holte Teller aus dem Schrank, Gläser, Besteck und stellte alles nacheinander auf dem Tisch ab. Dann servierte sie beiden die Nudeln, schenkte ihnen Wasser in die Gläser ein und wünschte einen guten Appetit. Sie blieb neben dem Tisch stehen. Auch ein aufforderndes Räuspern half nichts. Hannah kämpfte wieder mit ihren Kreislaufproblemen. Giulia verdrehte die Augen. „Mamma mia, Sie sitzen wie Monumento dort. Sagen Sie etwas Liebes!“

Hannah nickte. „Netter Versuch. Aber manchmal ist alles gesagt und man geht besser auseinander.“

„Auseinander?“ Giulia sah beide nacheinander an. „Nix gut, stilles Wasser bricht die Brücken. Signora Farber?“

Katharina sah auf. Giulia zeigte mit den Handflächen nach oben, als wenn sie etwas hochheben wolle. Doch Katharina senkte ihren Kopf. Hannah hatte genug gesehen. Sie wollte aufstehen, doch Giulia kam zu ihr und drückte sie an den Schultern wieder zurück auf den Stuhl. „Das Essen wird kalt. Essen bitte jetzt!“

Mit der Gabel spießte Hannah in Zeitlupe die Nudeln auf. Auch Katharina griff zum Besteck. Schweigend leerten beide ihre Teller. In der Zwischenzeit räumte Giulia die Küche auf. Mit dem letzten Bissen schob Hannah ihren Teller weg. Sie legte die Gabel auf dem Teller ab. Sofort kam Giulia an den Tisch und schaute die beiden Frauen nacheinander an.

„Brücke kaputt. Sie fahren nach Hause?“

„Ja“, antwortete Hannah. Sie wollte nicht länger in dieser bizarren Situation ausharren müssen. Sie erhob sich. „Danke. Und alles Gute!“

Giulia umarmte Hannah. „Signora Hannah kommen bald wieder."

„Nein. Man muss manchmal Türen hinter sich schließen, sonst wird die Zugluft zu eisig."

„No, no, Sie werden gebraucht hier."

Hannah versuchte zu lächeln, aber ihre Mundwinkel wollten nicht, nicht mehr. Sie sah zum Esstisch, aber Katharina saß nicht mehr dort. Mit einem vernehmlichen Seufzer atmete sie aus und winkte Giulia zu, bevor sie die Treppe hinabstieg. Sie ging noch kurz ins Bad und wollte dann endgültig das Haus verlassen. Ihren Koffer nach sich ziehend griff sie zum Türknauf, als Katharina auf sie zu eilte.

„Halt! Warte bitte."

„Nicht schon wieder!"

„Deine Limousine ist gleich da. Sie wird dich nach Hause bringen."

„Wie bitte?"

„Es geht dir nicht gut. Du bist nicht in der Verfassung, achthundert Kilometer alleine zu reisen."

„Ich dachte schon, das alles hier wäre nicht mehr zu toppen. Aber du schaffst es immer wieder. Weißt du, was das kostet?"

„Ja, und?"

„Ich fahre mit dem Zug!"

„Bitte, Hanni, fahr mit der Limousine! Und schick mir eine SMS, wenn du angekommen bist."

Hannah schaute ihre Freundin mehrmals mit zusammengezogenen Augenbrauen an, weil sie nicht glauben konnte, was sie hörte. „Aber ..."

„Kein Aber! Die Limousine bezahle ich. Du gibst Carla bitte einen dicken Kuss von mir. Zu ihrem Geburtstag nächsten Monat werde ich da sein – versprochen."

Hannah starrte Katharina an, die nun lächelte und mit sanfter Stimme sagte: „Halt die Ohren steif, Hanni. Und bitte versuch einen Weg zu finden, diesem kleinen Wunder in dir eine Chance zu geben. Wenn du diese eine Entscheidung unter falschen Voraussetzungen fällst, wirst du sie ein Leben lang bereuen."

Draußen hielt ein Wagen und eine Autotür schlug zu.

„Bitte, Hanni, denk darüber nach", sagte Katharina noch einmal eindringlich und zog Hannah in eine Umarmung. „Pass bitte auf euch beide auf!"

Hannah spürte Katharinas Kuss auf ihrer Schläfe. Stumm nickend öffnete sie die Haustür und sah den Fahrer neben dem BMW warten. Im Hintergrund tauchte Ellas Alfa Romeo auf. Der Fahrer nahm Hannahs Rollkoffer und verstaute ihn gerade im Kofferraum, als Ella ihren Wagen direkt neben dem BMW parkte. „Oh, da bin ich ja rechtzeitig!", rief die Agentin freudig, als sie ausstieg.

Katharina war Hannah gefolgt und stellte sich nun vor Ella. „Lass sie in Ruhe! Es geht ihr nicht gut."

„Ja, weiter so! Sie werden dich als Mutter lieben, so richtig lieben", entgegnete Ella und sagte zu Hannah gewandt: „Gute Fahrt. Es war nett, Sie kennen gelernt zu haben. Wollen Sie nicht doch erst …?"

„Ella! Wir beide gehen zu dem Interview. Schließlich ist Catena deine Freundin."

„Ehm, ja, ja, so könnte man es sagen, und was für eine Freundin, sage ich dir!"

Hannah streichelte Katharina grinsend über den Rücken und flüsterte: „Tschüss, Mammi." Mit Tränen in den Augen drückte Katharina flüchtig ihre Hand. Der Fahrer öffnete die Wagentür und Hannah stieg ein. Er kletterte auf den Fahrersitz. Mit einem sanften, gleichmäßigen Fahrstil lenkte er die Limousine über die Landstraße. Nach ein paar Kilometern lehnte Hannah entspannt zurück und tippte eine Nachricht für Thomas:

Bin auf dem Weg zu dir. Freue mich auf euch. H.

Auf der langen Fahrt versorgte der Fahrer sie mit Getränken und der Tageszeitung. Doch Hannah nahm die Zeitung nicht in die Hand. Sie wollte keine ungeheuerlichen Märchen lesen.

Kurz vor Köln schrieb Hannah die gewünschte Nachricht an Katharina:

Landeanflug auf Zuhause. Bin gleich da. H.

Katharina antwortete sofort:

Danke! Das ist gut. Grüße an deine beiden.

Kapitel 14

Auf der Kippe

In den frühen Morgenstunden stoppte der Fahrer die Limousine vor Hannahs Zuhause. Es brannte noch Licht im Haus. Vorsichtig schloss sie die Eingangstür auf und vernahm sofort Carlas Weinen. Behutsam stellte sie ihren Rollkoffer ab, zog die Schuhe aus und schlich ins Kinderzimmer. Mit sanftem Schaukeln versuchte Thomas, seine Tochter zum Einschlafen zu bringen. Sein kurzes Lächeln, das sein fahles Gesicht noch müder wirken ließ, erschreckte Hannah.

„Hallo, ihr zwei", flüsterte sie, die Hände ausstreckend, um Carla von ihm entgegenzunehmen. Als sie Hannahs Herzschlag fühlte, hörte Carla sogleich auf zu weinen. Zuerst küsste Hannah ihre Tochter, dann ihren Mann. Zum ersten Mal, nach langer Zeit, fühlte sich dieser Kuss richtig an. Sie umarmte Thomas mit ihrem freien Arm und küsste ihn erneut.

„Gut, dass du da bist. Carla weint seit gestern. Sie ist gesund und munter, aber sie schläft nicht."

„Sie wird schon schlafen."

„Lass uns ins Bett gehen."

Nur wenige Minuten später lagen sie gemeinsam im Bett, Carla zwischen ihnen, noch etwas unruhig, aber schon schnarchend. Auch Thomas schlief bald ein. Nur Hannah sah in die Dunkelheit. Ihre Gedanken flogen zu Katharina, zu der OP, dem Baby. Doch ihre tiefe Erschöpfung ließ auch sie bald in den Schlaf sinken.

Nach einer überaus kurzen Nacht weckte Carla ihre Eltern um sechs Uhr früh. Thomas rappelte sich aus dem Bett auf, um in der Küche Carlas Milch zu wärmen. Währenddessen kuschelte Hannah mit ihrer fröhlich lachenden Tochter. Auf dem Weg hinab in die Küche sangen sie ein Lied, bis sie am Esstisch saßen. Als Hannah ihre Tochter in den Kinderstuhl setzen wollte, protestierte die Kleine. Noch einmal nahm Hannah sie hoch und drückte sie liebevoll. Danach ließ Carla sich willig in ihr Stühlchen setzen. Die Apfelstückchen von ihrem Teller nahm sie mit beiden Händen. Sie lutschte daran, zerquetschte einige Stückchen und stopfte sich andere in den Mund. Überall um sie herum lagen kleine Apfelstücke verteilt.

Als Hannah den Tisch deckte, bemerkte sie, wie sehr die Müdigkeit nach der langen Fahrt ihr in den Knochen steckte. Aber auch dieses Kribbeln im Bauch spürte sie, die Freude darüber, wieder in ihrem Zuhause zu sein. Beim Frühstück erzählte Thomas von den letzten Tagen und seinem Kurzurlaub mit Carla an der Küste. Aufmerksam hörte Hannah ihm zu, bis er abrupt aufsprang. Hektisch lief er durch das Erdgeschoss, räumte Geschirr weg, packte eine Tasche und putzte Carlas Mund und Hände ab. Hannah sah ihn fragend an.

„Wir müssen jetzt los“, sagte er zur Erklärung. „Carla hat ihren Trainingstag im Kindergarten. Willst du mit?“ Eilig trug er die Kleine die Treppe hinauf, um sie für die Kindertagesstätte umzuziehen.

„Oh“, rief Hannah, „nein, das wird zu viel, wenn wir zu zweit fahren! Es ist so schon aufregend genug für sie.“

Den einsamen Vormittag nutzte Hannah, um ihre Sachen auszupacken. Sie war gerade dabei, die letzten Teile wegzuräumen, als Thomas mit Carla nach Hause kam. Das Kind schlief an Papas Schulter. Bei diesem Anblick verspürte Hannah plötzlich ein heftiges Stechen in ihrer eigenen Schulter. Mit der flachen Hand versuchte sie es zu besänftigen, aber das Stechen blieb. Vorsichtig nahm sie ihre Tochter von Thomas' Arm und trug sie hinauf in ihr Bett.

Als sie ins Erdgeschoss zurückkam, fragte Thomas: „Gehst du nicht in die Firma?“

„Nein“, antwortete Hannah, „ich wollte mit dir reden. Wenn du Zeit für mich hast.“

„Okay, reden wir.“ Thomas stand in der Küche an der Arbeitsplatte, um Kartoffeln zu schälen.

„Wo soll ich anfangen?“, begann Hannah mit bebender Stimme. „Es ist so viel passiert.“

„Okay, dann fange ich an“, sagte Thomas, „Warum hast du dein Vertrauen in mich verloren?“

„Ups. Wie kommst du darauf?“

„Irgendetwas scheint dich von mir fernzuhalten. Seit Monaten leben wir quasi in einer Wohngemeinschaft. Wir sind Eltern, aber kein Ehepaar. Deine inneren Kämpfe versteckst du vor mir. Wir hatten mal eine Art Brücke, die uns fest verband. Über diese Brücke hatten wir immer Zugang zueinander. Nun ist sie weg, schlichtweg verschwunden. Liegt es an mir? Was habe ich getan? Was muss ich tun, damit wir eine neue Brücke bauen?“ Thomas stand mittlerweile mit dem Rücken zur Arbeitsplatte.

Mit einem Schulterzucken seufzte Hannah. Ihre Stimme klang weinerlich, als sie antwortete. „Ich weiß es nicht. Es ist alles so – so erdrückend. Nichts funktioniert mehr. Überall nur noch Probleme. Wenn ich versuche, sie zu lösen, explodieren sie. Die Splitter wachsen zu neuen, riesigen Problemen an."

„Vielleicht kann ein Therapeut dir helfen, die Probleme zu zerstückeln?"

„Wartenberg sagt, ich muss mich mit dem Geschehenen auseinandersetzen. Solange ich das nicht schaffe, kann ich mit der Vergangenheit nicht abschließen und meine Zukunft vergessen."

„Wer ist Wartenberg?"

„Mein Therapeut."

„Dein Therapeut?"

„Ja, seit Monaten gehe ich zu Vincent Wartenberg. So ein Termin ist immer anstrengend und verwirrend. Er stellt Fragen, auf die ich keine Antworten habe. Und wenn ich glaube, ich bin kurz davor, eine Antwort zu finden, passiert wieder irgendetwas. Und alles ist schlimmer als vorher." Hannahs Schultern sackten nach vorne. Sie verschränkte die Unterarme vor dem Bauch.

„Warum verheimlichst du das vor mir?"

„Ich wollte nicht noch mehr Fragen, auf die ich keine Antworten habe."

„Okay, auch eine Logik. Also deswegen bist du nicht auf Geschäftsreise gewesen, sondern du warst bei Katharina. Um mit ihr … was zu tun?"

Hannah nickte. „Um Antworten zu finden."

„Und? Hast du?"

„Nein, es kann fast nicht mehr schlimmer kommen. Katharina gibt mir wieder die Schuld an allem."

„Ist das nicht immer so? Irgendwann musst du einsehen, dass diese Frau grundsätzlich uneinsichtig ist. Lass sie gehen. Danach wird es dir besser gehen."

„Nein!", schrie Hannah.

Thomas erschrak über diese heftige Reaktion und vergrößerte den Abstand zwischen ihnen. „Hannah, bitte! Das zermürbt dich – und auch uns! Du fährst zu ihr, anstatt mit mir zu reden. Erst dann heulst dich bei mir aus. Ich kann dieses ewige Rumgezicke nicht mehr ertragen!"

„Es reicht! Ich habe es satt, mich dafür rechtfertigen zu müssen, dass ich mit Katharina befreundet bin! Ich habe deine Erpressungen satt! Wenn es dir nicht passt, mit wem ich befreundet bin, dann ist das ganz allein dein Problem, und nicht meins."

„Es scheint aber dein ganzes Problem zu sein. Alles dreht sich nur noch um Katharina. Carla und ich sind doch nur noch Randfiguren in deinem Leben!"

„Das stimmt nicht! Alles war geplant für nach der Geburt. Wir wären auch gut ohne dich klargekommen!"

„Ohne mich? Das glaube ich allmählich auch." Thomas verließ die Küche, wobei er sein Handtuch auf die Küchenarbeitsplatte schmetterte.

Lange noch schaute Hannah aus dem Küchenfenster. Lautlos fraßen die Tränen tiefe Rinnen in ihre Wangen. Schon wieder passierte es! Sie wollte Frieden schließen, und jetzt das! Ihr Kreislauf sackte in den Keller. Alles drehte sich um sie herum und sie begann zu frieren. Neben der Spüle zog sie ein Handtuch aus der Schublade. Sie ließ klares kaltes Wasser darüber laufen, wrang es kurz aus und legte es sich auf den Nacken. Allmählich ging ihr Atem wieder ruhiger. Sie trank einen Schluck Wasser und legte das Handtuch zurück auf die Spüle.

In den nächsten Tagen wich Hannah Thomas aus. Sie vermied es, mit ihm gemeinsam in einem Raum zu sein. Wenn er in der Nähe war, spielte sie mit Carla in ihrem Zimmer. Ein neuerlicher Streit, das wusste sie, hätte katastrophal enden können. Er konnte das Ende ihrer Ehe bedeuten. Die Angst davor beklemmte Hannah so sehr, dass sie am liebsten weggelaufen wäre. Nachts lag sie wach im Bett und wälzte in ihren Gedanken immer wieder neue Horrorszenarien. Es musste sich dringend etwas ändern. Nur was? Auf jeden Fall konnte es so nicht weitergehen.

Nichts fiel ihr ein, wie oder was sie tun könne, um alles wieder gerade zu biegen. So zogen die Tage dahin und sie spürte diesen unerbittlichen Druck auf ihren Schultern. Sie musste auch eine Entscheidung für ihr Baby treffen. Die Zeit rannte ihr davon, sie wusste es. Aber sie kam nicht voran, denn ihre Angst blockierte sie. Sie wusste, sie würde Thomas verlieren, wenn sie nicht endlich eine Entscheidung traf.

Thomas fuhr morgens weg und kam spätabends nach Hause. Aber Hannah fragte ihn nicht danach. Sie wollte ihn nicht zur Rede stellen oder ausfragen. Sie übernahm Zeiten beim Kindergartentraining am Donnerstag oder die letzte Krabbelstunde am Freitag.

Zum Abschied brachte Hannah einen Kuchen mit zur Krabbelgruppe. Dabei stieß ihr wieder einmal auf, wie langweilig ihr diese Gespräche unter Müttern und Vätern vorkamen. Es drehte sich alles nur um die Kinder. Hannah nervte es, über verschiedene Breisorten zu diskutieren. Oder die anschließenden Verdauungsprobleme. Gab es keine bedeutsameren Themen mehr im Leben dieser Menschen? Nächste Woche würde sie wieder an ihrem Schreibtisch sitzen, Verträge mit Kunden abschließen oder neue Produkte entwickeln. Das ergab einen Sinn, aber nicht diese Erörterungen hier. Ihre Versuche, mit den anderen Eltern ins Gespräch zu kommen, endeten schneller, als sie begonnen hatten. Ein Blick auf ihre Uhr verriet Hannah, dass sie es bald für immer geschafft hatte.

Kapitel 15

Steinige Wahrheit

Kurz vor fünfzehn Uhr parkte Hannah ihren SUV auf dem Parkplatz der Beratungsstelle. Mit zögerlichen Schritten hinkte sie auf das Gebäude zu. Sie fror, trotz der hochsommerlichen Temperaturen. Ihren Blazer zog sie mit der Hand zu. Mit dem Handrücken wischte sie kalten Schweiß von der Stirn. Ihre Haut fühlte sich feucht an, kaltfeucht.

Im Beratungsraum deutete eine grauhaarige Dame, die sich als Luise Berger vorstellte, auf einen freien Stuhl vor dem Schreibtisch. Zuerst redete sie über alltägliche Dinge. Sie erklärte Hannah die rechtlichen Bedingungen für einen Schwangerschaftsabbruch. Schweigend hörte Hannah zu.

„Alles, was wir beide hier besprechen, unterliegt der Schweigepflicht. Sie bekommen am Ende unseres Gesprächs ein Attest. Das legen Sie dem Arzt Ihres Vertrauens vor, bevor in frühestens drei Tagen der Eingriff vorgenommen werden darf."

Hannahs Anspannung zerrte an ihr. Sie nickte der Beraterin stumm zu.

„Zum Schutz des Ungeborenen möchte der Gesetzgeber sicherstellen, dass Sie genügend Zeit haben, über Ihr Vorhaben nachzudenken."

Hannah presste ihre feuchtkalten Finger in ihre Handtasche. Sie nickte erneut.

Luise Berger zählte die Folgen eines Schwangerschaftsabbruchs auf. Bei den etwaigen psychischen Folgen brach Hannahs innerer Schutzwall. Ihre Übelkeit durchflutete sie. Nur mit all ihrer Kraft hielt sie sich auf dem Stuhl. Ihre Fingerspitzen durchbohrten die Tasche in ihren fahlweißen Händen.

Nach einer knappen Stunde flüchtete Hannah auf die Straße, an die frische Luft, in das grelle Licht des Tages, in den Atem des Lebens. Kopfschüttelnd schlich sie zu ihrem Wagen. Mechanisch schloss sie ihn auf und stieg ein. Auf dem Weg zurück ins Büro saß allein ihr Körper auf dem Fahrersitz und lenkte den Wagen. Auf dem Beifahrersitz nahm ihr Gewissen Platz. Was hatte die Beraterin gesagt? Mögliche Verlustängste? Schuldgefühle? Depressionen? An einem Parkplatz stoppte Hannah, ohne auszusteigen, und starrte auf das Lenkrad. Da war er wieder, dieser immer kräftiger sich drehende Sog, der an ihr zerrte. Im nächsten Moment stand sie in ihrem Turmzimmer, gefangener denn je. Die rettende Treppe schien nun endgültig unter einem undurchdringlichen Betonboden verschwunden. Es gab nirgendwo mehr einen Ausgang.

Die Dreitagesfrist lief ab. Jede Gelegenheit, mit Thomas zu sprechen, war ungenutzt verstrichen. Frühzeitig war er an diesem Freitagmorgen mit Carla aus dem Haus verschwunden. Hannah bemerkte es erst später. Zu sehr war sie mit ihren inneren Kämpfen beschäftigt. Im Spiegel sah sie eine Hannah, die sie nicht erkannte. Zu viele Geheimnisse, zu viele ungelöste Probleme, zu viele ungeklärte Fragen. Wer war sie eigentlich noch? Über diese Frage grübelte sie lange nach. Ihr Kinn hing noch tiefer als sonst. Heute hatte sie den vorläufigen Tiefpunkt von alldem erreicht. Sie musste sich entscheiden. Die Zeit drängte. Erbarmungslos tickte die Uhr – tick – tick. Mit jeder Sekunde stieg der unbarmherzige Druck auf Hannah – tick – tick. Diese Zeitbombe würde sie und alles um sie herum zerfetzen, in dem Moment, in dem sie explodierte. Es gab kein Entrinnen. Hannah schaute in den Spiegel – tick – tick. Ihr Spiegelbild streckte ihr die Zunge entgegen. Sie pfefferte ihr Handtuch gegen den Spiegel.

Unten an der Haustür klingelte es. Zögernd schlurfte Hannah in ihrem Bademantel die Treppe hinunter. Seufzend öffnete sie die Tür.

„Guten Morgen, Hanni!", begrüßte eine strahlende Katharina sie freudig.

Doch Hannah fragte nur abweisend: „Was machst du denn hier?"

„Dich überraschen? Scheint mir nicht gelungen zu sein."

„So früh am Morgen?" Hannah neigte ihren Kopf. „Warum bist du hier?"

Katharina räusperte sich und erwiderte mit heiserer Stimme: „Ich möchte dich zu deinem Termin fahren."

Hannah starrte Katharina an, ohne einen Schritt von der Tür zu weichen. Ihr Körper streikte. Doch Katharina drängte zum Aufbruch, damit sie pünktlich seien. Hannahs Muskeln verspannten sich immer mehr. Jede Bewegung wurde zu einem kräftezehrenden Kampf. Ihre Schultern knarzten, wie das uralte

Holzzahnrad einer Windmühle. Sie kämpfte mit ihrem Körper, der mit jeder Minute mehr erstarrte. Und mit jeder Minute stieg Katharinas Fröhlichkeit. Aber Hannah fühlte sich zu schwach, um auch noch Katharina anzugreifen.

In Katharinas Mini Cooper sah Hannah schweigend zum Fenster hinaus. Ihre Gedanken kreisten schneller und schneller. Als Katharina den Mini parkte, blickte Hannah auf. Bäume, Hecken und Grabsteine standen in einiger Entfernung vor ihnen.

„Was machen wir hier?“, fragte sie mit gefurchter Stirn.

„Das wirst du gleich sehen. Steig bitte aus!“ Katharina schob Hannah sanft auf das Friedhofstor zu. „Katharina, bitte! Wir kommen zu spät!“

„Nein, nein, das schaffen wir rechtzeitig.“

Wieder kreisten Hannahs Gedanken, bis sie merkte, dass sie vor Justus' Grab standen. Hannah legte ihre Hand auf ihren Bauch. Die Sache mit Justus war mittlerweile über zwei Jahre her. Sein Autounfall, sein Kampf im Krankenhaus, immer wieder diese grausamen Nachrichten. Eigentlich hatte Justus nur sechs Wochen gekämpft, bis zu seiner endgültigen Niederlage. Ein unfairer Kampf. Denn der Tumor hatte sich unerbittlich in alle Bereiche des Gehirns ausgebreitet. Aber diese sechs Wochen kamen Hannah in der Erinnerung, auch jetzt noch, unendlich lang vor.

„Hanni?“

Wie oft hatte Hannah ihre Freundin aufgebaut, sie aufgefangen, aufgesammelt. So oft hatte Katharina kurz davor gestanden, aufzugeben. Aber Hannah hatte sie bei der Hand genommen und weitergezogen. Zum Licht am Ende des Tunnels.

„Hannah?“

Mühsam drehte Hannah ihren Kopf zu Katharina. Der Weg durch den Tunnel hatte ihr alle Kraft geraubt. Doch ein Zurück hatte es nicht gegeben. Hannah hatte alle ihre Kraftreserven mobilisiert, um Katharina weiterzuziehen. Hannah hatte funktioniert, damit Katharinas Leben funktionierte. Hannah hatte ihrer Freundin alles gegeben, was nötig gewesen war, um den Kampf zu überleben.

„Hörst du mich?“, fragte Katharina, Hannahs Hand streichelnd.

Irgendwann nickte Hannah mit Tränen in den Augen.

„Kannst du dich daran erinnern, wie wir kurz vor Justus' Beerdigung am Meer waren? Mit ihm wollte ich noch vieles auf dieser Welt entdecken. Und all diese Orte, wo wir gemeinsam waren, erschienen mir damals nur noch grau, eiskalt und trüb-nass. In diesem Moment begriff ich, wie grausam ein Leben ohne Justus, ohne Kinder, ohne Familie sein würde. Einsam, allein … Wie sehr bereute ich es in diesem Moment, mich gegen Kinder entschieden zu haben.“

Eine Träne tropfte von Hannahs Wange.

„Du – du hast damals gesagt, ich sei nicht allein“, fuhr Katharina fort. „Du hast mich umarmt, gestreichelt und festgehalten, wenn der Boden unter mir aufging. Du hast dafür gekämpft, dass ich weiterlebte. Du hast gesagt, wir schaffen das – gemeinsam. Du hast mir vor meinem allerschwersten Gang, dem Gang zu diesem offenen Grab hier, gesagt: Kopf hoch, ich glaube an uns. Und dass es auf dieser Welt immer noch Dinge gibt, für die es sich zu kämpfen lohnt." Sie schwieg für einige Sekunden und strich der mittlerweile heftig weinenden Hannah sanft übers Haar. „Hanni, wir schaffen das! Dein Baby braucht dich. Deine beiden Kinder brauchen dich. Zeig ihnen die Welt und die Dinge, für die es sich zu kämpfen lohnt! Nimm sie in den Arm, wie ich es gerade mit dir tue, und halt sie für immer fest."

Hannah bemerkte Katharinas Kuss auf ihrer Schläfe. Eine liebevolle, friedliche Wärme durchflutete sie in sanften Wellen. Sie schloss ihre Augen und sah Bilder von lachenden Kindern, die umhertollten. Thomas, der mit ihnen Ball spielte. Katharina, die Geschichten im Kinderbett vorlas. Wie sie alle zusammen am Strand Fangen spielten. Alles ergab auf einmal einen Sinn.

Auch auf dem Weg zurück zum Auto blieb Hannah in Katharinas Umarmung. Katharina stoppte den Mini Cooper vor ihrem Haus.

„Im Garten wartet eine Überraschung auf dich", sagte sie lächelnd.

„Eine Überraschung?"

„Du wirst schon sehen."

Mit wackeligen Beinen stieg Hannah aus dem Wagen. Die Augustsonne brannte auf ihrer Haut. Sie schritten ins Haus. Und weiter durch zur Terrasse. Von dort sah Hannah Thomas, wie er Carla auf einer Schaukel vorsichtig anschubste. Die Schaukel gehörte zu einem Klettergerüst. Ringsumher lag noch allerlei Werkzeug.

„Na, was sagst du?", fragte Katharina strahlend.

„Das habt ihr doch nicht erst heute Morgen aufgebaut?"

„Nein, zusammen mit Thomas habe ich die letzten zwei Wochen daran gearbeitet. Er hat mir viel beigebracht."

„Aha. Dann weiß er, wo wir beide herkommen?"

„Natürlich habe mit ihm darüber gesprochen."

„Aha."

„Er hat mich angerufen und um Hilfe gebeten."

„Was?"

„Thomas wusste nicht mehr weiter. Er wollte euer Baby retten."

„Aha."

Katharinas Kopf senkte sich. „Du wolltest abtreiben und so tun, als wäre nichts gewesen?"

„Nicht ganz, aber im Grunde vielleicht schon. Ich weiß es nicht."

„Hanni! Eine Ehe auf Lügen aufzubauen, hat noch nie etwas gebracht."

„Ich bin mir nicht sicher, ob da noch etwas aufzubauen ist. Zu einer Ehe gehören immer zwei. Aber dem Duett fehlt die eine Hälfte, die ich nicht mehr finden kann."

„Glaubst du das wirklich?"

„Kannst du dich daran erinnern, dass Giulia von kaputten Brücken gesprochen hat?"

„Ja."

„Thomas fehlt diese verbindende Brücke zwischen uns."

„Dir nicht?"

„Ich habe versucht, die Bruchstücke der Brücke zusammenzusetzen. Aber ich bin von den herabstürzenden Teilen erschlagen worden. Ich liege immer noch unter Schutt und Asche."

Katharina nickte zustimmend. „Verstehe. Wenn die Brocken für dich zu schwer sind, vielleicht sind dann ein paar mehr Hände sinnvoll?"

„Wie meinst du das?"

„In den letzten Tagen haben wir viel diskutiert, wie wir dich von dem Schwangerschaftsabbruch abhalten können. Hätte ich es nicht geschafft, wäre Thomas zu deinem Arzt gefahren, um dich dort abzufangen."

„Dann hast du ihm die Nachricht eben geschickt?"

„Ich dachte, du merkst es nicht. Mist." Katharina biss sich auf die Unterlippe. Schmunzelnd drückte Hannah mit der Hand die Schulter ihrer Freundin.

Thomas entdeckte die beiden Frauen und winkte ihnen zu. Sie winkten zurück, während Katharina zu Hannah sagte: „Dann drücke ich dir die Daumen, dass du jetzt die Brücke hinbekommst, Hanni. Gib dein Bestes! Ich bin drinnen, zum Kaffeekochen, wenn du mich brauchst."

Zustimmend nickte Hannah. „Ich hab' dich lieb."

Katharina streichelte Hannahs Handrücken. „Sag *ihm* das."

Hannah sah ihrer Freundin, die ins Haus ging, nach. Tief atmete sie ein und streckte ihren Rücken, bevor sie auf Thomas zuging.

Zitternd, mit kreidebleichem Gesicht und feuchten Händen, wankte Hannah ihrem Mann entgegen. Ihre Angst davor, was als Nächstes wieder schiefgehen könnte, wuchs zu einem irrsinnigen Monster an. Mit einigem Abstand blieb sie vor Thomas stehen. Doch

Thomas trat schmunzelnd auf sie zu. „Das wäre geschafft. Den Rest schaffen wir auch noch, hm?"

„Ein tolles Klettergerüst! Gute Arbeit!"

„Das meiste hat Carla gemacht, mit Hilfe von Katharina."

„Ach so, na dann."

„Vielleicht sollten wir noch einmal neu anfangen. Was meinst du?"

„Wir sind seit neun Jahren verheiratet."

„Liebes, das weiß ich."

„Liebes hast du schon lange nicht mehr zu mir gesagt."

„Ich liebe dich."

„Das habe ich schon lange nicht mehr zu dir gesagt."

„Dann probier es mal. Es fühlt sich immer noch saugut an", sagte Thomas mit einem zwinkernden Auge. Er trat ganz nahe an sie heran und umarmte sie. Sein Kuss auf ihrer Stirn wühlte sie noch mehr auf. Er küsste sie auf die Wange, dann auf die andere, dann ihren Mund. Als Hannah wieder die Augen öffnete, flüsterte sie: „Ich liebe dich. Ich ..."

Thomas legte seinen gestreckten Zeigefinger auf ihren Mund. „Mir genügt das für den Anfang, Liebes."

„Ihr beiden Turteltauben, es gibt Kaffee, Tee und Früchtetee für Carla!", rief Katharina ihnen zu.

Hannah wollte Carla aus der Schaukel heben, aber die Kleine schlief. Lächelnd wandte Hannah sich zu ihrem Mann, um ihm ihre Hand auf den Rücken zu legen. Sie alberten herum, bis sie Katharina auf der Terrasse erreichten.

Als die drei vor den dampfenden Tassen saßen, fragte Hannah: „Wie ist es eigentlich mit Trevisani gelaufen?"

„Mmh, ich denke, sie war unzufrieden mit meinen Antworten. Sie wollte etwas anderes, Spektakuläres hören. Aber das konnte ich ihr leider nicht bieten."

„Und das heißt?"

„Ella war zwar anderer Meinung", sagte Katharina, „aber ich habe Trevisani gesagt, dass die Geschichte ein Märchen ist."

„Und? Hat sie sich damit zufriedengegeben?"

„Nein, natürlich nicht. Sie hat mehrmals nachgebohrt. Aber ich habe ihr beharrlich immer dieselbe Antwort gegeben. Ella war deswegen frustriert. Sie empfand es als wenig hilfreich."

„Hat sie nicht versucht, die Tatsachen ihren Wünschen entsprechend zu verdrehen?"

„Wenn es nach Ella gegangen wäre, hätten wir ein PR-Feuerwerk abgeschossen. Eine Rakete nach der nächsten. Für sie zählt nur jede Minute Medienpräsenz."

„Wer ist Ella?", fragte Thomas dazwischen.

„Ella Gardner vermarktet meine Bücher und Medienprojekte in Italien."

„Und sie fand es faszinierend, dass wir Tochter und Mutter sind", fügte Hannah hinzu.

„Sind wir das?", fragte Katharina mit einer hochgezogenen Augenbraue.

Verdutzt sah Hannah sie an. „Natürlich nicht!"

„Doch – manchmal schon", warf Thomas ein. „Besonders wenn ihr beide mal wieder rumzickt! Das ist unsagbar anstrengend. Es wäre wünschenswert, in Zukunft weniger derart stressige Phasen zu erleben."

Beide Frauen starrten Thomas an. Der sah sie mit verschränkten Unterarmen streng an.

„Noch einen Tee?", fragte Hannah ihren Mann, stand auf und hob auch kurz Katharinas Tasse an. Katharina nickte, und Hannah nahm alle drei Tassen mit, um neue Heißgetränke zu holen.

„Oh, die Kekse. Ich habe die Kekse vergessen!"

Sie hörte Katharinas Schritte hinter sich.

Kapitel 16

Niederschlag

Am Montagmorgen saß Hannah bereits sehr früh in den Farber-Werken an ihrem Schreibtisch. Nachdem sie die ersten drei Schreiben von Frau Henseler durchgelesen, korrigiert oder kommentiert hatte, gab sie es auf. Kopfschüttelnd sah sie auf die Blätter. Die auffallend vielen Fehlermarkierungen, die sie auf den ersten drei Schreiben hatte anbringen müssen, verärgerten sie. Als sie Schritte auf dem Flur hörte, klappte sie die Unterschriftenmappe zu und sah zur Tür. Aber nicht Frau Henseler erschien, sondern eine fahle Jasmina mit tiefschwarzen Rändern unter ihren geschwollenen Augen. Sie schloss die Bürotür, bevor sie sich auf den Stuhl vor Hannahs Schreibtisch fallen ließ. Mit ihrer Stofftasche vor dem Bauch saß sie in Shorts, Shirt und Sandalen Hannah gegenüber.

„Guten Morgen, Jasmina, wie war dein Wochenende?"

„Hast du es schon gehört?", fragte Jasmina mit bebender Stimme. „Ich meine, das von Angelika und dem Notfall am Freitag?"

„Nein. Was ist denn mit Frau Henseler?"

„Angelika kam Freitag zur Arbeit, wie immer. Als sie mich begrüßte, gefiel mir ihr Gesicht irgendwie nicht. Erklären konnte ich es nicht. Sie hätte schlecht geschlafen sagte sie mir. Später, als sie mir einen Orangensaft brachte, habe ich sie angesprochen. Mir –

einen Orangensaft! Sie konnte meine Fragen nicht beantworten."

„Wie? Deine Fragen nicht beantworten?"

„Das war ganz komisch. Ich fragte sie, warum sie mir einen Orangensaft gebracht habe, obwohl ich allergisch darauf reagiere. Sie antwortete auf eine Frage, die ich ihr nicht gestellt hatte. Ich fragte nach, aber ihre Aussprache wurde undeutlicher. Sie wiederholte zuerst Wörter, dann auch Silben. Als ich sagte, sie solle sich hinsetzen, ich würde ihr einen Kaffee holen, lief sie in die Kaffeeküche. Sie schwankte dabei hin und her. Dann konnte sie die Tasse nicht greifen. Immer wieder griff sie daneben. Als sie dann endlich den Henkel erwischte, versuchte sie die Tasse anzuheben." Jasmina begann zu weinen, erzählte aber weiter. „Sie versuchte es immer weiter … bis ich ihr die Tasse wegnahm. Mit meinem Handy rief ich Lena an, die ist ja Ersthelferin und fit in Erster Hilfe. Lena kam rüber. Angelikas steife Gesichtshälfte fiel ihr sofort auf. Wir haben sofort die 112 alarmiert."

„Ist jemand mit dem Rettungswagen mitgefahren?", fragte Hannah, beide Hände gegen ihre Schläfen gepresst.

„Ja, klar", sagte Jasmina, „ich bin mitgefahren. Ich hoffe, es war okay, dass niemand in der Geschäftsleitung erreichbar war?"

„Natürlich", erwiderte Hannah, die von ihrem Bürostuhl aufstand. Jasmina knüllte ihr Taschentuch in den Händen zusammen. Hannah hinkte zu ihr hin und legte ihr eine Hand auf die Schulter. „Das war die richtige Entscheidung. Hast du gut gemacht! Wie geht es ihr? Weiß man schon Genaueres?"

„Verdacht auf Schlaganfall. Sie haben sie nach Köln-Merheim in eine Stroke Unit gebracht. In solch einem Schlaganfallzentrum drehen sie die Patienten auf links, um die Ursachen und Auswirkungen der Lähmungen zu finden. Sie haben mich nur noch einmal kurz zu ihr gelassen, damit ich ihr einige Kleidungsstücke bringen konnte."

„Du hast ihr Anziehsachen gebracht?"

„Ja, eine Krankenschwester meinte, Angelika wird die Sachen brauchen. Es wird lange dauern, bis sie nach Hause kann."

„Scheiße", entschlüpfte es Hannah, „das hat sie nicht verdient!"

„Hoffentlich schafft sie es!"

„Das wird sie! Bevor du gekommen bist, habe ich die Unterschriftenmappe von Freitag durchgearbeitet." Hannah nahm die Mappe und schob sie geöffnet über den Tisch hin zu Jasmina. Die Fehlermarkierungen, die Hannah an den Texten vorgenommen hatte, stachen deutlich aus den Texten hervor.

„Oh", sagte Jasmina, „das heißt ja ..."

„Genau das heißt es. Schon auf dem Weg zur Arbeit bahnte sich ihr Hirninfarkt an. Wir können froh sein, dass es hier passiert ist und nicht in ihrer Wohnung."

Jasmina sackte in sich zusammen.

„Wenn dich das alles so sehr mitnimmt, kannst du gern heute frei nehmen", schlug Hannah vor.

„Nein, bloß nicht! Zu Hause denke ich an nichts anderes."

„Gut, dann müssen wir uns eine Lösung einfallen lassen. Wie überbrücken wir die Zeit, bis Frau Henseler wieder einsatzfähig ist?"

„Über welchen Zeitraum sprechen wir denn?"

„Das kann ich dir nicht sagen. Kannst du es bitte herausfinden?"

„Ja, ich kümmere mich gleich darum."

„Prima. Hast du jemanden, der sich heute nach der Arbeit um dich kümmert? Die Sache scheint dich sehr mitzunehmen."

„Ja, ja", antwortete Jasmina, „Frederik wird da sein. Er war auch am Wochenende da."

„Es ist gut, wenn du nicht alleine bist. Dann würdest du zu viel grübeln."

Jasminas Handy piepste. Ihre Gesichtsfarbe wechselte zu einem rötlichen Ton. „Oh, das ist Frederik. Ehm, ich recherchiere mal, wann Angelika wiederkommen wird. Ehm, ich ..." Sie hielt ihr Handy hoch.

Hannah nickte und winkte sie mit beiden Händen aus ihrem Büro.

Ohne Angelika Henseler fehlte das Herz in der Geschäftsleitung. Sie vermissten die Kollegin sehr. Jedes Mal, wenn Hannah den verwaisten Bürostuhl sah, versetzte es ihr einen Stich. Am Nachmittag überbrachte Jasmina eine Hiobsbotschaft, die Hannah mächtig zusetzte: Angelika Henseler werde möglicherweise zwölf Monate oder noch länger ausfallen. Fassungslos schaute Hannah Jasmina an. Sie diskutierten über die Möglichkeiten, einen Ersatz zu finden. Aber sie kamen zu keinem Ergebnis. Das Herz der Geschäftsleitung würde für lange Zeit fehlen.

Am Mittwochmorgen stand Hannah eilig auf, um für Carla einen Geburtstagskuchen zu backen. Draußen dämmerte es gerade. Schon auf der Treppe hörte sie Geräusche aus der Küche. Thomas verteilte bereits den Kuchenteig in der Springform.

„Guten Morgen“, sagte Hannah, „den Kuchen wollte ich doch backen.“

„Guten Morgen, Liebes. Ich dachte, du hast im Moment genug Stress in der Firma. Da hab’ ich schon angefangen.“ Thomas küsste Hannah flüchtig und fuhr fort, den Teig in der Springform zu verteilen.

„Das ist lieb. Was soll ich machen?“

„Kannst du bitte den Tisch decken und dekorieren?“

Hannah stellte soeben die eine Geburtstagskerze auf den Tisch, als sie über das Babyfon Carla weinen hörten. Thomas schob die Springform in den Backofen und lief los, um ihre Tochter zu holen. Währenddessen zündete Hannah die Geburtstagskerze an, legte das Geschenk daneben und rückte den bunt geschmückten Stuhl zurecht.

Fröhlich trat Thomas, Carla auf den Armen wippend, zum Frühstückstisch. Sofort begannen Hannah und er „Zum Geburtstag viel Glück“ zu singen. Doch Carla starrte nur auf die Kerzenflamme. Liebevoll und amüsiert betrachteten Hannah und Thomas das kleine Geburtstagskind.

Auf dem Boden packten sie gemeinsam das Geburtstagsgeschenk aus – ein Holzdreirad. Thomas erklärte Carla, dass sie später ein Hinterrad abmontieren würden, um das Dreirad zu einem rasanten Laufrad umzubauen. Aber das werde noch etwas dauern.

„Papa rennt dann hinter dir her, um dich einzufangen“, sagte Hannah lachend. „Ich freue mich schon darauf!“

„Ach, hast du den Eindruck, ich schaffe das nicht?“, fragte Thomas.

„Nein, nein“, scherzte Hannah, „ich schenke dir vorher auch noch ein Laufrad, Papa!“

Ihr Stück Geburtstagskuchen zermatschte Carla zwischen den Fingern. Als Thomas die Kuchenkrümel wegwischen wollte, schrie die Kleine. Aber es half nichts. Schließlich wischte Hannah ihr die Hände ab und Thomas kehrte auf dem Boden die Sandkuchen-Krümel zusammen. „Töchterchen, das muss besser werden. Mindestens die Hälfte liegt hier unten.“

„Sie wollte dir nur was abgeben“, sagte Hannah lachend, „das ist doch sehr lieb von ihr!“

„Sicher, ich hatte ja erst drei Stücke.“

Nach dem Frühstück setzte Thomas seine Tochter auf das Laufrad. Sie fuhren durch die Küche bis ins Wohnzimmer. Carlas verhaltene Begeisterung wechselte zu einem schreienden Weinen. Es dauerte einige Zeit, bis sie sich beruhigen ließ.

In Carlas Kita-Gruppe stieg die nächste Party, und dementsprechend schlief das Geburtstagskind am Nachmittag im Audi sofort ein. Erst vor dem Farber'schen Anwesen wachte sie im Kindersitz auf. Neben den Marmorstufen, die zu der Rosenholz-Tür hinaufführten, hingen pralle bunte Luftballons. Den Weg zum Esszimmer säumten Luftschlangen. Carla zappelte vor Begeisterung. Ein riesiger flauschiger Teddybär mit einer roten Schleife saß gegen ein Tischbein gelehnt. Hannah setzte das Geburtstagskind auf den Boden. Doch Carla stand auf, um sich in die kuscheligen Arme des Teddybären zu werfen.

„Ah, da ist ja das Geburtstagskind, und dein Geschenk hast du auch schon gefunden!“, rief Katharina, während sie sich mit beiden Händen auf die Oberschenkel klopfte.

„Sie ist zu dem Teddy gelaufen!“

„Gelaufen?“

„Ja, sie läuft.“

Carlas Übergangszeit in der Kindertagesstätte war nun vorbei und sie blieb fünf Tage in der Woche dort. Damit Thomas pünktlich zur Arbeit kam, brachte Hannah ihre Tochter in die Kita. Dort gab sie ihr einen flüchtigen Kuss, um seufzend zurück zu ihrem SUV zu hinken. Dann fuhr sie nach Köln-Merheim zum Krankenhaus. Als sie ihren Wagen auf dem Parkplatz abstellte, blickte sie an dem Gebäude empor. Mit der Hand schob sie ihre dunklen Haare aus der Stirn. Sie streckte die Schultern und schritt, ein Bein etwas nachziehend, auf den Eingang zu. Von der Stationsschwester erfuhr sie, dass Angelika Henseler auf dem Weg in die Reha sei. Dennoch ließ Hannah die Blumen auf der Station und dankte der Schwester.

In der Firma wartete Jasmina mit der Tagesplanung auf Hannah. An ihrem Schreibtisch sitzend, sah Hannah ihre Assistentin an. Aber Jasmina starrte nur auf den Bildschirm ihres MacBooks.

„Jasmina? Können wir?“, fragte Hannah mit hochgezogenen Augenbrauen.

Ihre Assistentin antwortete nicht, sondern tippte weiter auf ihrer Tastatur.

„Jasmina?“

„Meine Dateien sind leer!“

„Wie bitte?“

„Ich weiß genau, dass ich sie gestern Abend bearbeitet und abgespeichert habe!“, schimpfte Jasmina.

„Vielleicht schaust du mal im Papierkorb nach?“

„Nein“, sagte Jasmina, „nichts, einfach leer!“

„Und in der Datensicherung?“

„Nein, die Sicherungsdateien sind auch leer.“

„Das ist aber merkwürdig. Ich wusste nicht, dass das überhaupt geht. Vielleicht kann unsere EDV da helfen?“

„Ja“, sagte Jasmina, „ich gehe da mal hin.“ Sie klappte ihr Notebook zu und eilte los.

Nach einiger Zeit kam Jasmina wütend zurück in Hannahs Büro gestapft. „Alle Dateiinhalte unauffindbar. Nur noch Dateinamen vorhanden!“

„Dann planen wir so.“

„Wie jetzt?“, fragte Jasmina. „Wir können doch nicht einfach so planen.“

Mit dem Zeigefinger tippte Hannah an ihre Schläfe. „Nutze die Datensicherung hier oben. Versuch so viel wie möglich wiederherzustellen. Der Rest wird sich auch finden.“

„Wie kannst du bloß so ruhig bleiben?“

„Was bringt es, sich aufzuregen? Die Arbeitsqualität sinkt, mehr nicht.“

Schnaufend ging Jasmina hinüber in ihr eigenes Büro.

Hannah folgte ihr. „Es gibt Neuigkeiten von Frau Henseler“, sagte sie.

„Ja?“ Jasmina strahlte.

„Sie ist nicht mehr in der Klinik, sondern in der Reha. Es sieht nicht gut aus. Das Sprachzentrum sei stark betroffen, haben sie gesagt."

„Um Himmels willen, hoffentlich kämpft sie sich zurück! Sie muss einfach!"

Kapitel 17

Neu auf Anfang

Die Kita-Tage schlauchten Carla so sehr, dass sie beim Abendessen einschlief. Dafür wachte sie gegen fünf Uhr am Morgen auf. Hannah passte ihre Zeiten im Betrieb diesem Rhythmus an und begann ihre Arbeitstage früher. Sie nutzte die Gelegenheit, um im Büro das Chaos zu beseitigen. Frau Henseler fehlte jeden Tag ein Stück mehr.

„Guten Morgen“, sagte Jasmina, die im Türrahmen stand. Sie schaute auf die Unterlagen, die Hannah auf ihrem Schreibtisch sortierte.

„Oh, guten Morgen! Was ist deine Entschuldigung?“

„Meine Entschuldigung?“

„Ja, meine ist, dass Carla um fünf Uhr aufwacht und spielen will.“

Jasmina lachte. „Ach so, das wird nächste Woche besser. Ich muss dringend meinen Schreibtisch aufräumen.“

„Glückwunsch! Das versuche ich gerade auch. Gute-Laune-Tee steht schon in der Kaffeeküche.“

„Danke! Das hilft immer“, sagte Jasmina lachend.

„Wann kommt eigentlich die Neue?“

„Angelikas Vertretung?“

„Jep.“ Hannah schob einen fertig sortierten Stapel beiseite.

„Beatrice Becker kommt am Montag in acht Tagen. Dann löst sich hoffentlich dieses Mikado hier."

„Das ist ihr Job! Aber Mikado ist gut. Zieht man am falschen Stäbchen, kracht alles zusammen."

„Ja, Bingo. Falsche Akte gegriffen, Termin gesprengt."

„Jasmina, so schlimm war es noch nie!"

„Was nicht ist, kann noch werden. Meine Zugangsdaten funktionieren nicht. Ins Firmendatennetzwerk komme ich nicht rein."

„Wie kann das denn sein?"

„Letzte Woche leere Dateien, und jetzt das!"

„Sprich mit den Kollegen der EDV!"

„Erklären kann ich mir das alles nicht. Aber vielleicht die Kollegen."

„Ja, hoffentlich. Vorher können wir noch die Tagesplanung durchsprechen."

„Okay, ich hole die Unterlagen."

Beatrice Becker kam und nahm ihren Platz in Frau Henselers Büro ein. Es war ein Montag, den Hannah nicht so schnell vergessen würde. Jasmina erklärte der neuen Sekretärin, wo sie alles finden könne. Anschließend besichtigten sie den Betrieb.

Doch die Neue schaffte Hannah direkt in den allerersten Arbeitsstunden. Der Kaffee, den sie gekocht hatte, verursachte bei Hannah Herzrasen. Frau Henselers Schreibtisch räumte Bea Becker komplett ab, bevor sie ihn großzügig mit Desinfektionsmittel einsprühte. Dieser penetrante Geruch zog bis zu Hannah ins Büro. Sie kämpfte mit dem Hustenreiz. Besonders heftig erwischte es sie, als sie mit der Betriebsratsvorsitzenden telefonierte. Bei mehreren Mitarbeitern fehlten die Lohnzahlungen auf dem Konto. Die zuständige Kollegin aus der Personalabteilung hielt dies für unmöglich. Ihr zufolge waren alle Zahlungen korrekt rausgegangen. Die Betriebsratsvorsitzende wies Hannah auf den Flurfunk hin, der bereits wegen der ausbleibenden Lohnzahlungen heiß lief. Hannah erklärte ihr, von ausgebliebenen Lohnzahlungen wisse sie nichts. Alles sei, wie immer, pünktlich rausgegangen. Sie versprach, dass sie sich sofort darum kümmern werde. Mit dieser Absprache war die Betriebsratsvorsitzende einverstanden.

Am Abend spülte Hannah mit Thomas das Geschirr in der Küche ab. Gegen die Arbeitsplatte gelehnt, erzählte sie von ihrem Tag. „Mit der neuen Sekretärin muss ich mich noch etwas länger anfreunden."

„Warum?", fragte Thomas.

„Wie es aussieht, eine ziemliche Chaotin. Auf Henselers Schreibtisch herrschte immer akkurate Ordnung. Die Neue verteilt alles auf ihrer Tischplatte. So können Kollegen, die ihr Büro betreten, zufällig an Informationen gelangen, die nicht für sie bestimmt sind."

„Vielleicht war sie nur nervös an ihrem ersten Arbeitstag?"

„Ja, mag sein", sagte Hannah, „hoffentlich. Sie hat einem Reporter gesagt, auf welchem Spielplatz ich mit Carla war. Er hat uns dort aufgelauert und mich auf die nicht gezahlten Gehälter angesprochen."

„Was?" Thomas trocknete seine Hände am Handtuch ab. „Sie hat einem Reporter gesagt, wo du dich privat aufhältst?"

„Ja!"

„Sehr unklug. Warum habt ihr Löhne und Gehälter zurückbehalten?"

„Haben wir nicht. In der Abrechnungssoftware fehlte das Häkchen zum Ausführen der Auszahlung bei allen Kollegen. Niemand konnte eine Erklärung dafür finden. Die Zahlungen sind heute rausgegangen."

„Merkwürdig ist das schon. Gelöschte Dateien, defekte Zugangsdaten und jetzt das. Könnte ein Virus im System wüten?"

„Die EDV sucht bereits danach. In den nächsten Tagen wird wieder ein Artikel mit Unwahrheiten über die Farber-Werke erscheinen. Der Typ auf dem Spielplatz wollte die Geschichte so richtig aufbauschen. Er fragte mich tatsächlich, wann wir den Insolvenzantrag stellen würden!"

Thomas sah Hannah an und schüttelte den Kopf. „Insolvenzantrag?"

„Jep."

„Dann warne Katharina schon mal vor!"

Hannah nickte erneut. Doch zuerst brauchte sie eine Pause. Ihre Beine schmerzten, wie nach einem langen Wandertag. Nur für einen Moment wollte sie auf der Couch sitzen. Doch sie schlief sofort ein.

Mit der Hand an der Stirn überlegte Hannah, wo sie war, als sie wieder erwachte. Sie sah im Raum umher und lächelte. Zur Kante des Sofas vorrutschend, setzte sie sich auf. Mit beiden Händen schob sie ihre

Haare aus der Stirn. Morgen Vormittag erwartete sie ihr nächster Termin bei Vincent Wartenberg. Sie schnaufte hörbar, bevor sie mühsam aufstand.

Ihren Audi parkte Hannah am Straßenrand vor dem Backsteinhaus, in dem sich Wartenbergs Räumlichkeiten befanden. Sie zückte ihr Handy und wählte Katharinas Nummer, doch sie erreichte sie nicht. Seufzend humpelte Hannah zum Hauseingang. Mit den Zähnen biss sie sich auf die Unterlippe. Immer wenn sie diese kurze Strecke zurücklegte, flogen ihre Gedanken. Dieses Mal reiste sie gedanklich in die Zeit mit Katharina, in die Tage vor Justus' Beerdigung, zurück. Einige Augenblicke später saß sie ihrem Therapeuten gegenüber. Die gnadenlose Stille, die vor den Gesprächen im Raum herrschte, empfand Hannah als mörderisch.

Vincent Wartenberg lächelte sie fragend an. „Wie fühlen Sie sich?"

Hannah schluckte. „Ganz gut."

„Möchten Sie mir erzählen, was seit unserem letzten Treffen passiert ist?"

„Eigentlich ist nichts passiert, und doch hat sich alles geändert. Ich war im Krankenhaus, um mich endlich operieren zu lassen. Aber auf dem OP-Tisch wurde die Sache abgeblasen, wegen meiner Schwangerschaft. Die wollte ich vorzeitig beenden. Aber das haben mein Mann und meine beste Freundin verhindert."

„Sie streben nun was an?"

„Mein Baby hat eine faire Chance verdient. Meine Freundin und mein Mann haben mir die Augen geöffnet. Und ich? Ja, ich muss mir wohl auch eine faire

Chance geben. Gewisse Fakten neu bewerten und deren Bedeutsamkeit anders gewichten."

„Gewisse Fakten?"

„Mein humpelndes Bein muss ich akzeptieren. Fußball wird wohl nicht so funktionieren, dafür aber Volleyball mit meinen Kindern."

„Bis dahin bleibt noch Zeit, sehr viel Zeit."

„Stimmt. Wenn ich hart mit meinem Physiotherapeuten arbeite, können wir es vielleicht schaffen."

„Welche Fakten noch?"

„Dass ich vielleicht doch nicht ohne Kinder leben möchte. Ich liebe meine Tochter, aber ich habe Angst davor, ihr nicht das geben zu können, was sie braucht."

„Wissen Sie, was sie braucht?"

„Ja, natürlich."

„Sagte sie, sie sei unzufrieden?"

„Ja, hat sie gesagt. Also … sie kann ja noch nicht sprechen. Aber als ich bei Katharina am Comer See war, hat meine Tochter mich so sehr vermisst, dass mein Mann sie nicht mehr beruhigen konnte."

„Und?"

„Ich habe mit ihr gekuschelt. Sie umarmt und festgehalten."

„Und?"

„Sie hat aufgehört zu weinen und lachte wieder."

„Wie war das für Sie?"

„Für mich? So fühlt sich Zuhause-Sein an. Egal, wie schrecklich der Tag war, mit meiner Tochter auf dem Schoß lacht die Sonne wieder, warm und freundlich. "

Wartenberg lächelte. „Sie waren mit Katharina im Urlaub?"

„Ich habe sie in Italien besucht. Die Nachricht, dass ich schwanger bin, traf mich wie ein Blitz aus heiterem Himmel. Da habe ich mich zu Katharina geflüchtet. Zu aufgewühlt, dazu noch völlig durcheinander, bin ich spontan zu ihr gereist."

„Freuen Sie sich auf Ihr Baby?"

Hannah lächelte.

Auf dem Weg zurück zu ihrem Auto lächelte Hannah immer noch. Sie dachte über die wärmende Sonne nach.

In der Firma eilte sie sogleich in die Betriebshallen. Für zehn Uhr war kurzfristig eine Mitarbeiterinformationsrunde angekündigt worden. Mit einer kurzen Rede informierte sie die Mitarbeiter über den stockenden Auszahlungsprozess. Sie versicherte, dass die Löhne an diesem oder am nächsten Tag auf den Konten jedes Einzelnen eingehen würden. Falls dies nicht der Fall sei, bat sie die Kollegen, die Personalabteilung zu informieren. Auch berichtete sie den Kollegen von dem Reporter, der ihr auf dem Spielplatz aufgelauert hatte. Sie bat darum, im Freundes- und Bekanntenkreis die Falschmeldung, die sich auf eine angebliche Insolvenz der Firma bezog, richtigzustellen. „In diesem Jahr werden wir den Umsatz und den Gewinn des letzten Jahres übertreffen. Deshalb arbeiten wir gemeinsam an dem Ziel, diesen erfolgreichen Weg weiterzugehen. Wir werden in drei Monaten das Jahr als ein sehr gutes Jahr in der langjährigen Farber-Geschichte abschließen können. Auch wenn es in der Vergangenheit Gerüchte gab, ich würde die Farber-Werke verlassen, stehe ich doch immer noch hier. Und ich habe keinerlei Pläne, die Werke zu verlassen. Wir haben zusammen viel geleistet. Und das werden wir auch in Zukunft gemeinsam tun!"

Eine Frau hob die Hand. Hannah nickte ihr lächelnd zu. „Wie geht es Angelika Henseler?", fragte die Frau. „Kommt sie bald zurück?"

Hannah sah Jasmina an, die am Rand stand und kurz die Schultern hob. Dann wandte sie sich wieder ihren Zuhörern zu. „Es wird noch eine Weile dauern, bis Frau Henseler zurückkehren kann. Soviel ich weiß, ist sie zurzeit in der Reha und macht dort Fortschritte."

„Können wir Angelika Grüße schicken?", fragte die Frau. „Geht das?"

Erneut sah Hannah fragend zu Jasmina hin. Die hob den gestreckten Daumen und sagte, mit den Augen auf ihr Handydisplay deutend: „Videobotschaft."

Hannah nickte. „Gute Idee. Wir können Frau Henseler ein Video schicken. Jeder, der mitmachen möchte, meldet sich bitte bei Jasmina Kühn." Mit der ausgestreckten Hand wies sie auf ihre Assistentin.

„Gibt es noch Fragen?"

Niemand meldete sich.

„Gut, dann wünsche ich Ihnen und uns eine gute Zeit."

Die Kollegen klatschten. Hannah winkte ihnen kurz zu, bevor sie mit Jasmina zurück ins Büro ging.

„Chefin, langsam wird's", sagte Jasmina grinsend. „Also, wie früher, meine ich."

„Jasmina, lass das bitte mit der Chefin!"

„Jawohl, Chefin."

„Jas – mi – na!"

„Ist ja gut. Wenn die Presse uns weiterhin auf dem Kieker hat – sollen wir eine Presse-Abwehr-Truppe einstellen?“

„Ja, daran dachte ich auch schon. Damit du entlastet wirst, übernimmt diese Person auch die sozialen Medien.“

„Aber …“, wollte Jasmina sich beschweren.

„Kein Aber! Kümmerst du dich bitte um kurzfristige Verstärkung?“

„Jawohl, Chefin.“

„Jas – mi – na!“

„Wird gemacht!“

Auf dem Weg in ihr Büro nickte Hannah stumm, bevor Jasmina in die Kaffeeküche abbog.

Am Donnerstag der gleichen Woche erschien im Kölner *Primus* der Artikel über die angebliche Zahlungsunfähigkeit der Farber-Werke. In der Kaffeeküche traf Hannah auf Jasmina, die gerade Teewasser kochte.

„Hoffentlich steigert sich die Becker noch“, flüsterte Jasmina Hannah zu. „Sie beschwert sich über die vielen Anrufe wegen dem Bericht in der Zeitung.“

„Es ist ihr vierter Tag hier“, sagte Hannah. „Aller Anfang ist schwer. Wir sollten ihr und uns eine faire Chance geben. Angelika Henseler spielte in einer höheren Liga.“

Jasmina sah sie mit großen Augen an. „Spielte?“

„Glaubst du wirklich, dass sie noch einmal zurückkommt? Mit zweiundsechzig Jahren verkraftet sie einen schweren Schlaganfall nicht mehr so einfach. Wir müssen davon ausgehen, dass was zurückbleibt oder sie in Frührente gehen wird. “

„Nein“, piepste Jasmina, „nein, nein. Sie kommt zurück. Ganz bestimmt! Ganz bald!“

Hannah sah ihre Kollegin stumm an. Die aber zeigte mit ausgestrecktem Zeigefinger ein energisches Nein. „Angelika kommt zurück!“

Hannah telefonierte mit den zentralen Kunden und Lieferanten, die die Falschmeldung der möglichen Insolvenz ebenfalls gelesen hatten. Schnell sprach sich in der Branche etwas herum. Das wusste Hannah nur zu gut. Auch in der darauffolgenden Woche gab es noch Rückfragen. Mit aller Kraft stemmte sich Hannah gegen das Gerücht an. Am Freitagnachmittag war ihre Vorfreude auf ein entspanntes Wochenende mit der Familie groß.

Am Samstagmorgen weckte sie Thomas. Gähnend streckte sie sich und hörte, wie Thomas zwischen seinen Küssen etwas von „frischen Brötchen“, „leckeren Frühstückseiern“ und „wunderbarem Kaffee“ murmelte.

„Hmmm“, lachte sie.

„Dann steh mal auf, Liebes!“

„Frühstück im Bett wäre auch schön.“

„Nee“, protestierte Thomas, „die Sauerei, die deine Tochter hier hinterlässt …“

„Ach, dann ist es also meine Tochter! Und was ist mit deiner?“

„Die macht so was nicht!“

„Gut, dann laden wir eben deine Tochter zum Frühstück ins Bett ein.“ Hannah lachte, bis ihr Thomas’ trauriges Gesicht auffiel. „Was ist?“

„Leider gibt es schlechte Nachrichten. Der Kölner *Primus* unterstreicht seine Qualitäten als Boulevardzeitung wieder mal."

„Wieso?" Hannah setzte sich auf. „Was steht drin?"

„Schau es dir lieber erst nach dem Frühstück an!"

Von Thomas' Rat doch beunruhigt, sprang sie aus dem Bett und lief hinab in die Küche. Schon von ferne sah Hannah die Schlagzeile über dem Bruch:

Justus Farber verheimlichte uneheliche Tochter – Zukunft der Farber-Werke in Gefahr. Was wird aus der Belegschaft?

Hastig griff Hannah nach der Ausgabe und las weiter.

Nach dem Unfalltod des Firmenpatriarchen Justus Farber am 29. Mai 2010 tauchen nun brisante, bis dato geheime Dokumente auf. Brisant in der Form, dass Justus Farber als kinderlos galt. Seine Witwe Katharina Farber, bisher Alleinerbin, übernahm die Farber-Werke.

Die Dokumente tauchten durch Zufall auf. Sie belegen die Geburt einer unehelichen Tochter in den achtziger Jahren. Eine leibliche Nachfahrin Justus Farbers, die Anspruch auf das Farber'sche Vermögen hat. Dies wird Katharina Farber wie auch Hannah Schuster, der heutigen Firmenchefin der Farber-Werke, nicht gefallen. Zumal die Farber-Werke erst vor Kurzem, wegen einer möglichen Insolvenz, in die Schlagzeilen gerieten. Die Belegschaft erhielt keine Lohnzahlungen. Schnell ließen die Farber-Werke dies dementieren. Wird sich die Situation weiter zuspitzen, ins-

besondere nach Bekanntwerden der brisanten Geheimdokumente?

Ein übergroßes Foto von Justus sowie Bilder von seiner Beerdigung prangten über dem Text.

Mit zu Schlitzen verengten Augen überflog Hannah den Text noch einmal. Ihre Ohren rauschten. Ihr Puls pochte. Mit einem zwischen den Zähnen zerquetschten Fluch pfefferte sie die Zeitung weg. Wie aus der Ferne hörte sie Thomas' Stimme an ihr Ohr dringen, doch sie verstand ihn nicht. Sie schaute im Raum umher und fürchtete, jeden Moment ihren Halt zu verlieren.

„Ist an der Story was dran?"

Hannah sah ihn an. Dann schüttelte sie verneinend den Kopf. „Ich glaube nicht. Mir ist nichts bekannt. Katharina wird aus allen Wolken fallen … wenn sie das liest … oder gelesen hat? Thomas, wir müssen los!"

Sofort eilte Hannah hinauf ins Bad. Wenige Minuten später hastete sie schon wieder die Treppe hinunter. Erst jetzt sah sie den liebevoll gedeckten Tisch mit Blumen, den Brötchen und allem, was sie gern frühstückte. Lächelnd seufzte sie und eilte voran, um Carlas Spielzeug zu holen. Thomas war gerade dabei, Carla zu wickeln, als es an der Haustür schellte. Hektisch lief Hannah zur Tür und blickte in das verheulte Gesicht ihrer Freundin.

„Katharina! Wir sind auf dem Weg zu dir!"

„Dann hast du es auch schon gelesen?"

„Komm rein", forderte Hannah sie auf. Doch Katharina blieb auf der Türschwelle stehen. Hannah zog sie sachte in ihre Umarmung. Weinend legte Katharina ihren Kopf auf Hannahs Schulter.

„Hey", sagte Hannah leise, „wir wissen doch gar nicht, was an der Story dran ist. Und ich glaube nicht, dass Justus dich betrogen hat."

„Und wenn doch?", schluchzte Katharina.

Hannah zog sie fester an sich und streichelte schweigend über ihren Rücken. Aus dem Kinderzimmer hörte sie Thomas' Stimme. Carla lachte glucksend.

Nach einer Weile wischte Katharina ihre Tränen aus dem Gesicht und putzte sich die Nase. „Entschuldige bitte."

„Frühstück? Mit einer kleinen, aber feinen chaotischen Familie? Möglicherweise auch der Gefahr von Essensflecken auf deinen Klamotten? Dafür mit frischen Brötchen, gekochtem Ei und allem, was dazugehört?"

Katharina schluckte, aber mit einem Lächeln antwortete sie: „Das klingt fantastisch. Ja, sehr gern."

Hannah nahm ihre Hand und zog sie mit sich zum Tisch. Dort stellte sie einen vierten Teller nebst Besteck auf den Esstisch, daneben Katharinas Tasse mit dampfendem Kaffee.

Anfangs saß Katharina nur da, auf den blanken Teller vor ihr starrend. Doch Thomas und Hannah verwickelten sie in ein Gespräch. Schließlich nahm Katharina ein Brötchen aus dem Korb und schnitt es auf, während sie von ihren Gartenarbeiten auf dem Farber'schen Anwesen erzählte. Inzwischen brachte Carla mit ihrer Brötchenmatscherei alle zum Lachen. Sie verteilte die Krümel auf dem Boden, in ihren

Haaren und auf dem Tisch. Als alle lachten, warf sie das Brötchen umher. Thomas schimpfte mit seiner Tochter, während er die Brötchenstücke aufhob. Indes sammelte Hannah die Krümel auf dem Tisch ein.

Thomas schenkte den Frauen Kaffee nach. „Wie kommt die Zeitung an diese Geschichte?“, fragte er.

Hannah schaute zu Katharina. Doch die hob kurz die Schultern. „Nicht von mir.“

„In dem Artikel stehen keine Fakten“, sagte Thomas, den Text noch einmal überfliegend, „nur Vermutungen.“

„Reagieren müssen wir trotzdem“, erwiderte Hannah. „Das wird innerhalb der Belegschaft für Unruhe sorgen.“

„Wie gedenkst du, damit umzugehen?“, fragte Thomas, zu Katharina gewandt.

„Privatsache. Eigentlich muss ich nicht reagieren.“

„Na ja, wenn an der Geschichte doch was dran sein sollte, hat das Konsequenzen. Für die Farber-Werke sowie deine Vermögensverhältnisse.“

Katharina schluckte. „Du glaubst, dass doch was dran ist?“

„Darum geht es nicht, aber woher hat der Primus die Informationen?“, warf Hannah ein.

„Vielleicht von einem schmierigen Typen wie Luca, der eins und eins falsch zusammenzählt. Du bist ja auch meine Tochter, von der ich nichts weiß!“

„Ach! Könnte er es tatsächlich?“

„Nein, ich glaube nicht. Der ist in alle Ewigkeit davon geheilt, noch irgendetwas über mich zu sagen. Glaub mir!“

Thomas gab zu bedenken, dass von Farber-Seite auf den Artikel reagiert werden müsse. Doch Hannah wandte ein, dass es keine Fakten gebe, mit denen man arbeiten könne.

Erneut brach Katharina in Tränen aus. „Hört das nie auf? Kann der Mann nicht einfach nur tot sein? Und mich in Ruhe lassen! Kann ich nicht einfach mein Leben leben, wie jeder andere auch?"

Hannah fasste nach Katharinas Hand, doch sie zog sie fauchend weg. „Lass dass!"

Thomas sprang auf, um im Keller etwas zu holen. Er blieb länger fort, wie Hannah bemerkte. Sie nutzte die Gelegenheit und bot Katharina an, den Tag über bei ihnen zu bleiben. Katharina nahm dankbar an.

Drei Tage später, am Dienstag, wartete der Reporter an Hannahs SUV, als sie mit Carla aus der Kindertagesstätte kam. Er warf seine Zigarette zu Boden, um sie mit dem Fuß zu zerdrücken. Als sie gerade die hintere Beifahrertür öffnen wollte, trat der Typ mit dem Dreitagebart grinsend an sie heran und fragte: „Wollen Sie jetzt mit mir reden, Frau Schuster?"

„Nein", antwortete Hannah, öffnete die Wagentür und schnallte Carla in ihrem Kindersitz an. Auf dem Weg um den Wagen herum, zur Fahrertür, wünschte sie dem Mann einen schönen Tag. Sie stieg ein und zog an der Autotür. Doch der Reporter hielt die Tür fest.

„Sie sollten besser mit mir reden!", sagte er in warnendem Tonfall.

„Damit Sie noch mehr Lügen verbreiten können? Sorry, dafür habe ich leider keine Zeit. Ich beschäftige mich lieber mit der Wahrheit."

„Da haben wir etwas gemein. Auf Wiedersehen!"

Er drückte die Autotür zu. Im Rückspiegel sah sie, wie er zum Abschied kurz mit der Hand grüßte.

Noch bevor Hannah einige Tage später den nächsten Zeitungsartikel las, bereute sie insgeheim, nicht mit dem Reporter gesprochen zu haben. In der Samstagsausgabe des Kölner *Primus* erschien ein neuerlicher Bericht über Justus Farbers angebliche Vergangenheit.

Uneheliche Tochter mit Sekretärin – Justus Farber schwieg bis in den Tod
Neue brisante Indizien belasten Justus Farber schwer. Wie steht es um die Zukunft der Farber-Werke?

Bereits in der letzten Samstagsausgabe berichteten wir über brisante Geheimdokumente. Sie offenbaren ein Familiengeheimnis: die uneheliche Tochter des verstorbenen Firmeninhabers Justus Farber.

In den achtziger Jahren zeugte er mit der Sekretärin Angela H. eine Tochter. Das Verhältnis soll über die Geburt des Kindes hinaus bestanden haben. Eine leibliche Nachfahrin von Justus Farber besitzt Erbansprüche auf das Farber'sche Vermögen wie auch die Farber-Werke. Nach dem Tod Farbers erbte seine Witwe Katharina Farber das Vermögen. Die Leitung der Farber-Werke übergab sie Hannah Schuster. Katharina Farber verweigerte eine Stellungnahme.

Um die Zukunft der Werke bangen nun die Mitarbeiterinnen und Mitarbeiter. Viele Jobs stehen auf dem Spiel. Ungeklärte Eigentümerverhältnisse schaden dem Unternehmen. Nach dem plötzlichen Unfalltod von Justus Farber durchlebte die Belegschaft bewegte Zeiten. Anfangs führte die Witwe, Katharina Farber, selbst die Werke. Krisen wechselten sich mit Fehlentscheidungen und Pannen ab. Schlussendlich übernahm Hannah Schuster die Leitung der Werke und führte das Unternehmen zurück in die Gewinnzone. Als ehemalige Vize-Vorstandsfrau des internationalen Griff-Konzerns ist sie mit diesem Metier vertraut. Doch wie wir berichteten, zahlt das Unternehmen in der jüngsten Zeit die Gehälter und Löhne nur mit deutlicher Verzögerung aus. Eine bevorstehende Insolvenz wollte man von Seiten der Farber-Werke nicht bestätigen.

Mit einem spitzen Schrei zerknüllte Hannah die Zeitung. Sie warf das Schmierenblatt mit voller Wucht in den Müll.

Erschrocken kam Thomas angelaufen. „Was ist passiert?"

„Dieser Arsch von Reporter hat seine Lügengeschichte weitergesponnen!"

„Was gibt es denn da noch zu erzählen?"

„Oh, eine ganze Menge!", schrie Hannah. „Bestimmt nicht das letzte Kapitel in diesem Märchen!"

Thomas kramte die Zeitung aus dem Müll und glättete die Titelseite, um den Artikel zu lesen. Dann sah er Hannah fragend an. „Wer ist Angela H.?"

„Ich vermute mal, Angelika Henseler. Justus' langjährige Sekretärin und nun meine."

„Die mit dem Schlaganfall?"

„Jep, genau die. Sie lernt zurzeit in der Reha, wieder zu sprechen. Deshalb kann sie sich nicht zu der Sache äußern. Es wäre auch wenig hilfreich, wenn der Reporter Henseler in der Reha aufmischt."

„Na ja, vielleicht ein Glück, wenn er ihren Namen fehlerhaft recherchiert hat. Aber woher hat er diese brisanten Dokumente?"

„Warum gerade jetzt?" Hannah schob mit ihren Händen die Haare aus der Stirn.

An der Haustür klingelte es. Beide sagten gleichzeitig: „Katharina!" Mit geneigtem Kopf lief Hannah in Richtung Haustür. Thomas suchte Katharinas Tasse im Schrank und stellte sie in den Kaffeeautomaten.

Als Hannah die Haustür öffnete, stand Katharina mit dunkler Sonnenbrille und in einen breiten Schal gehüllt vor ihr. Ohne ein Wort winkte Hannah ihre Freundin ins Haus. Doch Katharina stand wie angewurzelt. Hannah gab der Tür einen Schubs und zog Katharina sanft ein Stück zu sich heran, um sie zu umarmen. Nur ganz allmählich entspannte Katharina sich ein wenig, die anfangs steif wie ein Brett stand. Plötzlich trat sie einen Schritt zurück und fragte: „Hey, was war das?" Dabei sah sie Hannah mit großen Augen an. Die lächelte mit gesenktem Kopf und streichelte über ihren Bauch.

„Das", sagte Hannah, während sie auf ihren Bauchwölbung zeigte, „das war nur der Knopf. Ich bin zu dick."

„Ach, Hanni, ich dachte, das Baby ... Du weißt gar nicht, was für ein Glück du hast!"

„Nenn mich nicht Hanni! Mammi!"

„Hanni, es ist nicht zu übersehen, wer hier die Mammi ist!"

„Fangt ihr zwei jetzt schon wieder mit diesem Mutter-Tochter-Twist an?", rief Thomas aus der Küche.

„Nein, Schatz, die Fronten sind geklärt", antwortete Hannah und drückte Katharina einen Kuss auf die Schläfe. Beide traten in die Küche. Thomas umarmte Katharina kurz zur Begrüßung. Ihre Tasse mit dampfendem Kaffee stellte er auf den Esstisch. Katharina setzte sich an ihren Platz, Hannah daneben.

„Der Reporter war bei dir?", fragte Thomas. „In dem Bericht steht, du hättest keine Stellungnahme abgegeben."

„Nein, bei mir war niemand. Das hätte ich mitbekommen."

„Komisch. Wieso taucht der immer nur bei mir auf?", wunderte sich Hannah.

„In welcher Rehaklinik finde ich Frau Henseler? Weißt du das?", fragte Katharina und sah Hannah dabei an. Doch die sah zum Fenster hinaus, ohne zu reagieren.

„Hanni?"

„Ja?"

„In welcher Klinik finde ich Angelika Henseler? Ich muss mit ihr sprechen."

„Das macht wenig Sinn. Sie kann nicht sprechen."

„Ich muss es, verstehst du, ich muss es einfach."

„Was, wenn sie gar nicht gemeint ist?", gab Thomas zu bedenken. „Was, wenn die Geschichte hier Frau Henseler noch weiter aus der Bahn wirft? Möglicherweise erfahren wir dann niemals die Wahrheit. Momentan bleibt sie die Einzige, die wir fragen können."

„Du meinst, die wir im Moment nicht fragen können", entgegnete Hannah.

„Wenn meine Ehe auf einer Lüge basiert, dann …"

„Katharina bitte! Es ist unfair, Justus zu verurteilen, obwohl er sich nicht wehren kann“, protestierte Hannah.

„Warum stellst du dich immer auf die Seite von Justus?“, rief Katharina, die Hand in Richtung ihrer Freundin ausgestreckt.

„Weil Justus so etwas niemals getan hätte. Er hat dich geliebt. Du warst seine Ehefrau, seine Freundin und seine Geliebte. Da war kein Platz für eine andere.“

Katharina schluckte schwer.

„Sie muss heute Mitte bis Ende zwanzig sein“, sagte Thomas.

Katharina sah Thomas an. „Wer ist Mitte zwanzig?“

„Henselers Tochter. In dem Bericht steht, sie sei in den Achtzigern geboren.“

„Da waren wir schon verheiratet!“, jammerte Katharina. Sie zog ein Taschentuch aus ihrer Handtasche, um die Tränen abzutupfen. Mit strengem Blick sah sie Thomas an, der mit den Schultern zuckte.

„Sie kann auch vor eurer Ehe geboren worden sein. Ihr habt doch erst 1986 geheiratet.“

„Du glaubst also auch, dass Justus der Vater ist!“, presste Katharina hervor.

„Boh, Katharina!“, rief Hannah. „Schluss jetzt! Wir wissen es nicht! Bis wir Beweise dafür oder dagegen finden. Und so lange ist und bleibt Justus unschuldig, okay?“

„Ihr solltet die Quelle des Reporters finden“, sagte Thomas. „Jemand muss im Bilde sein. Henseler fällt aus. Justus auch. Dann kann es nur die Tochter sein, die nicht länger schweigen will.“

„Oder jemand, der bei der Geburt geholfen hat und weiß, was danach passiert ist", ergänzte Hannah.

„Nein, noch besser. Es könnten zwei verschiedene Personen sein. Jemand, der bei der Geburt geholfen hat, und jemand, der den Ort kennt, wo die Tochter heute lebt", sagte Thomas mit zwei gestreckten Zeigefingern.

„Ihr zwei könntet das Pärchen aus New York sein, die auch immer zusammen Fälle lösen."

„Ah", lachte Thomas, „du meinst die Polizistin, deren Mutter umgebracht wurde, und den Schriftsteller?"

Katharina neigte grinsend ihren Kopf zur Seite.

„Carla wacht auf", sagte Hannah mit einem Blick auf Thomas. Sie hörten ein Wimmern, das rasch zu einem Weinen anschwoll. Thomas spurtete die Treppe hinauf, um das Kind zu holen. Hannah legte ihre Rechte auf Katharinas Hand und drückte sie. Sie sah ihre Freundin an. „Hey, wir wissen nicht, was wirklich an der Geschichte dran ist. Und so lange sollten wir uns nicht den Tag versauen lassen. Wenn es tatsächlich eine Tochter gibt, setzen wir uns damit auseinander. Vorher ist alles reine Spekulation."

„Ich habe Angst. Angst davor, dass alles wieder von Neuem beginnt. Dieses ganze Martyrium von vorne. Das schaffe ich nicht, verstehst du, nicht noch einmal."

Hannah stand auf, trat hinter ihre Freundin und umarmte sie. Dabei legte sie ihren Kopf auf Katharinas Kopf. „Das wird nicht passieren. Möchtest du heute hierbleiben?"

„Ja, bitte." Hannah küsste Katharina auf den Kopf.

„Okay, unsere Gästemanagerin wird sich um dich kümmern. Sie hat ein paar gekonnte Tricks drauf. Ah, da kommt sie auch schon!“

Katharina lächelte Hannah dankbar an. Thomas kam mit Carla die Treppe herunter. Eine Stufe nach der nächsten kletterte die Kleine rückwärts nach unten. Thomas wartete jeweils zwei Stufen unter ihr, um sie notfalls aufzufangen. Doch Carla schaffte alle Stufen. Lachend watschelte sie mit gestreckten Ärmchen auf Katharina zu.

Den Tag über spielte Katharina mit Carla mal im Garten, mal im Haus. Nach dem Mittagsschlaf – von beiden – spazierten sie mit Hannah über die Feldwege in unmittelbarer Nähe. In dieser Zeit erledigte Thomas Samstagsarbeiten im Haus, mähte den Rasen, verteilte den Herbstdünger und wickelte kälteempfindliche Pflanzen mit einem Vlies ein. Pflanzentröge trug er zum Überwintern in den Keller. Für Anfang Oktober kühlten die Nächte zu stark ab, bis an die Frostgrenze.

In der Nacht hörte Hannah Katharina in die Küche schlurfen. Auch wenn Katharina versuchte, auf der Treppe leise zu sein, wachte Hannah davon auf. Beim dritten Mal stand Hannah auf, um ihrer Freundin in die Küche zu folgen.

„Hanni, es ist mitten in der Nacht. Was machst du hier?“

„Das könnte ich dich auch fragen?“

„Ach, mir geht so vieles durch den Kopf. Ich kann nicht schlafen.“

Hannah legte ihre Hand auf Katharinas Schulter. Katharina stand mit beiden Händen abgestützt am

Waschbecken. Wasser lief in den Wasserkocher. Aber sie starrte nur ins Becken. Der Kocher lief über. Kurzerhand drehte Hannah den Wasserhahn zu, zog ihre Freundin an den Schultern vorsichtig in ihre Umarmung. Katharinas Rücken fühlte sich so hart an wie ein Brett. Sie trat einen Schritt zurück und sah Hannah weinerlich an.

„Wenn sie Justus' Tochter ist, dann ist sie meine Stieftochter."

„Ja, und?"

„Was ist dann mit dir?"

„Mit mir? Was soll denn mit mir sein?"

„Vergiss es!", entgegnete Katharina und rannte zur Treppe.

„Was soll mit mir sein? Erkläre es mir bitte. Ich verstehe nicht, was du meinst."

Doch Katharina hastete die Treppe hinauf. „Nichts. Vergiss es!"

Hannah überlegte noch eine Zeitlang, was Katharina gemeint haben könne. Aber dieses Verhalten ergab beim besten Willen keinen Sinn. Während sie das Wasser kochen ließ, fiel Hannah auf, dass ihr die Schlafanzughose von Thomas, die sie anhatte, nicht mehr rutschte. Sie trank eine Tasse Kräutertee und versuchte sich zu entspannen. Immer wieder dachte sie über Justus, Katharina und diesen Zeitungsbericht nach. Warum sollte Justus etwas verheimlicht haben? Wenn er eine Tochter gehabt hätte, hätte er dazu gestanden, davon war Hannah überzeugt. Justus hatte ja auch für die Farber-Werke vorgesorgt. Vor seinem Krebstod hatte er ihr, Hannah, die Verantwortung für die Firma übergeben. Sie konnte die Tasse in ihrer Hand drehen, wie sie wollte, aber es ergab alles keinen Sinn. Schließlich stellte sie mit einem Seufzer die leere Tasse auf die Spüle.

Auf dem Weg zurück nach oben erschrak sie. Katharina saß auf der obersten Stufe.

„Mannomann, Katharina, musst du mich so erschrecken?“

„Ja, ich kann nicht schlafen und wollte dich in der Küche nicht stören.“

„So, ab in dein Bett, auf geht's!“

„Wie sprichst du mit mir?“

„Und wehe, du schnarchst mir wieder ein Ohr ab! Dann ...“

„Was dann?“

„Dann rufe ich Ella Gardner an und erzähle ihr, dass du mich heimlich adoptiert hast.“

„Das wirst du auf gar keinen Fall tun!“, zischte Katharina, während sie ins Bett kletterte.

Hannah lachte. „Du ja auch nicht! So, und jetzt rutsch mal rüber. Denk dran, ich brauche Platz für zwei!“

Hannah rutschte nahe an Katharina heran und zog die Decke über sie beide, bevor sie das Licht ausknipste.

„Weißt du noch, wie du mich die vielen Nächte umarmt hast, damit ich schlafen konnte? Damals, in dieser grausamen Zeit?“

„Ja, versuch jetzt zu schlafen.“

„Wie machst du das? Ich meine, dass du wie eine Schlaftablette auf mich wirkst?“

„Zuerst versuche ich es mit viel Liebe und Geduld, dann mit einem Betäubungsschlag auf den Kopf. Jetzt schlaf bitte.“

Keine fünf Minuten später fragte Katharina: „Hanni, bist du noch wach?“

„Nein, ich schlafe schon tief und fest“, murmelte Hannah.

„Falls diese Person wirklich die Tochter von Justus ist, möchte ich, dass du weißt, dass sie niemals zwischen uns stehen wird. Hörst du?“

Hannah bemerkte Katharinas Fingerstups und brummte kurz.

„Ich möchte, dass du das weißt. Sie wird niemals ...“

„Mammi, ich hab' dich lieb. Schlaf jetzt!“

„Okay, okay … ich wollte ja nur, dass du nicht ...“

„Mamma, Schluss jetzt!“

„Sag nicht Mamma zu mir!“

„Noch ein Wort und ich sage das O-Wort!“

„Das O-Wort?“

„Grrrrr, ja, OMA!“

Hannah hörte, wie Katharina einatmete und ihr den Rücken zudrehte. Versöhnlich streichelte Hannah ihr kurz über die Schulter. Doch anstatt sich zu entspannen, sagte Katharina: „Wir sollten vorsichtshalber nächste Woche einen Beratungstermin mit unseren Anwälten vereinbaren. Nicht, dass wir irgendwelche Fristen verpassen.“

„Keine Zeit“, antwortete Hannah, „ich muss mich mit Ella Gardner treffen.“

„Hanni, bitte!“

„Es ist vier Uhr dreißig. In anderthalb Stunden kannst du dich lange mit Carla unterhalten. Sie freut sich sehr über Besuch an ihrem Bettchen. Aber ich muss jetzt schlafen. Ich kann nicht mehr!“

Kapitel 18

Herbststürme

Das Morgenlicht erhellte das Gästezimmer. Immer mehr Geräusche drangen an Hannahs Ohr. Aber kein Schnarchen. Vielmehr eine jauchzende Carla mit einer singenden Katharina. Ja, wie wahr, eine singende Katharina. Gemächlich öffnete Hannah die Augen. Die schlafschweren Augenlider fühlten sich wie eiserne Garagentore an. Kurz überlegte sie, ob sie diese Eisentore an den Augenbrauen festhaken sollte. Wenigstens würden so ihre Augen offen bleiben. Sie sah zur Zimmerdecke, die heute Morgen in ein Grau getaucht war. Wie ein Schleier aus uraltem Staub, der aufgewirbelt worden war. Ihre Lippen waren aufgeschwollen und brannten. Hannah spannte ihre Schultern an, doch ihre Unterarme blieben bleischwer liegen. Sie versuchte die Beine zu bewegen. Kein Rascheln der Decke. Das leichte Schleifgeräusch, wenn nackte Füße über Stoff streifen, blieb aus. Mit wiederholtem Gähnen versuchte sie, munterer zu werden. Aber auch das half nichts. So drehte sie sich auf die Seite, mit dem Vorsatz, noch eine Runde zu schlafen.

„Liebes, bist du wach?“, fragte Thomas, der mit einer Tasse Kaffee am Rand der Matratze saß. Hannah brummte nur: „Nein, ich schlafe tief und fest.“

„Ah, das ist aber schade. Die Apfelpfannkuchen sind gleich fertig. Ich dachte, du möchtest vielleicht …"

„Apfelpfannkuchen?"

„Ja, und heißer Kaffee, direkt neben dir."

Hannah startete einen zweiten Anlauf, um aufzustehen. Mit Hilfe des Kaffeedopings schaffte sie es diesmal. Thomas lächelte seine Frau an und küsste sie.

Thomas tat den restlichen Tag über sein Bestes, um die beiden Frauen wiederaufzubauen. Katharina drohte einen Zusammenbruch zu erleiden. Das Schlafdefizit zerrte an ihren Nerven. Hannah kämpfte mit Atembeschwerden, verursacht durch die Schwangerschaft. Gegen Nachmittag lag auch noch Carla weinerlich auf dem Spielteppich. Sie bekam knallrote Bäckchen und stopfte ständig ihre Finger in den Mund. Immer wieder versuchte Thomas, ihr die Hände aus dem Mund zu ziehen. Er gab ihr einen Beißring. Sie warf ihn weg. Er gab ihn ihr aufs Neue. Hannah bemerkte, dass Carlas Körpertemperatur rasant anstieg.

Gegen neunzehn Uhr fiel Hannah todmüde ins Bett. Kaum eine halbe Stunde später stand sie erneut auf, weil Carla rhythmisch schrie. Thomas wiegte das Kind in seinen Armen. Es half nichts. Hannah versuchte es mit Kuscheln. Nichts half. Nur Katharina schnarchte auf dem Sofa.

„Carla bekommt wieder einen Zahn. Schau mal, die geschwollene Stelle da im Unterkiefer."

„Ja, ist mir auch schon aufgefallen. Kannst du bitte Badewasser in die Wanne laufen lassen? Vielleicht entspannt sie sich etwas, wenn sie planschen kann.“

„Ja, gute Idee“, sagte Thomas.

Das Baden sorgte nur für eine kurze Atempause. Schon bald begann Carla erneut zu weinen. Dieses Mal zog Hannahs Kreislauf die Notbremse. Ihr wurde schwindelig. Thomas schickte sie ins Bett. Doch ihr Schwindel hörte nicht auf. Hannah stand wieder auf, legte sich abermals hin, lagerte die Füße hoch, holte kalte nasse Handtücher, trank Kräutertee. So quälte sie sich durch die Nacht. Wenigstens schlief Carla jetzt auf den Beinen von Thomas, der vor dem Kinderbett auf dem Boden saß.

Erschöpft fuhr Hannah am Montagmorgen in die Firma. Schon auf dem Firmenhof bemerkte sie eine ungewöhnliche Unruhe. Kollegen aus der Produktion standen in Gruppen auf dem Hof und diskutierten.

Sie parkte ihren Audi und steuerte auf den Firmeneingang zu. Doch die Kollegen riefen sie herüber. Jeder redete drauflos. Hannah verstand sie nicht. Sie sagten etwas von ausgelaufenen Lagertanks. Doch diese Mega-Tanks liefen nicht aus. Das kam nie vor. Zumindest hatte Hannah es in ihrer langen Laufbahn noch nicht erlebt. Einer der Betriebselektriker kam herangeeilt und bat Hannah mitzukommen. Er zeigte ihr das Desaster. Rund fünfundzwanzigtausend Liter abfüllfertige Flüssigkeit stand meterhoch im Tanklagerbecken. Die dickflüssige Masse quoll zwischen den Tanks hervor. Die Treppe verschwand nach abwärts in der milchig-weißen Flut. Bis kurz unter dem Rand stand das Auffangbecken voll mit Flüssigkeit.

Hannah fasste sich an die Stirn, während sie nur kopfschüttelnd umher schaute. Überall quoll diese Masse hervor. Das Auffangbecken packte die Menge an Flüssigkeit bis auf den Zentimeter genau. Hannah fand sich mitten in einem Albtraum. In Gummistiefeln kam Jasmina auf sie zu. „Es sieht nicht gut aus."

„Ich kann es nicht glauben, aber es ist so."

„Was nun?"

„Die Leute, die an ihren Fließbändern arbeiten können, sollen das bitte tun. Wir müssen eine Bestandsaufnahme des Schadens machen. Auch Fotos. Dann muss der Flüssigteppich hier so schnell wie möglich raus."

„Schnell? Das wird dauern."

„Wir müssen alle Saugeinrichtungen auftreiben, die wir haben, um das alles wegzubekommen!"

„Kläre ich ab."

„Wir müssen das irgendwie entsorgen."

„Notiert."

„Und dann die Tanks, die Anschlüsse und die Böden reinigen, damit niemand ausrutscht."

„Ja, wird gemacht."

„Lass die Kollegen im Einkauf neues Fertigprodukt bestellen, damit wir schnellstmöglich die Flaschen abfüllen können. Der Kunde erwartet unsere Lieferung."

„Okay. Die Betriebselektriker sind bereits alarmiert?"

Beide sahen den Kollegen an. Der nickte zustimmend.

„Gut. Und kein Wort zur Presse! Sonst gehen noch mehr Gerüchte um die Welt."

Jasmina hob ihren gestreckten Daumen, bevor sie los eilte.

Kopfschüttelnd hinkte Hannah in ihr Büro. Sie dachte über die fünfundzwanzigtausend Liter abfüllfertiges Flüssigprodukt nach. Wie konnte eine solche Menge auslaufen? Was für ein Desaster. Unfassbar.

Bis zum Nachmittag glich Hannahs Büro einem Taubenschlag. Kollegen kamen, um Vorgehensweisen abzuklären. Oder um Schadensmeldungen zu überbringen. Aber auch kleine Erfolge zeichneten sich bis zum Feierabend ab. Die Pumpen schafften es, mehr Flüssigkeit abzupumpen als geplant.

Durch den Stress nahmen Hannahs Atemprobleme zu, was ihre Kreislaufprobleme verstärkte. Und der Schlafmangel verschlimmerte alles. Und jetzt das! Diese Katastrophe drohte ihr das Genick zu brechen. Sie wies die Kollegen an, zu klären, wie Tankhähne geöffnet worden sein konnten, ohne dass es jemandem aufgefallen war. Für 125.000 Duschgel-Flaschen fehlte nun das flüssige Duschgel aus den Lagertanks. Die Abfüllfließbänder dafür standen still. Die Leute mussten beschäftigt werden. Die Fertigware konnte nicht, wie geplant, dem Kunden ausgeliefert werden. Dieser Zeitverzug wirbelte die Produktionsplanung der nächsten Wochen durcheinander.

Am Ende dauerte es eine Woche, bis die Spuren beseitigt waren. Das Fertigprodukt neu zu beschaffen, dauerte hingegen drei Wochen. Hannah ließ ein Alarmsystem und zusätzliche Sicherungen an den Tanks installieren. Sie, aber vor allem Jasmina, verbrachten viele Stunden mit den Kollegen in Besprechungen, um Kundenaufträge zu koordinieren.

In den nächsten Tagen fiel Hannah nach Feierabend zu Hause nur noch auf die Couch und schlief ein. Diese anstrengenden Arbeitstage schlauchten sie. Nur weil Thomas und Carla einen Zitronenkuchen vorbereitet hatten, verpasste sie ihren eigenen Geburtstag nicht.

Katharina tauchte in der Firma auf, um Hannah pünktlich zum Feierabend abzuholen. Nur unter Protest folgte Hannah ihrer Freundin zum Auto.

Auch die Wochen nach ihrem Geburtstag blieben beschwerlich. Die durch das Unglück im Tanklager verlorene Zeit aufzuholen, schien unmöglich. Ungeahnte Rückschläge sorgten für zusätzliche Zeitverluste. So vergaß Hannah, dass in diesen Tagen Max seine Praxis eröffnete. Ihre Sekretärin erinnerte sie an die Einladung, die in die Firma geschickt worden war. Es war ein Montag, als Max die Einweihung seiner eigenen physiotherapeutischen Räumlichkeiten feierte. Gegen Mittag erschien Hannah vor Ort. Freudig begrüßte Max sie, nahm sie bei der Hand und führte sie durch jeden Raum der Praxis.

„Dank dir ist das hier Realität geworden", sagte Max, mit ausgestreckten Händen auf Hannah zeigend.

„Das hättest du auch so hinbekommen. Ich wollte nur auf Dauer Therapiekosten sparen."

„Ach so, ja klar, als stille Teilhaberin hast du hier Therapie und Massage frei Haus."

Lachend sah Hannah ihn an.

„Du siehst müde aus. Achte mehr auf euch beide!", sagte Max und zeigte dabei auf Hannahs Bauch.

„Wenn der Tag zweiundsiebzig Stunden hätte, würde ich das hinbekommen. Aber so? Nur Chaos um mich herum. Ich lebe derzeit im Auge eines Tornados, der mich ungefragt durch die Gegend wirbelt."

Einer der Gäste kam auf Max zu und beglückwünschte ihn zu seiner Praxis. Hannah zog es zum Buffet. Sie nahm einen Muffin und aß ihn an einem der Stehtische. Während sie dastand, beobachtete sie die anderen Gäste.

Sie sah einige Personen mit Krücken oder Gehstöcken am Buffet stehen, die meisten wahrscheinlich Patienten aus dem Krankenhaus. Vor allem einige weibliche Gäste, die in Grüppchen beisammen standen, nahmen Max in Beschlag. Grinsend beobachtete Hannah das Schauspiel. Im Laufe der letzten Wochen hatte Max die Räume eigenhändig renoviert. Sie hatte jedes Mal Bilder auf ihr Handy erhalten, wenn er einen Raum fertiggestellt hatte.

Einen Moment noch wollte Hannah die friedliche Pause genießen. Schnell nahm sie noch einen Muffin vom Buffet, dazu einen Kaffee. Sie schaute aus dem Fenster und dachte zurück an die vergangenen Wochen. Alles drehte sich nur um die Farber-Werke. Die Pannen in den Farber-Werken, die mögliche Farber-Erbin, die Presseartikel über Farber-Probleme. Immer wieder Farber. Solange Katharina in der Spur blieb, war wenigstens sie nicht noch ein Farber-Problem. Was, wenn Hannah die Farber-Werke verließe? Wäre dann alles vorbei? Die Pannen, das Erb-Chaos, die negativen Presseartikel mit ihrem Namen? Was wäre die Alternative? Zurück zu Griff? Aber wäre dann alles vorbei? Aus der Ferne hörte sie, wie ihr Name gerufen wurde. Doch ihre Gedanken wanderten zu Thomas. Er machte sich Sorgen um sie. Sie verstand ihn. Nur ändern ließ es sich nicht. Sie trug die Verantwortung. Sie, die Kapitänin, die das Farber-Boot in der stürmischen See wieder auf Kurs bringen musste. Hannah lächelte, als sie sich daran erinnerte, wie Frau Henseler einmal im Beisein von Katharina diesen Vergleich angestellt hatte.

„Frau Schuster?" Hannah kannte diese Stimme. Sie gehörte Hildegard Barthel, der stellvertretenden Aufsichtsratsvorsitzenden von Griff.

„Ja?"

„Guten Tag Frau Schuster. Wie schön, Sie hier zu treffen!" Hildegard Barthel streckte ihr die Hand entgegen.

„Guten Tag, Frau Barthel! Was für ein Zufall", erwiderte Hannah, die ihr dargebotene Hand ergreifend.

„Mein Mann ist Patient von Max", sagte Frau Barthel zur Erläuterung. „Und ich bin die Begleitung."

Hannah trank schmunzelnd einen Schluck Kaffee.

Hildegard Barthel blieb neben ihr stehen. Sie räusperte sich kurz. „Da wir uns nun zufällig treffen, ergreife ich die Gelegenheit, Ihnen nochmals meinen damaligen Vorschlag nahezubringen." Dabei sah sie nach rechts und links, anscheinend um sicherzugehen, dass niemand ihr Gespräch belauschte. „Sie wissen schon, unser Angebot des Vorstandsvorsitzes."

„Ach so. Danke, aber meine Antwort bleibt immer noch dieselbe."

„Was haben die Farber-Werke, was der Griff-Konzern nicht hat?", fragte Barthel mit verengten Augen.

„Mich zum Beispiel", erwiderte Hannah mit einem Kichern. „Nein, Spaß beiseite. Jeder, der bei Farber arbeitet, ist Teil eines wunderbaren Teams. Das wird bei uns sehr geschätzt. Das gibt man nicht einfach auf."

„Dem kann ich nichts entgegensetzen."

„Sandoz bringt sich doch dauernd als möglicher Rudnik-Nachfolger ins Gespräch."

„Oh Gott, meine Aufsichtsratskollegen betrachten ihn noch nicht einmal als zweite Wahl. Ich halte ihn für völlig ungeeignet."

„Sie haben ein feines Gespür für Menschen. Schade, dass wir auf so unterschiedlichen Seiten stehen."

„Tun wir das?", fragte Hildegard Barthel eindringlich. „Gibt es nicht doch eine Chance, Sie zur Rückkehr zu Griff zu bewegen?"

„Ihr Angebot ehrt mich. Aber glauben Sie mir bitte, die Farber-Werke sind alternativlos."

„Schade, da kann man wohl nichts machen. Leute wie Sie fehlen uns bei Griff."

„Danke für die Blumen."

Frau Barthel hob winkend ihre Hand in Richtung ihres Mannes. „Ich muss, mein Mann möchte fahren. Schön, Sie getroffen zu haben. Wie bedauerlich, dass wir weiterhin getrennte Wege gehen." Als sie einander die Hände schüttelten, sagte Hildegard Barthel noch: „Das Leben geht manchmal Wege, die wir uns heute noch nicht einmal vorstellen können. Bis dahin alles Gute!"

„Für Sie auch. Es hat mich sehr gefreut."

„Ja, mich auch. Bitte sagen Sie mir Bescheid, was ich tun kann, um Sie doch noch zurückzuholen."

„Sie geben wohl nie auf, oder?"
„Sie etwa?"

Kapitel 19

Kinder, Kinder, Kinder

Von ihrem Büro aus hörte Hannah, wie draußen auf dem Flur, vor der verschlossenen Tür, zwei Frauen miteinander diskutierten. Bea Becker versuchte eine Kollegin aufzuhalten. Doch die platzte mit hochrotem Kopf in Hannahs Büro. Es war die Leiterin des Labors.

„Frau Schuster, Sie glauben nicht, was ich in meiner Hand halte!", rief die aufgeregte Frau in kurzatmigem Ton.

Hannah schaute sie an. „Was denn?"

„Laborbefunde, die besagen, dass sämtliche Chargen des Duschgels Ozeanbrise verunreinigt sind. Alle!"

„Nein, das kann nicht sein! Wirklich alle?"

„Alle", nickte die Laborleiterin, wobei sie die Blätter mit den Laborergebnissen fein säuberlich nebeneinander vor Hannah hinlegte.

Von Weitem sah Hannah die rotmarkierten Werte. Sie überflog die Befunde. „Das gibt's doch nicht!"

„Anscheinend schon. Es steht hier schwarz auf weiß." Die Laborleiterin deutete auf die Spalten der Blätter.

„Sind Sie sicher, dass nicht irgendein Messfehler vorliegt?"

„Nein, wir haben alles so geprüft wie immer. Mit diesem Befund können wir die Paletten mit der Fertigware nicht freigeben."

„Wissen Sie, was das heißt?"

„Ja, wir können den Großkunden nicht beliefern. Aber was sollen wir machen? Die Ergebnisse sind, wie sie sind."

Hannah stand von ihrem Bürostuhl auf, wählte Jasminas Nummer und sagte ihr, sie möge bitte herüberkommen.

Auch Jasmina betrachtete die Befunde erstaunt. „Was ergeben die B-Proben?"

„Die Ergebnisse liegen noch nicht vor. Aber bei so einem einheitlichen Befund ist ein abweichendes Ergebnis unwahrscheinlich."

„Okay, wir müssen mit dem Totalverlust der Ware rechnen", sagte Hannah, die zwischen Tür und Schreibtisch auf und ab schritt.

„Sieht danach aus. Sobald ich die neuen Ergebnisse habe, melde ich mich sofort bei Ihnen."

„Ja, tun Sie das."

Die Laborleiterin verließ das Büro.

„Das kann doch nicht wahr sein", seufzte Jasmina. „Warum klebt das Pech momentan an uns?"

„Ich weiß es nicht. Beim besten Willen, ich weiß es nicht."

„Der Auslieferungsstopp bedeutet mindestens zwei Monate Lieferverzug."

„Und er wird uns noch weitaus mehr kosten als nur zwei Monate Lieferverzug! Mist! Verdammter Mist!"

Die Bestätigung aus dem Labor folgte wie erwartet. Die Chargen waren somit nur noch Abfall. Hannah ahnte wieder den Tornado, der sie von ihrem Weg wegzuzerren und alles durcheinanderzuwirbeln drohte. Das Schiff der Farber-Werke steuerte auf das nächste Unwetter zu. Obwohl es seit der letzten stürmischen See noch gar nicht seine volle Geschwindigkeit wieder erreicht hatte. Jetzt stand die nächste Schieflage unmittelbar bevor. Denn der erneute Lieferungsverzug, das Neu-Produzieren, die Wiederbeschaffung der Rohstoffe – all das kostete Zeit und Geld. Beides auf Kosten der Farber-Werke. Geld, das ihnen am Ende des Jahres fehlen würde. Hannah vergrub ihr Gesicht in den Händen. Wie hatte das passieren können? Und vor allem, wie bekam sie das alles wieder in normale Bahnen gelenkt?

Die nächsten Arbeitstage verbrachte sie damit, mit den zuständigen Kollegen nach Lösungen zu suchen. Das Ergebnis blieb immer dasselbe. Acht Wochen brauchten sie, um die Chargen erneut zu produzieren. Die Kollegen im Einkauf benötigten die Hälfte der Zeit, um die Rohstoffe zu beschaffen. Der Flaschenlieferant signalisierte eine Lieferzeit von mindestens vier bis fünf Wochen.

Als Hannah eines Morgens völlig übernächtigt im Büro saß, kam Jasmina mit einem langen Gesicht auf sie zu.

„Ich möchte es gar nicht hören!“, sagte Hannah abwinkend.

„Die Jahresendgespräche mit der Weiss-Gruppe sind abgesagt. Unser erneuter Lieferungsverzug war einer zu viel.“

„Haben sie das gesagt?"

„Nein, die Qualität stimme bei uns nicht mehr."

„Leider ist das richtig." Hannah, die sich von ihrem Stuhl erhoben hatte, taumelte und musste nach Halt suchen.

„Hannah? Alles okay mit dir?"

„Ja. Ja, nur der Kreislauf, der sackt etwas ab. Geht schon wieder."

„Fahr nach Hause, ruh dich aus! Am Mittwoch können wir keine Renetaldo-Leute von uns begeistern, wenn unsere Chefin schwächelt."

„Ja, das stimmt wohl. Alles etwas viel in letzter Zeit."

„Gut, dann fahr nach Hause. Ich halte mit Frau Becker hier die Stellung."

„Okay, das wird wohl wirklich das Beste sein. Wie kommst du mit Frau Becker klar?"

„Na ja, an Angelika reicht sie lange nicht heran. Sie macht sich, langsam, sehr langsam. Etwas mehr Struktur wäre wünschenswert. Sie ist ja erst im zweiten Monat hier."

„Im dritten. Am fünfzehnten September hat sie bei uns angefangen. Wie geht es Frau Henseler? Gibt es Neuigkeiten von ihr?"

Jasmina schüttelte stumm den Kopf.

„Hey, das wird schon werden", sagte Hannah und klopfte leicht auf Jasminas Schulter. „Sie wird bestimmt wiederkommen!"

Auf dem Weg nach Hause klingelte Hannahs iPhone. Über die Freisprecheinrichtung nahm sie Katharinas Anruf entgegen.

„Hanni“, lallte Katharina, „wusstest du, dass Justus mal richtig gut ausgesehen hat? Dieser Scheißkerl!“

„Guten Morgen, Katharina. Nein, wusste ich nicht.“

„Ich aber auch!“

„Das ist heute noch so.“

„Dass Justus ein Scheißkerl ist? Woher weißt du das?“

„Nein, dass du eine attraktive Frau bist!“

„Ach so“, sagte Katharina, und Hannah hörte, wie sie einen Schluck trank. „Hanni, warum hat er das getan?“, lallte Katharina jetzt wieder ins Telefon.

„Was getan?“

„Mich belogen und betrogen.“

„Das kann ich nicht beantworten. Ich weiß es nicht.“ Hannah hörte, wie Katharina weinte, und beschloss kurzerhand, zu ihr zu fahren.

„Katharina?“

Nichts. Nur Weinen.

„Mammi?“

„Ja, dieser Scheißkerl! Eine Stieftochter! Eine erwachsene Stieftochter. Oh mein Gott!“

„Katharina, hörst du mich?“, rief Hannah in das Mikrofon der Freisprecheinrichtung.

„Jaaa, schrei mich nicht an. Bin ja nicht schwerhörig.“

„Schön, ich komme jetzt zu dir. Sei froh, dass dieses Kind bereits erwachsen ist, sonst müsstest du dich darum kümmern.“

„Pah, ich doch nicht! Das Kind hat eine Mutter!“

„Die selber mit den Folgen eines Schlaganfalls kämpft! Sie darf glücklicherweise noch kämpfen. Anderen in ihrer Situation ist diese Chance verwehrt."

„Warum sprichst du so komisch? Liegt das am Wein?"

„Ich sitze im Auto und biege gerade in die Straße bei dir um die Ecke ein. Bin gleich da."

„Wo bist du?"

„Gleich bei dir."

„Bei mir?"

„Ja."

„Wieso?"

„Weil ich jetzt gleich in deine Einfahrt einbiege."

„In meine Einfahrt?"

„Ja, in deine Einfahrt!"

„Aber du weißt doch gar nicht, ob ich da bin?"

„Vielleicht habe ich ja Glück und du bist zu Hause."

„Glück? Glück findest du hier nicht!"

„Aber ein Zuhause. Ich bin gleich da!"

„Wo bist du?"

„Gleich bei dir!" Hannah parkte ihren Wagen vor dem Haus und stieg aus. Mit dem Handy am Ohr eilte sie die Marmorstufen zur Rosenholz-Haustür hoch. Sie hörte, wie Katharina fragte: „Bei mir?"

„Ja-ah."

„Da klingelt jemand mitten in der Nacht bei mir! Ich mache nicht auf."

„Okay, ich nehme den Schlüssel. Wo bist du?"

„Zuhause, wo sonst!"

Hannah schloss die Haustür mit ihrem Schlüssel auf. Sie hörte durchs Telefon, wie Katharina glucksend trank und aufstieß. Im Keller brannte Licht. Ein Glas prallte gegen eine Flasche. Sofort bog sie in Richtung Kellertreppe ab und lief hinunter. Dort, mitten im Raum, saß Katharina auf dem Teppich, umgeben von unzähligen Fotos, außerhalb der Schachteln. Fotos von Katharina mit Justus im Urlaub. Von Justus vor seinem Opel Kapitän, den er dann bei dem verheerenden Unfall vor zwei Jahren verlor. Ein Hochzeitsfoto von Justus und Katharina, auf dem beide strahlten vor Glück. Jetzt standen Katharinas Haare wüst vom Kopf ab. Ihr Nachthemd war durchfeuchtet von Tränen, aber an einigen Stellen auch vom Wein.

Vorsichtig trat Hannah näher an ihre Freundin heran. „Hey, was ist passiert?“, fragte sie gedämpft.

„Wieso bist du hier?“

„Du hast mich angerufen.“

„Wusstest du, dass dieser Scheißkerl mal richtig gut aussah?“

Hannah biss sich auf die Lippe. „Ja, das Thema hatten wir schon mal. Warst du überhaupt im Bett?“

„Natürlich. Wir waren doch verheiratet! Was denkst du von mir?“

„Dass es jetzt Zeit für dich ist, zu duschen. Dann mit mir Mittag zu essen. Und mit etwas Glück den Tag besser ausklingen zu lassen, als er für dich vor vielen Stunden begonnen hat.“

„Du immer mit deinem Glück! Glück? Was bedeutet das schon!“

„Eine ganze Menge. Glück ist die Freude am Leben! Glück ist, geliebt zu werden und lieben zu dürfen.“

„Glück ist, nicht betrogen zu werden. Dieses Glück hatte ich leider nicht.“

„Aber du hast das Glück, geliebt und umsorgt zu werden."

„Pah, von wem denn? Dieser Scheißkerl hat sich ja aus dem Staub gemacht."

„Ich kann mich da an jemanden erinnern, die dich letztens sogar zum Singen gebracht hat. Oder an eine, die dich sehr gern umarmt."

Katharina lächelte, nahm ihr langstieliges Glas und nippte daran. Als sie merkte, dass es leer war, griff sie zur Flasche, um nachzuschenken. Aber in der Flasche war nichts mehr. Hannah hingegen wollte diese Situation so schnell wie möglich beenden. Sie versuchte, zu Katharina hinzugelangen, ohne auf die Fotos zu treten. Wobei das schwierig war, denn Katharina hatte die vielen Bilder, diese Erinnerungen an Justus, im Halbkreis verteilt. Einige zum Teil ausgeräumte Kisten lagen seitlich von ihr. An manchen Stellen steckten die Deckel lose in den Kisten. Vorsichtig tastete Hannah sich vorwärts. Doch wegen ihres Babybauchs sah sie nicht alles, was vor ihren Füßen lag. Prompt trat sie auf ein Bild.

„Pass doch auf!", schimpfte Katharina.

„Dann steh du auf und komm mit!"

„Wohin?"

„Boh, Katharina, mach jetzt! Steh auf!"

In Zeitlupe stand Katharina schwankend auf. Sofort fasste Hannah nach ihrem Arm und zog leicht daran. Bereitwillig folgte Katharina ihr hinauf in die Küche. Hannah lotste ihre Freundin auf einen Stuhl, bevor sie den Kaffeeautomaten einschaltete.

Der heiße Milchkaffee baute Katharina wieder auf. Sie bemerkte jetzt, dass es draußen taghell war. Hannah erklärte ihr, dass es mittlerweile um die Mittagszeit sei. Erstaunt nippte Katharina an ihrer Tasse, die sie mit beiden Händen festhielt. Der Kaffee half ihr, nüchterner zu werden. Sie setzte die Tasse ab, um ihre Hand auf Hannahs Hand zu legen. Als Hannah spürte, wie ihre Freundin ihr über den Handrücken streichelte, gab ihr das den Rest. Tränen rannen ihr über die Wangen. Hörbar seufzend rückte Katharina näher an sie heran.

„Kannst du mir bitte sagen, warum du weinst?"

Doch Hannah antwortete nicht. Katharina lehnte ihren Kopf an Hannahs Kopf. So blieben sie für einen langen Augenblick beieinander sitzen, bis Hannah sagte: „Es läuft miserabel. Die Weiss-Gruppe hat die Jahresgespräche abgesagt, weil wir schon wieder nicht rechtzeitig liefern können. Wenn jetzt noch etwas schiefgeht, verlieren wir vielleicht auch noch die Renetaldo-Aufträge für das nächstes Jahr."

„Oh. Was dann?"

„Ich weiß es nicht. Ich weiß es einfach nicht."

„Das kann nicht sein. Du weißt doch immer irgendeine Lösung."

„Diesmal nicht."

„Doch. Auch dieses Mal wirst du es schaffen!"

„Danke, lieb von dir."

Hannah nahm Katharinas Kuss auf ihrer Schläfe wahr. Auch das zärtliche Klopfen mit der flachen Hand auf ihrem Rücken. „Du schaffst das, ganz sicher", sagte Katharina.

Hannah saß weiterhin an Katharina gelehnt, die dem leichten Druck standhielt. Nachdem Katharina den zweiten Kaffee ausgetrunken hatte, ging sie endlich duschen. Die Zeit nutzte Hannah, um auf der

Couch ihre Füße hochzulegen. Prompt schlief sie ein. Sie erwachte erst, als Katharina neben ihr saß.

„Hey, schon fertig mit Duschen?"

„Ja klar, ist schon zwei Stunden her!"

Hannah wollte sofort aufstehen, doch Katharina hielt sie zurück: „Bleib liegen, ich wollte nur bei dir sein."

Mit geschlossenen Augen lag Hannah da und sagte: „Glück ist, wenn die Katastrophe eine Pause macht."

„Es ist keine Katastrophe, wenn die Firma einen großen Kunden verliert. Es wird nur schwierig, aber nicht aussichtslos! Deine eigenen Produkte laufen nach wie vor."

Hannah öffnete die Augen. Als sie Katharinas verquollenes Gesicht sah, nahm sie ihre Hand. „Erzähle", ermunterte sie ihre Freundin.

„Warum musste Justus mir das antun?", jammerte Katharina. „Ausgerechnet mir!"

„Hat er es denn wirklich getan? Wir kennen viel zu wenige Fakten, um irgendwelche Schlüsse zu ziehen."

„Wir müssen dringend mit Frau Henseler sprechen. Nur sie kann alles aufklären."

„Aussichtslos. Sie kann nicht sprechen. Wir müssen Geduld haben, bis sie aus der Reha entlassen wird."

Katharina sprang abrupt von der Couch auf. Ihre Hand zitterte und schnell vergrub sie die Hände in die Hosentaschen. Ziellos schritt sie im Wohnzimmer auf und ab. Dann blieb sie unvermittelt stehen. „So kann ich nicht weiterleben! Mit dieser Ungewissheit, mit dieser Demütigung, es geht einfach nicht!"

Erst jetzt fielen Hannah die Furchen in Katharinas Gesicht auf. „Meine Freunde lachen hinter meinem Rücken über mich“, sagte Katharina. „Über mich dumme Kuh.“

„Niemand lacht. Und niemand hält dich für eine dumme Kuh. Was soll das? Bisher ist nichts bewiesen. Nur ein Zeitungsbericht, der auch eine Ente sein kann.“

„Zwei Berichte, Hanni“, entgegnete Katharina. „Die ganze Nacht habe ich versucht, Beweise zu finden. Alte Unterlagen durchsucht. Bilder rausgekramt. Nichts! Einfach nichts! Kein einziger Hinweis zu finden.“

„Das ist doch schon mal positiv. Vielleicht ist Justus unschuldig!“

„Vielleicht auch nicht!“

„Wir drehen uns ständig im Kreis. Mach einen Termin mit der Kanzlei. Dann sehen wir, was die dir raten.“

„Du kommst nicht mit?“, fragte Katharina.

„Übermorgen ist das Jahresgespräch mit Renetaldo. Das ist nun wichtiger denn je. Wir müssen überzeugen und gewinnen, sonst ist alles verloren.“

„Hanni, die Welt geht davon nicht unter!“

„Wer auch immer eine Farber-Nachfahrin ist, sie hat sich jahrzehntelang nicht gemeldet. Sie hat vielleicht gar kein Interesse daran, mit dir in Kontakt zu treten. Alle Aufregung wäre also umsonst.“

„Oder auch nicht!“

Hannahs Magen knurrte und erinnerte sie daran, dass sie etwas essen musste. „Ich kann dir deine Lieblingsnudeln kochen“, schlug Katharina vor.

„Danke, aber ich muss Carla von der Kita abholen. Thomas ist auf Dienstreise."

Behutsam hob Hannah ihren Oberkörper an. Einen kurzen Moment hielt sie inne, damit ihr Kreislauf folgte. Katharina kam mit einer Banane in der Hand auf sie zu.

„Eine Kleinigkeit, zum Durchhalten bis zu Hause."

Kapitel 20

Heiße Zeiten

Pünktlich um fünfzehn Uhr am Mittwoch fuhren die schwarzen Limousinen der Renetaldo-Vertreter auf dem Firmenparkplatz vor. Vier grau gekleidete Männer unterschiedlichen Alters stiegen aus. Jasmina kam in Hannahs Büro gelaufen. „Sie sind da!“, rief sie.

Hannah, die am Fenster stand und hinausschaute, wandte sich kurz um und nickte. Dann streichelte sie über ihren Bauch und flüsterte nach unten: „So, Kleines, jetzt müssen wir überzeugen, begeistern und gewinnen. Drück uns die Daumen.“

Frau Becker führte die Gäste in den Besprechungsraum. Jasmina und Hannah folgten der Gruppe. Nach einer kurzen Begrüßung begann Jasmina mit ihrer Präsentation. Sie klärten Rückfragen und diskutierten über alternative Optionen. Doch Jasmina blieb bei ihrem Konzept und führte ihre Präsentation gekonnt zu Ende. Die Renetaldo-Vertreter nickten zustimmend. Unauffällig zwinkerte Hannah Jasmina zu. Der Anfang war gemacht.

Auf dem Nebentisch enthüllte Hannah die Produktreihen für das kommende Jahr – allesamt Neuentwicklungen, in die Hannah mit ihrem Team viel Zeit investiert hatte. Die Renetaldo-Vertreter nahmen die Flaschen in die Hände. Sie begutachteten jede Seite, und das ploppende Geräusch von sich öffnenden Flaschen erfüllte den Raum. Hannah stellte unterschiedliche Verpackungsausführungen vor, während Jasmina die Produktzahlen-Papiere verteilte.

Durch die Fensterscheibe schaute Hannah in die Dunkelheit des Novemberabends. Halb sieben war es jetzt und die Besprechung würde mindestens noch eine Stunde dauern. Bisher lief es für die Farber-Werke prima. Die Produktentwicklungen kamen bei den Renetaldo-Leuten gut an. Die Besucher signalisierten, dass sie Bestellungen für das kommende Jahr konkret in Erwägung zogen. Aber Hannah bemerkte auch, wie die Herren die Nase rümpften und tuschelten. Sie wunderte sich und sah ihre Kollegin an. Die schien nichts zu bemerken. Doch dann roch sie den Gestank von Verbranntem. Hannah rutschte nervös auf ihrem Stuhl herum und wollte schließlich den Raum verlassen.

In diesem Moment rief Jasmina: „Das ist bei uns! Es brennt irgendwo!"

Hannah nickte nur und eilte los.

Vor der Tür zum Besprechungsraum stieß Hannah auf die Sekretärin. „Woher kommt dieser Gestank?", fragte Frau Becker.

„Los, suchen!", rief Hannah.

Auch die Renetaldo-Verteter folgten den Frauen. Sie liefen durch die Produktionshallen, die bereits nach Rauch rochen. Aber dort war nichts zu finden. Hannahs Puls pochte in ihren Ohren. Das Atmen fiel ihr schwer. Sie zog ihr iPhone aus der Jackentasche, um die 112 anzurufen. Der Mann in der Notrufzentrale meldete sich.

„Hannah Schuster, Geschäftsführerin der Farber-Werke. Wir haben hier starken Brandgeruch, konnten den Brandherd aber bisher nicht finden. Die Produktionshallen sind sauber, aber in ihnen hängt auch Brandgeruch. Wir suchen weiter. Wir sind mit sieben Personen hier. Alle wohlauf."

„Okay, Frau Schuster, wir sind gleich da. Bringen Sie sich bitte alle in Sicherheit!"

Hannah legte auf und hörte, wie Frau Becker rief: „Der Müllcontainer brennt! Der Müllcontainer!"

Sofort eilte Hannah los, dabei riss sie den nächsten Feuerlöscher von der Wand. Ein Renetaldo-Vertreter wollte ihr das unförmige Gerät abnehmen, aber sie wies ihn ab. Auch Jasmina hatte einen Feuerlöscher in der Hand. Sie übergab ihn einem Mann und rannte los, um weitere Feuerlöscher zu holen. Hannah zielte mit dem Schaum auf den brennenden Container. Der zweite Feuerlöscher löschte etwas neben ihr. Die Flammen schlugen hoch, der Rauch brannte ihr in den Augen. Hannah trat näher an den Container heran, um ihn besser mit dem Schaum zu treffen. Die Hitze biss grausam auf ihren Körper ein. Das Feuer in der Ecke, auf das sie die Löschdüse richtete, fiel in sich zusammen. Hannah zielte mit dem Strahl auf die nächste Ecke. Die Hitze ließ nach, aber der Rauch schnürte ihr den Hals zu. Dieses verdammte Feuer musste sie löschen! Sie trat noch einen Schritt vor und betätigte den Auslöser des Feuerlöschers. Eine riesige Flamme loderte in Sekundenbruchteilen direkt vor ihr auf. Hannah sackte zu Boden. Sie bemerkte, wie Hände an ihr zogen und weitere Feuerlöscher rauschten.

„Hannah!", schrie Jasmina, die ihre Chefin an den Schultern rüttelte. „Hannah!"

Das lauter werdende Sirenengeheul schallte durch die Dunkelheit. Die Feuerlöscher rauschten noch immer. Genauso rauschte es auch in Hannahs Ohren. Fahrzeuge bremsten, Türen knallten. Ein Feuerwehrmann kam auf die beiden Frauen zugelaufen. Sekunden später sah Hannah einen gigantischen Wasserschwall niedergehen. Das Feuer erstarb. Hannah schloss die Augen.

„Frau Schuster", sagte der Feuerwehrmann, „hören Sie mich?"

„Ja."

„Sie sollten ins Krankenhaus. Eine Rauchvergiftung ist gefährlich – für Sie beide! Die Kollegen kommen, um Sie abzuholen."

„Nein, es geht mir gut."

„Hannah! Was sagst du da? Du musst ins Krankenhaus!"

„Nein, wir müssen die Besprechung zu Ende bringen!"

„Nicht jetzt. Nicht mehr heute! Nicht mehr mit dir", protestierte Jasmina.

Der Senior der Renetaldo-Leute trat auf Hannah zu und fragte: „Frau Schuster, wie geht es Ihnen?"

„Sie fährt gleich mit den Kollegen ins Krankenhaus", antwortete der Feuerwehrmann an Hannahs Stelle.

Neuerlicher Sirenenlärm erklang in der Ferne. Der Wagen hielt ein paar Meter von Hannah entfernt. Zwei Sanitäter sprangen heraus und waren mit wenigen langen Schritten bei ihr angelangt.

„Können Sie uns sagen, was passiert ist?"

Hannah erzählte in drei Sätzen, wie sie das Feuer hatte löschen wollen. Die Sanitäter gaben sich mit ihrer Antwort zufrieden. Doch die Wunde an ihrem Arm gefiel ihnen nicht. Sie brachten Hannah in den Rettungswagen und legten einen Wundverband an.

Im Krankenhaus

Am Fußende des Krankenhausbettes schritt Thomas auf und ab. Er tobte und schimpfte. „Hannah, so kann es nicht weitergehen! Du bringst dich und unser Kind in Gefahr!"

„Ach was, die sind hier nur übervorsichtig. Sonst nichts."

„Hannah! Du hast eine Rauchvergiftung! Eine Vergiftung kann tödlich enden!"

„Ist aber nicht geschehen! Guck, ich kann mich noch bewegen. Alles dran. Und lebendig!"

„Es reicht! Du hast Verantwortung. Das hier solltest du nicht alles auf die leichte Schulter nehmen!"

„Stimmt. Ich habe Verantwortung. Gegenüber meinen Mitarbeitern. Für die Zukunft der Firma. Es ist verdammt nochmal meine Pflicht, die Firma in bessere Zeiten zu führen!"

„Aber nicht auf Kosten deines Kindes oder deiner Gesundheit!"

Es klopfte an der Zimmertür. Katharina trat mit Carla auf dem Arm ins Zimmer.

„Was machst du denn hier?", raunzte Thomas.

Katharina ignorierte ihn und setzte sich zu Hannah aufs Bett. Sofort hob Carla ihre Hände und Hannah nahm sie zu sich.

„Wie geht es dir?"

„Danke, wird schon."

„Sie hat eine Rauchvergiftung und tut so, als wenn sie auf einer Wellnessreise wäre!", fuhr Thomas dazwischen.

„Thomas, es reicht!" Hannah fühlte sich müde.

„Nein, du bringst alle in Gefahr!"

„Schluss jetzt!", sagte Hannah in einem mahnenden Tonfall.

Doch Thomas griff nun Katharina an: „Was machst du hier? Du solltest doch auf Carla aufpassen!"

„Wäre es nicht an der Zeit, sich zu beruhigen? Es geht Hannah einigermaßen gut. Aber wenn du hier weiter so ein Theater machst, kann sich das schnell ändern."

„Bin ich hier der Einzige, der noch normal ist? Du fährst mit meiner Tochter im Auto ohne einen Kindersitz. Meine Frau löscht Feuer und bringt unser Baby in Gefahr! Aber alles kein Problem! Alles bestens, oder was?"

„Erstens hat Carla einen Kindersitz in meinem Auto, und zwar bereits seit Wochen. Zweitens hast du dich nicht gemeldet wie verabredet. Deshalb bin ich hier. Um nach Hannah zu sehen."

„Ich hätte dich noch angerufen. Leider ist meine Frau uneinsichtig, und deshalb war es bisher nicht möglich zu telefonieren. Sie sollte sich jetzt ausruhen." Thomas stapfte zur Zimmertür und öffnete sie. Doch Katharina machte keinerlei Anstalten, ihm zu folgen. Stattdessen wendete sie sich Hannah zu.

„Katharina?"

„Danke, Thomas, lieb von dir. Aber ich bleibe noch etwas hier."

Carla wollte zu Papa, und so nahm er sie mit nach Hause.

Gedankenverloren schaute Hannah zur Decke, als die beiden Frauen allein im Zimmer waren. „Die Renetaldo-Aufträge können wir nach heute auch vergessen."

„Abwarten. Es trifft die Firma härter, ihre Geschäftsführerin zu verlieren, als ein paar Aufträge."

„Fang jetzt nicht auch noch an!"

„Nein, hatte ich nicht vor." Katharina nahm Hannahs Hand und hielt sie fest.

Am nächsten Morgen teilten die Ärzte Hannah mit, dass sie noch für ein paar Tage in der Klinik bleiben müsse. Hannah protestierte, doch schließlich zeigte sie sich einsichtig. In der Tat fühlte sie sich zu sehr geschwächt, als dass sie einfach hätte nach Hause gehen können. Doch es blieb an diesem Tag nicht bei nur *einer* negativen Nachricht. Jasmina kam in der Mittagspause vorbei. Sie teilte Hannah mit, dass Frau Becker den Renetaldo-Leuten von der Pechsträhne der letzten Monate berichtet hatte.

„Nein, das ist jetzt nicht wahr!"

„Doch. Leider. Sie hat es getan. Der Schock über den Brand."

„Was ist mit dem Nachfolgetermin?"

„Abgesagt! Bis die Farber-Werke wieder sicher sind. Alles zu unsicher, um ein zuverlässiger Partner von Renetaldo zu sein, hieß es."

Hannah war stinksauer. „Nicht nur, dass die Becker chaotisch und unzuverlässig ist. Nein, jetzt versaut sie uns auch noch wichtige Aufträge, die wir dringend gebraucht hätten. So kann es nicht weitergehen!“

„Wir müssen unsere Stärken ausbauen“, sagte Jasmina. „Dann kommen Renetaldo und die Weiss-Gruppe wieder.“

„Aber erst einmal ist Renetaldo weg. Und damit die Aufträge! Und unsere Wettbewerber reiben sich die Hände. Der Umsatz fehlt. Egal, wie wir es drehen.“

„Das werden wir sehen. Einer der Herren half mir, den klemmenden Feuerlöscher funktionstüchtig zu machen. Die haben mit dir zusammen gelöscht.“

„Na toll, jetzt bekämpfen schon unsere Kunden unsere Brandherde. Das wird bestimmt wieder ein interessanter Zeitungsartikel werden.“

„Abwarten. Bisher ist nichts erschienen.“

„Ehm, du riechst immer noch nach Rauch.“

Jasmina schnüffelte an ihren Unterarmen und an ihrer Schulter. „Nein“, sagte sie kopfschüttelnd, „das ist Zigarettenqualm. Die Becker raucht im Büro, wenn du nicht da bist. Da muss ich mir wohl den Gestank eingefangen haben. Mist.“

„Die raucht im Büro? Das wird unserer Frau Henseler überhaupt nicht gefallen. Und mir auch nicht!“

„Soll ich ihr etwas ausrichten?“

„Nein, nein, lass nur. Das regele ich, wenn ich wieder im Büro bin. So geht das nicht.“

„Wann kommst du denn hier raus?“

„Die wollen mich hierbehalten. Wie lange? Keine Ahnung. Alle sechs Stunden wechseln sie den Verband an meiner Wunde. Die sieht schon besser aus als gestern. Meine Blutwerte missfallen ihnen auch. Da muss ich mich wohl gedulden.“

Kapitel 21

Nikolaus

Die Zeit im Krankenhaus schlauchte Hannah extrem. Zu allem Übel nahm Thomas ihr das Handy wie auch das MacBook weg. Nun war sie dem Arbeitsverbot der Ärzte ausgeliefert. Thomas weigerte sich, ihr die Sachen zurückzugeben. Während ihre Kollegen um das Überleben der Firma rangen, sah Hannah dem sinnlosen Nichtstun entgegen. Für sie eine Niederlage nach einem unfairen Spiel. Ungestüm forderte sie ihre Entlassung. Sie diskutierte mit den Ärzten, bis sie auf eigene Gefahr das Krankenhaus verließ. Doch Thomas stellte ihr knallharte Bedingungen. Notgedrungen stimmte sie ihnen zu, um Streit mit ihm zu vermeiden. Sie bekam die Erlaubnis, maximal sechs Stunden täglich zu arbeiten. Die Termine mit ihrem Gynäkologen musste sie einhalten. Verschieben ausgeschlossen. Thomas bestand darauf, dass Hannah die Termine mit Max und ihrem Psychotherapeuten ebenfalls strikt einhielt. Diese Bevormundung widerstrebte ihr sehr. Sie sah aber ein, dass sie ihrer Gesundheit mehr Beachtung schenken musste.

Kurzerhand ließ sie sich von Jasmina zu den Therapieterminen fahren. So konnten sie in dieser Zeit arbeiten, ohne gegen Thomas' Regeln zu verstoßen. Hannahs Armwunde heilte komplett ab. Auf dem Boden des Firmenhofs blieb nur eine schwarze, schadhafte Fläche. Eine Folge der durch den Brand verursachten Hitze. Die Markierungen der kriminalpolizeilichen Ermittler verblichen zunehmend. Man hatte die Brandstelle untersucht, um den Verdacht der Brandstiftung auszuschließen. Jasmina erzählte Hannah von der Befragung durch die Kriminalkommissarin und deren Team. Sie hatten jede Menge Fragen gestellt. Jasmina erwähnte, wie kreidebleich und zittrig Frau Becker nach dem Gespräch mit der Ermittlerin Andrea Grasberger gewesen sei. Grasberger hatte Hannah schon im Krankenhaus aufgesucht. Aber bisher gab es keine Neuigkeiten zu den Ermittlungen.

Heute Nachmittag fuhr Hannah mit Katharina zur Anwaltskanzlei der Familie Farber. Katharina hatte darauf bestanden, dass Hannah an der Besprechung teilnahm. Schließlich sei auch sie davon betroffen, wenn es eine Farber-Erbin gäbe. Um die Entstehung eines nächsten Krisenherdes zu vermeiden, begleitete Hannah ihre Freundin. Kurz vor zwei Uhr trafen die beiden in der Kanzlei ein. Bald darauf saßen sie im Besprechungsraum Herrn Meurer, dem langjährigen Anwalt der Familie, gegenüber. Während Meurer sprach, betrachtete Hannah ihn. Seine Augen leuchteten in einem bubenhaft strahlenden Blau zwischen den grauhaarigen Schläfen. Katharina stellte Fragen über Fragen. Er versuchte alle zu beantworten.

Hannahs Baby spielte derweil Fußball-Karate oder Box-Steppen. Streichelnd rieb sie über ihren Bauch, um die Boxparade zu beenden.

„Hannah! Kann es sein, dass du nicht zuhörst?“, ermahnte Katharina sie.

Mit großen Augen und gerunzelter Stirn sah Hannah ihre Freundin fragend an.

„Herr Meurer wollte wissen, welche Neuigkeiten es von Frau Henseler gibt?"

„Ehm, keine, soweit ich weiß", stotterte Hannah, die auf ihrem Stuhl rutschte, weil sie sich ertappt fühlte. Ihr iPhone gab einen Signalton von sich und auf dem Display erschien eine SMS:

Bitte dringend melden! Betriebsunfall mit Verletztem! Jas

„Scheiße!", entfuhr es Hannah. Der Anwalt wie auch Katharina starrten sie an. Mit geröteten Wangen sprang sie auf. „Ich muss sofort in die Firma! Ein Betriebsunfall mit verletzter Person. Entschuldigung!" Ohne eine Antwort abzuwarten, eilte sie aus dem Besprechungsraum und fuhr zurück in den Betrieb.

Aus dem Auto rief Hannah Jasmina an. Ein Teil des Lagerregals schien zusammengebrochen zu sein. Herabstürzende Warenkartons hatten einen Lageristen unter sich begraben. Nach der Feuerwehr und dem Rettungswagen traf auch Hannah in den Farber-Werken ein.

Mit blinkendem Blaulicht standen die Rettungsfahrzeuge vor dem Lagereingang. Sie parkte daneben und eilte zur Eingangstür. Im nächsten Moment begegneten ihr die Sanitäter mit einer Trage. Nur für einen kurzen Augenblick sah Hannah den verletzten Kollegen, sein blutüberströmtes Gesicht, seine geschlossenen Augen. Er trug einen Kopfverband. Einer der Sanitäter hielt die Infusionsflasche in die Höhe, die mit der Hand des Unfallopfers verbunden war. Tränen stiegen in Hannahs Augen auf. Stiche durchzogen ihre Bauchgegend. Trotzdem humpelte sie ins Lager hinein.

Dort saß ihre Assistentin, in der Ecke, auf einem Stapel Euro-Paletten. Jasmina tröstete gerade eine weinende Frau. Hannah sah in die Gesichter der Kollegen, die am geöffneten Lagertor standen. Erschrockene, bleiche Gesichter, die auf die abgestürzten Paletten starrten. Sie fuchtelten mit den Händen und schüttelten, sichtlich geschockt, die Köpfe. Jemand zeigte nach oben, wo die Querstrebe des Regalbodens normalerweise verlief.

Hannah eilte zu Jasmina hinüber, blieb jedoch mit etwas Abstand neben ihr stehen. Sobald Jasmina sie bemerkte, löste sie sich von der Kollegin und trat auf Hannah zu. „Da bist du ja endlich!“, flüsterte sie heiser. „Ich kann es nicht fassen, was hier passiert ist.“

„Das kann alles nicht wahr sein!“, seufzte Hannah. „So viel Pech gibt es doch nicht! Wie schwer ist Michael verletzt?“

„Er hat Glück im Unglück gehabt. Gebrochenes Bein, verstauchte Hand und eine große klaffende Platzwunde an der Stirn. Zumindest lautet so die erste Diagnose des Notarztes.“

Hannah musterte die Schneise der Verwüstung im Hochregal. Fassungslos schüttelte sie den Kopf. Die Feuerwehrleute sicherten den Unfallort ab. Sie überprüften die Standfestigkeit des verbliebenen Regals. „Wir müssen Fotos machen“, sagte Hannah. „Das Lager komplett absperren und die Kollegen da draußen wegbringen.“

„Das machen wir schon“, ertönte die Stimme von Andrea Grasberger hinter ihnen. Hannah drehte sich um und sah die Ermittlerin mit einigen Kollegen neben den verbliebenen Teilen des Regals stehen. Mit ausgestreckter Hand trat Grasberger auf Hannah zu. „Dürften wir Sie dann bitten, den Bereich hier zu verlassen, um uns unsere Arbeit machen zu lassen? Wer hat den Unfall gesehen?“

„Die Kollegin dort auf den Paletten“, antwortete Jasmina. „Sie kann Ihnen dazu mehr sagen.“

„Okay. Alles Weitere später.“

Einige Polizeibeamte sammelten die Belegschaft im Lager ein und führten die Leute zur Lagertür hinaus. Jasmina und Hannah folgten der Gruppe stumm nach draußen.

In Hannahs Audi fuhren die beiden um das Gebäude herum, zum Firmeneingang. Auf dem Weg zum Büro trafen sie auf die Betriebsratsvorsitzende. Sie bat Hannah um Informationen, die sie an die Kollegen weitergeben könne. Viel wussten sie noch nicht. Rasch eilten Hannah und Jasmina weiter. Als sie am Büro der Sekretärin vorbeikamen, sahen sie, dass Bea Becker telefonierte. Gerade wollten sie eilig weitergehen, da schnappten sie auf, was Becker sagte: „Ja, ja, mehrere verletzte Personen. Feuerwehr mit Großaufgebot hier.“

Jasmina blieb mit geöffnetem Mund stehen. Kurzentschlossen betraten sie beide das Büro der Sekretärin. Mit dem Telefonhörer in der Hand drehte Becker sich weg und sagte leise, sie müsse Schluss machen. Hastig legte die den Hörer auf und schaute Hannah und Jasmina abwechselnd an.

„Mit wem haben Sie gesprochen?“, fragte Jasmina.

„Ehm, das? Ein Journalist, der nur ein paar Fakten über den Unfall wollte. Und da Sie beide nicht hier waren, gab ich ihm die Informationen.“

„Wie lange arbeiten Sie für unser Unternehmen?“, fragte Hannah.

„Ehm, fast vier Monate, Ende nächster Woche sind es vier Monate.“

„Dann müssten Sie wissen, wer hier im Hause berechtigt ist, die Presse zu informieren. Frau Becker, es gibt Regeln, die gelten auch für Sie. Insbesondere für Sie!“

„Ja, aber ...“

„Kein Aber. Rufen Sie den Reporter an und stellen ihn zu mir durch.“

„Wird gemacht.“

Kopfschüttelnd sah Jasmina Bea Becker an, bevor sie Hannah in ihr Büro folgte. Dort fragte sie: „Und nun?“

„Erst einmal einen koffeinfreien Kaffee zur Beruhigung. Dann sehen wir weiter.“

„Koffeinfreier Kaffee zur Beruhigung? So etwas kann nur von einer schwangeren Kaffeetante kommen.“

„Jasmina!“

„Jawoll, Chefin!“

Während sie ihre Tassen in den Händen hielten, berichtete Jasmina, was sie über den Unfall wusste. Auf Hannahs Nachfrage teilte Frau Becker mit, der Reporter sei nicht erreichbar. Vor ihrem geistigen Auge erschien Hannah die Schlagzeile des nächsten Tages: „Wann hören die Katastrophen endlich auf?“

„Hoffentlich bald“, sagte Jasmina, die Hannah mit geneigtem Kopf ansah. „Kann ich nun schon deine Gedanken hören?“

„Habe ich das laut gedacht?“

„Gesagt."

„Ja, das meine ich."

„Sieht so aus."

„Okay, welche Fakten haben wir? Welche Ware ist abgestürzt? Was ist davon zu retten? Was muss entsorgt werden?"

Jasmina nahm ein Blatt und schrieb die Fragen mit. „Was muss neu produziert werden?", ergänzte sie. „Bis zu welchem Zeitpunkt?"

„Sehr gut. Bitte klären, ob der Lagerturm reparabel ist oder ob wir einen Totalschaden haben. Wie lange dauert die Wiederbeschaffungszeit? Brauchen wir ein Ersatzlager?"

„Ja, habe ich."

„Das Amt für Arbeitsschutz wird ebenfalls Fragen haben. Darum müssen wir uns kümmern."

„Ehm, noch wichtiger und eiliger wäre die Frage, ob schon jemand Michaels Familie informiert hat."

„Mist!" Hannah drückte die Kurzwahltaste für ihre Sekretärin. „Würden Sie bitte in der Personalabteilung die Kontaktdaten von Michael Meiers Familie erfragen? Bitte dringend versuchen, dort jemand zu erreichen, und mir dann durchstellen. Ich informiere die Familie, sonst niemand!"

Hannah hörte, wie Becker ein Ja mehr stöhnte als sagte, und legte auf.

„Die Presse dürfen wir nicht vergessen", fuhr Jasmina fort. „Wie handhaben wir das?"

„Gut, bitte notieren, damit wir das alles strukturiert abarbeiten."

Das Telefon auf Hannahs Schreibtisch klingelte. Sie hob den Hörer ab und die Sekretärin teilte ihr mit, bei Meiers sei niemand zu erreichen. Hannah gab ihr den Auftrag, die Betriebsratsvorsitzende nach weiteren Kontaktdaten zu fragen, und beendete das Telefonat. Dann blickte sie auf ihre To-do-Liste. „Wir müssen …“, setzte sie an, als das Telefon erneut läutete. Bea Becker sagte, dass schon längst jemand Meiers Frau eine SMS geschickt habe.

„Wir waren zu langsam“, sagte Hannah. „Mist. Dann finden Sie bitte heraus, in welchem Krankenhaus Michael Meier liegt.“

„Und wie soll ich das machen? Soll ich jedes Krankenhaus in Köln anrufen, oder wie?“

„Schön, dass Sie schon einen Plan dafür haben. Danke.“

Hannah verdrehte die Augen. „Die Frau bringt mich noch um“, rutschte es ihr heraus. Hinter vorgehaltener Hand versuchte Jasmina ihr Kichern zu unterdrücken.

Die beiden Frauen überlegten weiter und sammelten Aufgaben für ihre To-do-Liste, als es an der Bürotür klopfte. Es war Andrea Grasberger, die Kriminalermittlerin. Sie informierte sie kurz darüber, dass die Untersuchung im Lager abgeschlossen sei. Dem ersten Anschein nach hatte eine gelockerte Tragverschraubung unter dem Gewicht der Paletten nachgegeben. Grasberger fragte, ob an dem Regal in der letzten Zeit Montagearbeiten durchgeführt worden seien. Ob sie sonst irgendetwas bemerkt oder gesehen hätten.

Beide verneinten. „Nein, da war nichts“, sagte Jasmina. Grasberger nickte, verabschiedete sich und wünschte den Frauen einen schönen Feierabend. Sie winkten ihr stumm zu.

Nach einiger Zeit sagte Hannah mit vorgeschobenem Kinn: „Schönen Feierabend, pah, was weiß die schon!"

„Glaubst du, dass es ein Unfall war?"

„Was?"

Jasmina wies mit dem Kopf in Richtung des Lagers. „Das mit dem Regal. Oder war es Absicht?"

„Das glaube ich nicht. Wer sollte was davon haben, uns zu schaden?"

„Vielleicht ein Mitarbeiter, der sich benachteiligt fühlt?"

„Hast du einen konkreten Verdacht?"

„Nein, war nur so ein Gedanke."

„Gut, sind wir mit der Erledigungsliste durch oder fehlt noch etwas?"

Es klopfte an der Tür und Bea Becker kam herein. „Uniklinik. Michael Meier liegt in der Uniklinik." Dabei reichte sie Hannah einen Zettel, auf dem die Station vermerkt stand.

„Danke. Können Sie bitte den Betriebsleiter, die Betriebsratsvorsitzende und den Lagerleiter kurzfristig in den Besprechungsraum bitten?"

„Wenn die noch da sind."

„Dann finden Sie es bitte heraus."

„Na, hoffentlich bringt mich das nicht um", seufzte Frau Becker, bevor sie die Tür schloss.

Hannah und Jasmina sahen sich mit großen Augen an.

„Die hat dich gehört", flüsterte Jasmina und schob mit den Händen ihre Haarsträhnen hinter die Ohren.

„Puh, was soll dieser Tag noch bringen?", stöhnte Hannah. Sie sah, wie Jasmina den Kopf senkte und ihre Wangen rot anliefen.

„Was ist los?“, fragte Hannah.

„Henselers Tochter … ich ahne, wie sie aussieht … also, ich meine, ich habe Bilder von ihr gesehen.“

„Wie bitte?“

„In Angelikas Haus lag ein Briefumschlag in einem Wäscheschrank mit Bildern. Verschiedene Aufnahmen eines Babys, dann eines Mädchens. Auf dem letzten Bild ein Teenager.“

„Du schnüffelst in Frau Henselers Zuhause?“

„Ja, ich musste doch ihre Sachen in die Klinik bringen. Dafür hatte ich den Hausschlüssel bekommen.“

„Stimmt. Was weißt du noch darüber?“

„Auf dem Briefumschlag stand: 1 Exemplar Farber, 1 Exemplar Henseler. Ein vergilbter Mutterpass lag noch darin.“

„Sonst noch etwas?“

„Nein, nichts. Angelika hat mir nie erzählt, dass sie Kinder hat.“

„Hat sie auch nicht. In ihrer Personalakte gibt es keinerlei Hinweise auf Kinder, Ehepartner oder Familie. Schon ewig arbeitet sie hier im Unternehmen.“

„Aber es schien ihr Mutterpass zu sein. Ganz sicher.“

„Wie sah das Kind aus?“

„Eigentlich wie der tote Farber.“

„Mist. Mist. Mist. Die Geschichte zieht Katharina eh schon den Boden unter den Füßen weg. Jasmina, warum erzählst du mir das erst jetzt?“

„Kann ich nicht sagen. Es beschäftigt mich schon eine Weile. Frederik meinte, ich solle mich da raushalten.“

„Frederik?“

„Mein Freund."

„Oh ja, stimmt. Entschuldige bitte, alles etwas viel in letzter Zeit."

„Macht nichts."

„Warum hast du nichts gesagt, als es im Kölner *Primus* stand und solche Wellen schlug?"

„Was hätte es geändert? Da war es ja schon draußen."

„Stimmt auch wieder."

Frau Becker rief an und sagte: „Die Kollegen kommen in etwa zehn Minuten in den Besprechungsraum. Ich gehe in den Feierabend." Ohne eine Antwort abzuwarten, legte sie auf.

„Hast du dafür Töne! Die Firma bricht zusammen. Aber die Dame genießt den Feierabend! Angelika wäre niemals auf so eine Idee gekommen."

„Jasmina! Eine Frau Henseler spielt in der ersten Liga. Die Becker wird niemals in Henselers Klasse spielen können. Aussichtslos."

Auf dem Weg zum Besprechungsraum zog Jasmina ein paar Fläschchen Wasser aus dem Kasten und stellte sie auf den Tisch. Hannah half ihr dabei. Da trafen auch schon die Kollegen nacheinander ein. Sie besprachen die dringendsten Aufgaben und die zu klärenden Fragen. Nach anderthalb Stunden besaß jeder im Raum seine persönliche Aufgabenliste. Hannah betonte, wie bedeutsam es sei, den Mitarbeitern alle Fragen zu dem Unglück zu beantworten. Man durfte das Vertrauen der Kollegen nicht aufs Spiel setzen. Zum Abschluss sagte sie: „Eine vollständige Aufarbeitung, daraus gemeinsam zu lernen und es in Zukunft besser zu machen – das muss unser Ziel sein."

Die Kollegen nickten zustimmend und klopften auf dem Tisch.

Erst im Auto, auf dem Nachhauseweg, merkte Hannah ihre Erschöpfung. Die Anspannung fiel ein wenig von ihr ab. Dazu noch die Musik aus dem Autoradio und die Wärme der Sitzheizung an ihrem Rücken. Zuhause stand Katharinas Mini Cooper vor der Garage, aber so, dass Hannah nicht vorbeikam. Sie parkte seufzend daneben und stieg aus. Es war kalt und dunkel. Ein klarer Sternenhimmel kündigte eine eisige Nacht an. Hannah legte sich ihren Wintermantel über die Schultern. Sie sehnte den Frühling herbei. Bibbernd steckte sie den Haustürschlüssel ins Schloss. Im wohlig warmen Flur streifte sie ihren Mantel, die Schuhe und die Eiseskälte ab. Aus dem Wohnzimmer drangen Stimmen.

„Guten Abend, ihr zwei", sagte Hannah.

Thomas sprang auf, um Hannah einen Kuss zu geben. „Kaffee zum Auftauen?"

„Oh ja, einen großen Milchkaffee ohne Koffein. Du auch?" Dabei sah sie Katharina an. Die nickte zustimmend. „Okay, zwei Milchkaffee ohne."

Katharina klopfte mit der Hand auf die Sitzfläche des Sofas. Dieser Aufforderung folgte sie gern.

„Wie geht's dir?", fragte Katharina und ergriff Hannahs Hand.

„Bin müde. Meinem Kollegen geht es weitaus mieser. Aber es wird wieder werden."

„Wenigstens etwas. Was ist passiert?"

„Eine Verschraubung am Hochregal hat nachgegeben. Es kam zu einer Kettenreaktion. Die herabstürzenden Paletten haben den Kollegen nur teilweise gestreift. Er hatte Glück, großes Glück sogar."

„Wie fürchterlich. Nicht auszudenken, wenn ..."

„Hier der erste Kaffee." Hannah nahm die Tasse und wollte sie Katharina reichen, doch die schüttelte den Kopf und überließ ihrer Freundin das Heißgetränk. Die zweite Tasse brachte Thomas sogleich.

„Schläft Carla?", fragte Hannah.

Thomas kniff die Augen zusammen. „Du hast keinen Schimmer, was heute für ein Tag ist, oder?"

Mit seitwärts geneigtem Kopf antwortete Hannah: „Nein. Sollte ich?"

Katharina nippte an ihrem Kaffee.

„Nikolaus", sagte Thomas.

Hannah starrte ihren Mann an. „Oh! Das tut mir leid."

Thomas deutete auf Katharina. „Wir beide waren bei der Nikolausfeier in der Kita. Carla hatte ihren Spaß."

„Nur das zählt", sagte Katharina. „Nach diesem Unglück zur Nikolausfeier deiner Tochter zu gehen, wäre ein Unding gewesen. Das war schon richtig so. Ist die See stürmisch, muss der Kapitän das Ruder in der Hand halten."

„Aber eine Nikolausfeier findet nur einmal im Jahr statt!", wandte Thomas ein.

„Jetzt sei bitte nicht sauer", sagte Hannah. „Der Tag war schon aufreibend genug. Jetzt mach es nicht noch schwieriger."

„Sauer ist er schon den ganzen Nachmittag über. Ich habe meinen Teil auch schon abbekommen."

„Du? Wieso du?“

„Weil ich halt da war.“

„Ach so, dann danke fürs Einstecken.“

„Bitteschön, Hanni.“

„Mammi?“

„Hört auf – alle beide!“ Die beiden Frauen zuckten kurz zusammen, begannen dann aber herzlich zu lachen. Sie konnten gar nicht mehr aufhören. Thomas hingegen schmollte.

Die Weihnachtsfeier der Farber-Werke fiel in diesem Jahr erheblich reduzierter aus als zuvor geplant. Hannah hielt es für unangemessen, nach einem solchen Unfall großartig zu feiern. In ihrer Ansprache erwähnte sie den verletzten Kollegen. Sie erzählte von ihrem Besuch bei ihm im Krankenhaus. Auch erwähnte sie Angelika Henseler, bevor sie kurz auf das fast abgelaufene Jahr zurückblickte. Sie wünschte den Kollegen erholsame, besinnliche Weihnachtstage. In diesem Jahr schickte Hannah alle in die Werksferien zwischen den Jahren. Die Betriebsruhe zwischen den Jahren nutzte sie für die Installation von versteckten Kameras, Sensoren sowie Lasermessgeräten durch eine Fachfirma. Nur ein Betriebselektriker, dem Hannah vertraute, beaufsichtigte die Arbeiten in den Werken.

Ein paar Tage Pause gönnte auch sie sich. Den Jahreswechsel erlebte sie mit Thomas auf dem Sofa zu Hause. Thomas liebte es, mit seinem Baby zu sprechen und dabei die Hand auf Hannahs Bauch zu legen.

„Man könnte meinen, du würdest zum ersten Mal Vater“, sagte Hannah.

„Quasi schon. Für mich ist jede Bewegung des Kindes ganz neu. Diese zehn Monate von Carla fehlen mir. Papa bin ich ja erst nach der Geburt geworden."

„Hatte ich schon vergessen, weil es nicht mehr wichtig ist."

„Nicht mehr wichtig? Mir fehlt ein Teil der Entwicklung meiner Tochter. Nur weil ich fälschlich verdächtigt wurde, fremdgegangen zu sein!"

„Mein Sodbrennen wird schlimmer."

„Dein Sodbrennen? Mehr hast du nicht zu sagen?"

„Ich kann kaum noch schlafen. Das war beim letzten Mal auch so. Wohin gehst du?"

„Frische Luft schnappen. Hier ist es so stickig!"

„Thomas, bitte! Wir können die Zeit nicht zurückdrehen."

„Das möchte ich auch gar nicht."

„Die Monate nach dem Unfall sind Vergangenheit. Ich dachte, wir hätten das geklärt."

Doch Thomas öffnete die Haustür, um frische Luft einzuatmen.

„Anscheinend nicht!", rief Hannah von der Couch aus.

Kapitel 22

Neues Jahr-Glück

Hannah stellte ihren Wagen auf den Parkplatz der Farber-Werke und stieg aus. Schon von weitem hörte sie die „Frohes Neues!"-Rufe der Kollegen. Sie winkte und wünschte ebenfalls ein gutes Neues Jahr. Diese Neujahrswünsche fand sie schrecklich. Was gab es denn so frohes Neues? Meistens fingen die neuen Jahre genau so an, wie die alten aufhörten. So viel Fröhliches oder gar Neues gab es also gar nicht. Weshalb wünschten es denn alle einander? Hannah humpelte vorsichtig weiter zum Haupteingang. Der Schnee unter ihren Füßen knirschte. In ein paar Stunden würde dieser schneeweiße Flockenteppich weggetaut sein. Der erste und möglicherweise letzte Schnee in Köln im neuen Jahr wäre dann bereits Geschichte. Seufzend betrat sie die Eingangshalle und machte sich auf den Weg zum Geschäftsleitungstrakt.

Hier roch es nach Rauch. Sofort begann Hannahs Puls zu rasen. Oh nein, nicht schon wieder ein Brand! Eilig näherte sie sich ihrem Büro. Kein Feuer? Zigarettenrauch! Es war nur Zigarettenqualm! Der kam aus Frau Henselers ehemaligem Büro. Durch die verschlossene Tür roch Hannah den Gestank. Sie klopfte an, öffnete aber gleichzeitig die Tür.

Beatrice Becker saß zurückgelehnt in ihrem Bürostuhl, die ausgestreckten Füße überkreuzt auf dem Schreibtisch. Genussvoll zog sie an ihrem Zigarillo. Ihre Füße wippten im Takt der Musik, die aus dem Kopfhörer dröhnte. Hannahs Kinnlade fiel herab. Bea Beckers zum Zopf gebundene blonde Haare schaukelten ebenfalls im Takt der Musik. Hannah trat in ihr Blickfeld. Sofort nahm Bea Becker die Beine vom Schreibtisch. Den Zigarillo warf sie in eine Schreibtischschublade, die sie hastig zustieß. Den Kopfhörer stopfte sie in eine tiefere Schublade, die sie mit dem Fuß zudrückte. Dann wünschte sie Hannah mit ihrem breitesten Lächeln ein frohes neues Jahr.

„Für Sie heute leider nicht. Es ist für Ihren Lebenslauf vorteilhafter, wenn Sie mir Ihre Kündigung auf meinen Tisch legen. Bis heute Mittag, bitte."

„Kündigung … heute Mittag … das können Sie nicht machen!"

„Doch, kann ich! Sie haben noch die Chance, hier sauber rauszukommen. Diese Frist läuft heute Mittag ab!"

Beatrice Becker stand auf und beugte sich zu Hannah vor. Drohend streckte sie ihren Zeigefinger aus. „Nicht mit mir, sage ich Ihnen, nicht mit mir!"

In diesem Moment trat Jasmina in den Türrahmen. „Boh, muss das alles hier nach Zigaretten stinken?", beschwerte sie sich. Dann sah sie die Drohgebärde, mit der Bea Becker vor Hannah stand, und schritt auf die Sekretärin zu. „Was wird das, wenn Sie fertig sind?"

Becker antwortete nicht, sondern verschränkte ihre Unterarme. Dafür sagte Hannah, ohne ihr Gegenüber aus den Augen zu lassen: „Frau Becker hat mir soeben mitgeteilt, dass sie unser Unternehmen verlassen wird. Wir werden ihr Vorhaben ohne Bedauern unterstützen."

Hannah schritt hinüber in ihr Büro und öffnete die Fenster, um frische Luft hereinzulassen. Nach ein paar Minuten trat Jasmina auf sie zu.

„Wir müssten einiges besprechen, Chefin."

„Stimmt. Punkt eins für dieses Jahr: Nenne mich nicht Chefin!"

„Aber das bist du doch."

„Jasmina! Es reicht, wenn ich heute Morgen bereits einer Kollegin die Kündigung ausgesprochen habe."

„Du?" Jasmina, zeigte mit dem gestreckten Daumen über ihre Schulter. „Ich dachte, sie hätte …?"

„Wenn sie clever ist, tut sie es gleich." Hannah berichtete, was vorgefallen war, und dankte Jasmina, dass sie zum passenden Zeitpunkt erschienen war.

„Gerne doch, immer wieder gern."

„Also, Punkt zwei: Wir brauchen eine neue Kollegin."

„Vor den Feiertagen habe ich Angelika eine Karte mit einem Weihnachtsgruß geschickt. Sie hat mir geantwortet."

„Und? Geht es ihr besser?"

„Nein." Jasmina schluckte. „Es war die Antwort eines Vorschulkindes."

„Oh."

„Krakelschrift, fehlende Wörter, falsche Buchstaben. Nur … erschütternd."

„Hey, das wird schon werden. Eine Frau wie Angelika Henseler schafft das, glaub mir. Sie packt das, auch wenn es noch so lange dauert."

„Hoffentlich hast du recht."

„Was steht noch auf deiner Liste?"

„Etwas Seltsames ist passiert. Auf dem Weg vom Parkplatz hierher hat mich Uwe angesprochen und sich für meine Weihnachtsmail bedankt."

„Aber das ist doch nett. Warum schaust du so grimmig?"

„Ich habe ihm definitiv keine Mail geschickt."

„Vielleicht hat er sich geirrt und eine andere Jasmina ..."

„Nein – das ist es ja. Er besteht darauf, die Mail sei von mir. Er hat sie mir auf seinem Handy gezeigt. Aber sie ist nicht von mir. Definitiv nicht!"

„Check das mal mit den Kollegen der EDV ab. Irgendjemand muss irgendwem irgendwas geschickt haben."

„Okay, aber mittlerweile glaube ich nicht mehr an Zufälle."

„Warten wir das Ergebnis der EDV-Analyse ab. Klärt sich bestimmt alles."

Sofort zog Jasmina los, um die Kollegen aus der EDV um Hilfe zu bitten.

Nach einiger Zeit kam Jasmina mit langem Gesicht in Hannahs Büro.

„Die E-Mail an Uwe haben wir noch nicht gefunden. Unglaublich, oder?"

„Sonst noch etwas?", fragte Hannah.

„Ja, hier die Kündigung von Frau Becker. Urlaubsanspruch hat sie keinen mehr, laut Personalabteilung."

„Schlecht für uns. Aber sie geht besser heute als morgen. Sie wird freigestellt für die restliche Zeit."

„Okay, ich kümmere mich drum. Dann mache ich jetzt direkt die Übergabe mit ihr, bevor sie abhaut."

Bis Mitte des Monats blieb es erstaunlich ruhig. Alles lief rund. Hannah dankte dem Himmel dafür, denn noch mehr Aufregung brauchte sie nicht. Sogar der verunglückte Kollege aus dem Lager erschien in der zweiten Januarwoche wieder zum Dienst. Kurz vor der Mittagspause hinkte Hannah hinüber ins Lager, um ihn zu begrüßen. Sie sprachen kurz miteinander. Er dankte ihr für ihre netten Worte.

Hannahs letzter Arbeitstag vor ihrem Mutterschaftsurlaub begann ruhig. Bis eine verzweifelte Laborleiterin vor ihrem Schreibtisch auftauchte. In der Hand hielt sie einen Stapel Laborbefunde.

„Wahrscheinlich sind seit Jahresanfang alle Produkte falsch gemischt worden!"

„Das kann nicht sein!"

„Doch, ist aber so. Die Überprüfung hat immer wieder die gleichen Befunde ergeben."

„Nein, nein, da muss ein Fehler vorliegen. Probieren Sie es erneut, tauschen Sie alle Messgeräte und die Nährlösung aus. Irgendwo muss der Fehler im Detail stecken."

„Die Nährlösung wurde schon ausgetauscht. Stichprobenweise haben wir alte Chargen getestet. Die Chargen der Ozeanbrise von November wiesen keine Verunreinigung auf. Sie sind okay. Im Gegensatz zu damals. Die Duschgele sind alle sauber."

„Was?" Hannahs Puls raste. „Geht es Ihnen nicht gut?"

„Alles gut. Es sind nur noch sechs Wochen. Also wenn ich Sie jetzt korrekt verstanden habe, sind die Chargen vom November in Ordnung. Dafür aber seit Januar unbrauchbar?"

„Mmh, ja, so könnte man es auch formulieren."

„Das gibt's doch gar nicht."

„Ehm, irgendwie schon. Erklären kann ich mir das alles nicht."

Ohne anzuklopfen, kam Jasmina aufgeregt zur Tür herein. „Ist das wahr, Chargen wurden falsch gemischt?" Die Laborleiterin hob ihre ausgestreckten Hände.

„Wie können Rohstoffe in fehlerhaften Mengen vermischt werden?", fragte Hannah.

„Ich prüfe das. Die Chargen mit Fertigprodukt sind okay?" Jasmina sah die Laborkollegin fragend an.

„Ja. Alle so, wie sie sein sollen."

Beide verließen Hannahs Büro. Sie sah ihnen nach. Schon wieder eine Katastrophe. Schon wieder Lieferungsverzug und höhere Kosten. Hannah vergrub ihren Kopf in den Händen. Kopfschüttelnd seufzte sie laut.

Nach der Mittagspause kam Jasmina in Hannahs Büro, um ihr die gesammelten Fakten zu unterbreiten. Uwe, der Kollege, dem Jasmina angeblich eine Weihnachtsmail geschickt hatte, war für die Aktualisierung der Wäge-Software zuständig. An seinem ersten Arbeitstag im neuen Jahr hatte er ein aktuelles Update aufgespielt. Dieses Update enthielt Fehler. „Oder ein Virus? Das klärt die EDV noch. Fakt ist jedoch, meine angebliche Weihnachts-E-Mail fehlt auf meinen Geräten, aber auf dem Server liegt sie noch in einem Unterverzeichnis."

„Wie jetzt?"

„Der Uwe bekam wirklich eine Mail. Von meinem dienstlichen E-Mail-Account. Aber nicht von mir. Die Mail existiert tatsächlich."

„Wer hat sie dann geschickt?"

„Das klären wir noch. Aber ich habe den Zeitstempel gesehen. Zu dem betreffenden Zeitpunkt war ich im Schwimmbad."

„Man kann Mails auch zeitgesteuert versenden."

„Du glaubst doch nicht im Ernst, dass ich etwas damit zu tun habe?"

„Na ja, es muss etwas mit dir zu tun haben. Nur was? Im September waren deine Planungsdateien leer. Die Inhalte verschwunden. Eine Woche später funktionierten deine Zugangspasswörter nicht mehr. Im Dezember verschickt dein Rechner Weihnachtsmails an Kollegen."

„Nein", sagte Jasmina, „nicht an mehrere, sondern nur an einen Kollegen. Also ganz gezielt."

„Ob es ein paar mehr oder weniger sind, ist jetzt auch nicht mehr wichtig. Interessanter wäre zu wissen, was oder wie deine Accounts missbraucht werden."

„Die EDV ist da dran."

„Gibt es etwas Neues wegen der falsch produzierten Ware?"

„Betriebsleitung und Labor checken alle Chargen ab November. Eine ehemalige Kollegin klärt in ihrem Labor ab, ob wir die Rückstellproben dort heute noch analysieren dürfen. Damit wäre ein Geräte- wie auch Nährlösungsfehler ausgeschlossen."

„Klingt gut. Mal sehen, was tatsächlich los ist. Wenn bei uns Rohstoffe falsch vermengt wurden, muss das aber auch bei der Rohstoffabrechnung auffallen. Die Zahlen müssten unsinnig sein. Es muss ungewöhnliche Übermengen geben. Kläre das bitte! Ich will wissen, was der Kollege dazu sagt."

„Ja, wird gemacht!"

„Sehr gut. Ich komme ab nächster Woche stundenweise, um dich zu unterstützen."

„Nein, du bist im Mutterschaftsurlaub. Da bleibst du auch!"

„Bei den neuerlichen Geschehnissen kann ich nicht nur zu Hause auf dem Sofa sitzen!"

„Ja, ja, nicht loslassen können und den eigenen Vertretern nicht trauen. Hannah! Wir können das! Ganz sicher!"

Um vierzehn Uhr schleppte sich Hannah ins Taxi. Zuhause legte sie ihre geschwollenen Beine auf dem Sofa hoch. Dabei döste sie ein und wachte durch die tapsigen Schritte ihrer Tochter auf. Kinderhändchen drückten auf ihrem Gesicht herum, bis Hannah die Augen öffnete. Carla stand lachend neben ihr und brabbelte: „Ma pilen."

Da trat Katharina, die sich bisher im Hintergrund gehalten hatte, an das Sofa heran. „Lass die Mama schlafen. Wir beide spielen."

„Dankeschön", flüsterte Hannah, zu Katharina aufblickend, die ihr einen Kuss auf die Stirn gab. An Katharinas Hand kletterte Carla die Treppe hinauf. Hannah hörte noch, wie die beiden zu Kinderliedern tanzten, bevor sie erneut einschlief.

„Aua!" Hannah hielt beide Hände auf ihren Bauch.

Katharina kam angelaufen. „Was ist?"

„Aah, das wird ein Fußballer", stöhnte Hannah, „heute ist er wieder hyperaktiv."

„Vielleicht auch eine Fußballerin?"

„Wo ist denn die große Schwester?"

„Die ist auf ihrem Teddybären eingeschlafen. Ist es in Ordnung, wenn ich sie liegen lasse?"

„Ja, sie liegt ja weich. Solange sie einigermaßen gut liegt, passt das." Hannah streichelte immer noch über ihren Bauch.

Katharina stand mit einem Handtuch in den Händen vor Hannah. Die streckte ihre Rechte aus, ergriff Katharinas Hand und führte sie zu ihrer gewölbten Bauchdecke. „Hier, fühl mal. Es könnte auch ein Boxer werden."

Katharina grinste und konzentrierte sich auf ihre Hand. „Wahnsinn."

„Hat in der Kita alles geklappt?", wollte Hannah wissen.

„Ja, morgen soll Carla ein altes T-Shirt mitbringen. Sie wollen mit Fingerfarbe malen."

„Oh, okay, dann also alte Klamotten anziehen. Ist gut. Ich hoffe, ich denke daran."

Am Donnerstag packte Hannah ihre Tasche für die Physiotherapie, als es klingelte. Sie ging hin und öffnete die Haustür.

„Was machst du hier?"

„Du hast Physio und solltest nicht mehr selber fahren", antwortete Jasmina.

„Das ist aber eine Überraschung! Danke."

Hannah stopfte noch schnell ihr Badehandtuch in die Tasche, zog den Mantel über und folgte ihrer Assistentin zum Auto. Da kam Katharinas Mini Cooper auf die beiden zugefahren. Der Wagen hielt neben Hannah und das Seitenfenster fuhr herunter.

„Wie ich sehe, hast du bereits eine Fahrerin! Dann fahre ich wieder. Ciao."

Das Autofenster ging wieder hoch und Katharinas Mini brauste davon.

Erstaunt sah Hannah dem Wagen hinterher. „Was war das denn jetzt?"

„Ich würde sagen, eine besorgte zukünftige Nicht-Oma, die sich fürsorglich um ihre Nicht-Tochter kümmern wollte", meinte Jasmina.

„Aha. Dann bist du also eine besorgte Kollegin, die sich fürsorglich um ihre Chefin kümmern will?"

„Ehm", Jasminas Gesicht färbte sich purpurrot, „hatte ich schon erwähnt, dass das Fremdlabor die Ergebnisse unseres Labors bestätigt hat?"

„Mist! Das heißt, wir müssen die falsche Ware komplett entsorgen und neu produzieren! Weißt du, was uns das wieder kostet?"

„Ja, das weiß ich. Die Kollegen der EDV suchen nach den Lücken in unseren Systemen. Wir müssen die Löcher konsequent schließen. Ein Datensicherheitsunternehmen unterstützt uns dabei."

„Gut, informiere mich bitte über das Ergebnis."

Jasmina parkte und half Hannah beim Aussteigen.

„Boh, bin ich froh, wenn das hier vorbei ist!" Hannah zeigte auf ihren Bauch. Jasmina nickte stumm.

Mit Handschlag begrüßte Max Hannah. Bei Jasmina deutete er eine Umarmung an. Ihr Gesicht lief erneut purpurrot an. Hannah sah abwechselnd zu den beiden. Max plauderte heiter mit Jasmina. Er machte einen Witz nach dem anderen. Jasmina ließ ihn nicht aus den Augen. Sie lachte herzlich über Max' Späße. In diesem Moment wäre Hannah gern eine Wolke gewesen, um sich in Luft aufzulösen, lautlos zu verschwinden. Max deutete an, in das nächste Behandlungszimmer zu müssen. Ein Patient warte. Seufzend nahm Jasmina neben Hannah auf der Wartebank Platz. Ausgestreckt, mit den Händen in den Jeanstaschen, grinste sie die Decke an.

Als Max Hannah in den Behandlungsraum holte, half er ihr auf die Liege. Er zog und drückte ihren Fuß. „Der Fuß wird beweglicher. Trotz der Belastung durch die Schwangerschaft geht es voran. Perfekt!"

„Wenigstens etwas, was sich positiv entwickelt."

„Neue Fehlschläge?"

„Lass uns bitte von was Positiverem reden, sonst werde ich depressiv."

„Okay. Entwickelt sich Junior gut?"

„Welcher Junior? Carla mischt den Kindergarten auf! Die hält alle auf Trab!"

Max lachte und deutete auf Hannahs Bauch. „Den Junior meinte ich."

„Fußballer, Boxer oder Karatekämpferin. Wir sind uns da noch nicht einig."

„Das ist doch gut, wenn das Baby aktiv ist."

„Es liegt mehr daran, dass meine Mitbewohnerin keinen Platz mehr in ihrem Appartement hat!"

Max lachte. „Haha, Appartement ist gut! Womöglich mit Küche, Diele, Bad?"

„Und Vollpension, bitte schön! Aber in vier Wochen klage ich auf Eigenbedarf. Da wird sie oder er vor die Tür gesetzt."

„Dann komme ich euch besuchen. Bin gespannt auf Klein-Schuster!"

„Jasmina will auch vorbeischauen. Ihr könnt ja gemeinsam kommen."

„Warum nicht? Eine hervorragende Idee."

„Max?"

„Ja?"

„Jasmina ist nicht nur meine Kollegin, sondern auch eine Freundin. Enttäusche sie bitte nicht!"

„Was ist mit mir?"

„Du weißt, wie ich das meine."

„Ja, weiß ich. Mach dir nicht immer Sorgen."

Max gab ihr noch ein paar Tipps für die Tage vor der Geburt. Seine Therapie wollte er erst danach fortsetzen. Hannah dankte ihm. Er wünschte ihr viel Glück für ihr bevorstehendes Abenteuer. Betrübt winkte Jasmina ihm zu. Mit gesenktem Kopf trottete sie neben Hannah zum Auto.

Am Abend saß Hannah neben Carlas Bett und betete, dass die Kleine endlich einschlief. Die kleine Hand umklammerte Hannahs Finger, als an ihrem Mobiltelefon der Vibrationsalarm loslegte. Jasmina erschien auf dem Display. Kurzerhand drückte Hannah den Anruf weg. Aber sofort rief Jasmina erneut an. Hannah drückte das Gespräch nochmals weg. Augenblicklich brummte das Handy mit einer Kurznachricht auf dem Display:

Feuer in der Firma. Feuerwehr da. Melden! DRINGENDST.

„Nicht schon wieder!“, entfuhr es Hannah, die sich vorsichtig von Carla Hand löste. Auf dem Weg zur Treppe wählte sie Jasminas Nummer. Völlig außer Atem zog Hannah ihre Schuhe und den Wintermantel an. Jasminas Nummer war ständig besetzt. Panisch suchte Hannah Thomas, der eben noch in der Küche beim Abspülen gewesen war. Niemand dort. Plötzlich kam er mit seinem Handy am Ohr die Kellertreppe hochgespurtet. Hannah hörte, wie er sagte: „Ja, wir kommen! Hannah ist schon fertig. Ich muss noch Carla holen.“ Dann legte er auf. „Das war Jasmina. Wir müssen sofort los. Ich hole Carla. Kannst du bitte die Garage aufmachen?“

Hannah fuhr den Audi aus der Garage. Sie passte nicht mehr ganz hinter das Lenkrad, nur noch seitlich sitzend. Sie hievte sich aus dem Sitz und wechselte schwerfällig zur Beifahrerseite. Thomas kam mit der in eine Decke eingewickelten Carla herbeigelaufen. Eilig setzte er sie in den Kindersitz und schnallte sie an. Dann hetzte er zum Fahrersitz und startete den Motor. Ungeduldig rutschte Hannah auf dem Beifahrersitz zurück.

„Sag endlich, was passiert ist!“

„Jemand hat wohl Warenpaletten angezündet, die auf dem Hof standen. Das Zeug brennt lichterloh. Zurzeit versucht die Feuerwehr, es zu löschen.“

„Scheiße! Scheiße! Scheiße!“

„Hannah!“

„Auf dem Hof stehen die Paletten, die entsorgt werden sollten. Aber doch nicht so!"

„Reg dich jetzt bitte nicht zu sehr auf. Denk an unser Baby!"

„Ich soll mich nicht aufregen? Scherzkeks! Meine Firma brennt ab. Aber ich soll mich nicht aufregen!"

„Liebes, wir können es jetzt nicht mehr ändern."

Ein gleißender Blitz erhellte den Innenraum des Audis. „Mist!", fluchte Thomas. „Das auch noch!"

„Schatz, reg dich doch nicht auf, so ein schönes schwarzweißes Foto, und dann auch noch so günstig. Hast du wenigstens schön gelächelt?"

„Hannah! Treib es nicht auf die Spitze!"

Bis zu ihrer Ankunft in den Farber-Werken schwieg Hannah. Sie schaute zum Seitenfenster hinaus. Das Baby blieb seltsam ruhig, als wenn es verstünde, dass es in der Firma einen dringenden Notfall gab. Hannah streichelte über ihren Bauch. Ein ähnliches Gefühl verspürte sie auf der Bauchinnenseite. Ihr Baby konnte sie nicht streicheln. Oder doch? Sie wurde aus ihren Gedanken gerissen. Denn sie sah einen Luftmesswagen der Feuerwehr, dann vier Feuerwehrzüge. Auf dem Firmenhof liefen jede Menge Uniformierte herum, die aus Schläuchen Wasserfontänen auf die Flammen niedergehen ließen. Ein Polizist hielt sie an der Absperrung auf. Thomas ließ das Fenster herunter. Er sagte dem Beamten, dass die Geschäftsführerin im Auto sitze. Der Polizist wies ihn an, weiter drüben zu parken.

Mit Thomas' Hilfe stieg Hannah aus. Sie sah Jasmina, die auf sie zugerannt kam. Hannah wies sie sofort an, alle Anwesenden zu filmen. „Brandstifter beobachten gern ihr Meisterwerk", erläuterte sie.

Erschrocken nickte Jasmina, zog ihr Handy aus der Hosentasche und filmte die Personen, die auf dem Firmengelände standen.

Beim Anblick der grellen Feuerwand konnte Hannah ihre Tränen nicht mehr zurückhalten. Es war schon wieder passiert. Die nächste Katastrophe. Der nächste herbe Rückschlag, von dem sie sich nur schwer erholen würden. So viel Pech hatte niemand. Wenn jetzt das Feuer noch auf die Gebäude übergriff, war alles vorbei. Dann wären die Farber-Werke Geschichte.

„Hannah?", fragte Jasmina, „Hörst du mir zu?"

„Was?"

„Du solltest dich setzen. Du bist kreidebleich."

„Ich kann jetzt hier nicht weg."

„Die Feuerwehr hat das Feuer unter Kontrolle. Wo ist Thomas?"

„Ich glaube, bei Carla im Auto, damit sie weiterschläft."

„Na komm, gehen wir zu ihm. Du musst dich setzen."

Sich noch mehrmals zu dem Feuer umwendend, folgte Hannah ihrer Assistentin zum Auto. Auf dem Beifahrersitz merkte sie erst, wie ihre Füße schmerzten. Das lange Stehen hatte sie enorm angestrengt. Wegen ihrer Rückenschmerzen stand Hannah zunehmend in einer Schonhaltung, die ihrerseits zu Verspannungen führte.

„Bin gleich zurück!", rief Jasmina und verschwand im Firmengebäude. Hannah sah zu den Feuerwehrleuten, die umherliefen, um Material aus den Fahrzeugen zu holen. Langsam bewegte sie ihren Kopf hin und her. Das konnte alles nicht wahr sein. Warum nur? Warum jetzt? Plötzlich stieg ihr Kaffeeduft in die Nase. Jetzt war es endgültig mit ihr vorbei. Die Farber-Werke brannten und es roch nach Kaffee. Das konnte nur an den Hormonen liegen. Hannah schüttelte den Kopf.

„Du möchtest keinen Kaffee?“, fragte Jasmina. „Der ist ohne Koffein!“

Hannah starrte ihre Assistentin an, die gerade dem auf der Rückbank des Wagens sitzenden Thomas eine Tasse Tee reichte.

„Mensch, Jasmina, eine wirklich gute Idee! Danke.“ Vorsichtig nippte Thomas an dem dampfenden Tee. Auch Hannah griff dankbar zu und nahm Jasmina die für sie bestimmte Tasse Kaffee aus der Hand.

„Stimmt. Prima Idee! Danke.“

„Bitte, bitte. Wenn wir schon so viel Hitze im Haus haben, können wir sie auch für heißes Wasser nutzen.“

„Hitze bitte nur vor dem Haus! Der Schaden ist auch so schon groß genug! Wie konnte das passieren?“

Jasmina nahm auf dem Fahrersitz Platz und drehte sich zu den beiden. „Tja, so wie es aussieht, hat einer der Aushilfslagerleute die Paletten angezündet. Er hatte den Auftrag, die Paletten zu entsorgen.“

„Aber da zündet man sie doch nicht an!“

„Anscheinend schon.“

„Und wo ist der jetzt?“

„Das weiß keiner. Der Lagerleiter sagte mir, der Kollege sei kurz nach der Arbeitsanweisung gegangen, weil er fertig gewesen sei.“

„Jasmina! Bitte!"

„Er hat es so gesagt." Jasmina zuckte mit den Schultern. „Wie sollen wir das Chaos bloß wieder auf die Reihe bringen?"

„Die Polizei wird sicherlich ihr Ermittlungsteam herbeordern. Davon hängt ab, ob wir morgen hier arbeiten können oder die Leute nach Hause schicken müssen. Sind noch Kollegen da?"

„Nur ein Betriebselektriker und der Gefahrgutbeauftragte sind wieder hier, zur Sicherheit. Alle anderen sind im Feierabend."

„Okay. Wenn wir morgen früh mehr Informationen haben, müssen wir mit den Kollegen sprechen. Es wird sicherlich ein Bericht in der Zeitung stehen."

Stumm nickte Jasmina.

Nach einer kurzen Nacht und einem schnellen Frühstück fuhr Hannah mit dem Taxi in die Firma. Dort standen die Fahrzeuge der Brandermittler auf dem Firmenhof.

Im Besprechungsraum wartete der Lagerleiter auf sie. Sie hatte ihn zum Gespräch gebeten. Kurz darauf betrat ein Mitglied des Betriebsrates den Raum und nahm neben dem Lagerleiter Platz. Hannah sah die beiden Kollegen an.

„Was wird das?"

„Der Kollege hat mich gebeten, als Betriebsratsvertreter an diesem Gespräch teilzunehmen."

„Gut. Wenn Sie Zeugen für unsere Unterhaltung möchten ..." Hannah zückte ihr Handy und bat Jasmina, in den Besprechungsraum zu kommen. Als sie eintraf, begann Hannah mit ihren Fragen.

„Was ist gestern hier passiert?"

Der Lagerleiter räusperte sich kurz. „Der Jupp hatte die Paletten zu entsorgen. Der hat dat am Morgen mit mir besprochen. Warum der dat gemacht hat, weiß ich nicht."

„Was haben Sie ihm erklärt?"

„Na wat wohl, die Paletten zu sortieren. Metall zu Metallabfall. Plastik zum Grünen Punkt. Kartonagen in den Container auf dem Hof. Eigentlich ist dat klar."

„Und warum hat der Jupp die Paletten angezündet?"

„Dat weiß ich nicht. Der wollte zum Fußball. Vielleicht deswegen."

„Okay, ist der Jupp da?"

„Nee, der hat sich krankgemeldet. Dat dachte ich schon, nach gestern Abend."

„Okay, danke."

„Wat, Sie kündigen mir nicht?"

„Nein, warum sollte ich das tun?"

„Wegen dem Feuer. Ich habe dat dem Jupp nicht gesagt."

„Sie gehen zurück an Ihren Arbeitsplatz. Unterstützen Sie bitte die Polizei bei ihren Ermittlungen, so gut Sie können. Und alles Weitere werden wir sehen. Aber von einer Kündigung sind wir momentan weit entfernt."

„Oh, dat hätte ich nicht gedacht. Danke sehr."

„So, los jetzt! Es gibt genug zu tun." Die Herren verließen den Raum und Jasmina fragte: „Weswegen sollte ich kommen?"

„Aus dem gleichen Grund, aus dem ein Betriebsratsmitglied hier dabeisaß – als Zeuge."

„Zeuge für was?"

„Die Kündigung, die ich nicht ausgesprochen habe."

„Ah, okay. Ich habe mit dem Entsorger gesprochen. Die schicken morgen jemanden, der das begutachtet, und machen ein Angebot."

„Gut."

Die Presse schlachtete das Feuer gnadenlos aus. Gemeinsam mit den Vertriebskollegen setzten Hannah und Jasmina alles daran, die Wogen schnellstmöglich zu glätten. Dennoch saß Hannah in den kommenden Tagen stundenlang im Büro. Um Carla kümmerte sich Katharina, wofür Hannah ihr sehr dankbar war. Doch nach ein paar Tagen platzte Thomas der Kragen. Er forderte Hannah auf, ab sofort zu Hause zu bleiben.

„Das werde ich auf gar keinen Fall tun", konterte sie. „Ich bin nur schwanger, nicht krank!"

„Jeden Tag kann unser Baby kommen. Du musst dich mehr ausruhen!"

„Es gibt keinen Grund, zu Hause auf dem Sofa herumzulungern."

„Katharina überschüttet Carla mit Geschenken und Süßigkeiten. Falls du es noch nicht bemerkt hast."

„Na und? Für eine kurze Zeit kann das in Ordnung sein. Carla freut sich. Das hört schon irgendwann wieder auf."

„Irgendwann? Das muss sofort aufhören!"

„Thomas, bitte! Du übertreibst maßlos!"

„Was ist denn hier los?", fragte Katharina, die gerade mit Carla vom Spielplatz zurückkam. Carla hielt ein Eis in den Händen. Ihr Gesicht war über und über mit Eiscreme beschmiert.

„Ein Eis ist es diesmal! Konntest du ihr nicht gleich eine Familienpackung kaufen?"

„Thomas! Schluss jetzt! Beruhige dich! Und lass Katharina in Ruhe. Ich bin froh, dass sie sich um Carla kümmert."

„Kümmert? Sie stopft deine Tochter voll mit Süßigkeiten, bis sie platzt."

„Sie hat ein Eis gegessen", sagte Katharina, „daran kann ich nichts Schlimmes finden."

„Du hast ja später keine dicke Tochter mit Diabetes!"

„Thomas! Komm runter!", ermahnte ihn Hannah.

Doch Katharina schoss zurück: „Wenn meine Hilfe hier nicht erwünscht ist, kannst du es sagen. Aber ein Eis lasse ich mir nicht verbieten!" Sie drehte sich auf der Stelle um, verließ das Haus und lief zu ihrem Auto.

Thomas rief ihr durch die offene Haustür nach: „Es ist tiefster Winter. Da brauchen Kinder kein Eis! Aber davon hast du ja keine Ahnung!"

„Es reicht, Thomas! Du spinnst wohl vollends, oder was ist los? Du entschuldigst dich sofort bei Katharina und hältst sie auf! Los jetzt, mach schon!"

Thomas lachte bitter, schloss die Haustür und nahm Carla, um ihr Gesicht zu reinigen. Hannah sah ihm kopfschüttelnd nach.

Auf Hannahs Anrufe reagierte Katharina nicht. Auch nicht am nächsten Tag. Ein Taxi zu rufen, um zu Katharina zu fahren, würde zwecklos sein. Es war Weiberfastnacht, und da gab es in Köln keine Taxis –

Mangelware. Für Sekunden überlegte Hannah, selbst zu fahren. Aber sie verwarf diesen Gedanken sofort. Bis Mittag feierte Carla in der Kindertagesstätte Karneval. Thomas kümmerte sich um sie. Als ein großgewachsener Clown mit einem rosafarbenen Schweinchen nach Hause kam, begrüßte Hannah ihr ausgelassen-fröhliches Kind. Mit begeisterten Quietschlauten und den ersten Wörtern, die sie kannte, erzählte Carla aufgeregt von ihrer Party in der Kindertagesstätte. Und Hannah nickte immer wieder. Carla tanzte. Hannah klatschte. Dann warf Carla Bonbons und schrie: „Aaf!“

Lachend sagte Hannah: „Alaaf!“

Thomas stand hinter seiner Tochter und erwartete von Hannah, begrüßt zu werden. Doch sie ließ ihn links liegen. Immer noch kochte sie vor Wut. Katharina so anzugehen, war einfach unmöglich gewesen, ein Unding! Je länger Thomas schweigend vor ihr stand, desto mehr brodelte es in Hannah. Er stand da, als wenn nichts gewesen wäre. Einfach so! Einfach nur so! Hannah kniff die Augen zusammen und ging zum Angriff über. Es reichte ihr. Sie schoss Thomas an. Doch er gab nicht klein bei, sondern konterte Hannahs Angriff. Sie stritten, bis Carla weinte. Hannah gratulierte ihm zu diesem Erfolg und schob alle Schuld auf ihn. Sie schnappte ihre Tochter und verließ mit ihr die Küche.

Kapitel 23

Von Karneval bis Prinz

Über die Karnevalstage versuchte Hannah weiterhin, Katharina zu erreichen. Doch es gelang ihr nicht. Erst eine Woche später erwischte sie sie, auf dem Sprung zum Friseur. Katharina versprach, nach dem Termin bei Hannah vorbeizukommen.

Gegen elf Uhr hörte Hannah den Mini vor dem Haus vorfahren und schritt zur Haustür, um sie für Katharina zu öffnen. Dieses Mal durfte sie es nicht verpassen, Katharinas Frisur in angemessener Weise zu loben. Nach Justus' Tod hatte sie deswegen einen Riesenkrach mit Katharina gehabt. Hannah lobte deren Frisur nach einem Friseurbesuch nicht genügend.

Katharina kam auf Hannah zu. Hannah hob die gestreckten Daumen. „Wow, gefällt mir! Die Frisur macht dich um Jahre jünger. Toll."

„Danke, Hanni! Schön, dass du daran gedacht hast."

„Woran?"

„Meine Frisur gebührend zu loben. Es gab auch schlechtere Zeiten." Mit vorgeschobenem Kinn schritt Katharina an Hannah vorbei.

„Möchtest du einen Kaffee?"

„Ja, gern. Wie geht es dir?"

„So weit gut. Es sind hoffentlich nur noch ein paar Tage."

„Gibt es was Neues wegen des Brandes?"

„Die Kommissarin hat den Kollegen vernommen. Wegen einem Fußballspiel wollte er nach Hause."

„Und brannte so womöglich die Firma ab."

„So weit dachte er wohl nicht."

„Dass Männer für Fußball die Welt vergessen, werde ich wohl nie verstehen." Katharina verdrehte die Augen und nahm die Tassen an, die Hannah ihr reichte. Sie setzten sich an den Tisch.

„Es war hoffentlich ein lohnenswertes Spiel."

„Apropos lohnenswert, ich komme gerade von meinem Haus am Comer See. Vorher habe ich noch meinen Verleger getroffen. Er brachte mich auf die Idee, die Geschichte mit Justus und dir in einem Roman zu verarbeiten. Anfangs fand ich die Idee abwegig. Aber je länger ich darüber nachdenke, meine ich doch, dass es ein interessantes Buchprojekt werden könnte."

„Welche Geschichte mit Justus und mir?"

„Von Anfang bis Ende. Wie Justus die Firma weiter ausbaute, dann der Unfall, deine Bemühungen um die Farber-Werke. Natürlich auch mein Part. Frederiks Idee, das Buch anschließend zu verfilmen, findet Ella hervorragend. Ist das nicht toll? Ich darf das nächste Drehbuch schreiben."

„Kannst du mich bitte aus dem Projekt raushalten!"

„Warum denn? Du bist doch eine der Protagonisten. Das wird bestimmt ganz wundervoll. Ella ist bereits Feuer und Flamme für diese Geschichte. Sie kann es gar nicht erwarten, das Buch in den Händen zu halten."

„Das glaube ich gern. Ella Gardner ist für jede Story zu haben, die mit mir oder dir zu tun hat."

„Sie mag dich halt."

„Sie kennt mich nicht. Sie lechzt nur nach Bestsellern."

„Das ist unfair ihr gegenüber", protestierte Katharina.

„Wie auch immer. Ich möchte in keinem deiner Romane auftauchen! Oder in irgendwelchen Verfilmungen." Hannahs Wangen liefen rötlich an.

„Hanni, vertraue mir. Es wird großartig!"

„Nein! Niemals! Und höre auf, mich Hanni zu nennen. Ich hasse das!"

„Hanni, es ist auch meine Chance, das alles endgültig hinter mir zu lassen."

„Nein und nochmals nein!"

„Du kannst es mir nicht verbieten!"

„Nein, das kann ich nicht. Aber ich werde sicherlich Wege finden, es zu verhindern." Hannah hielt die Hände vor ihren Bauch.

Katharina sprang abrupt auf. „Das glaube ich jetzt nicht!", schrie sie. „Du drohst mir mit dem Anwalt, wenn ich den Roman schreibe?"

„Wenn es sein muss", sagte Hannah kurzatmig, „dann werden Anwälte es klären müssen."

„Da …", stotterte Katharina und zeigte auf Hannahs Hals, „deine Halsschlagader … die ..."

In diesem Moment begann Hannah mit schmerzverzerrtem Gesicht sich zu krümmen. „Au!" Warme Flüssigkeit lief an der Innenseite ihres Beins hinab. Als Katharina das sah, wurden ihre Hände von einem unkontrollierten Flattern erfasst. „Hannah, deine Hose ist nass! Der Fleck wird ..."

„Auahh", presste Hannah zwischen zusammengebissenen Zähnen hervor, „wir müssen ins Krankenhaus!"

„Ins Krankenhaus? Jetzt?"

„Ich habe meine Tasche noch nicht gepackt!"

Katharina hyperventilierte. „Hanni! Das Baby, wir müssen! Was soll ich tun, Hanni?"

Hannah hörte nicht zu. Unter Aufbietung ihrer letzten Kraftreserven kletterte sie die Treppe hinauf, um ihre Tasche zu packen. Hannah hatte keine Zeit zu verlieren. Katharina lief hinter ihr her. Und Hannah schnauzte sie lautstark an.

„Wegen deinem Scheiß-Roman haben wir jetzt den Salat! Ganz herzlichen Dank!"

„Zick nicht rum! Dann müssen wir uns nicht streiten."

„Willst du damit sagen, ich wäre zu emotional, oder was?"

Auf dem Weg ins Krankenhaus in Köln-Lindenthal schrie Hannah Katharina immer noch an. Erst auf der Station konzentrierte sich Hannah auf die herbeigeeilte Hebamme.

„In welchen Abständen kommen die Wehen?"

Hannah zuckte mit den Schultern und hielt ihren Bauch. Die Hebamme schaute Katharina an, die ihren hochroten Kopf verneinend zur Seite wandte.

„Also, Sie wissen beide nicht, in welchen Abständen die Wehen kommen?"

„Nein! Weil die Dame neben mir von Altersstarrsinn befallen ist."

Die Hebamme schaute Hannah mit offenem Mund an.

Katharina blies eine Haarsträhne aus ihrem Gesichtsfeld. „Das kommt nur davon, weil du stur wie ein Esel bist!“, konterte sie.

„Ich? Ein Esel, pah!“

„Stopp!“, rief die Hebamme. „So kann ich nicht arbeiten. Hören Sie auf, beide! Was soll das Kind denken, wenn es in so eine angespannte Streitsituation hineingeboren wird? Ihnen steht eine Geburt bevor! Konzentrieren Sie sich darauf!“

„Okay“, sagte Hannah kleinlaut.

„Wo ist der Kindsvater? Kommt er noch?“

„Ehm, ich muss mal kurz telefonieren“, sagte Katharina, die ihr Handy aus der Tasche zog. „Ihr könnt schon mal weitermachen.“

„Gehen Sie bitte vor die Tür zum Telefonieren. Das hier ist nicht der richtige Ort dafür!“

Nach zwei Minuten trat Katharina wieder herein, zu Hannah. Sie drückte ihre Hand. „Thomas kommt, er ist auf dem Weg, mit Carla.“

Hannah antwortete nicht, sondern konzentrierte sich darauf, die nächste Wehe zu überstehen. Die Hebamme verband Hannah mit dem CTG. In Katharinas Augen stiegen Tränen auf, als sie die Herztöne hörte. Sie fasste nach Hannahs Hand und ihr Kinn bebte unmerklich.

„Alles okay mit ihrem Baby“, sagte die Hebamme. „Sie können …“

Da kam Thomas hereingeeilt. Er drückte Carla in Katharinas Arme.

Katharina starrte Thomas regungslos an. Erst als Carla ihr ins Gesicht fasste, reagierte sie. Sie verabschiedete sich von Hannah und schritt mit dem Kind auf dem Arm zur Tür hinaus.

Die Hebamme stellte Hannah Fragen. Und Thomas redete immer wieder dazwischen oder widersprach ihr. Seine Aufregung steckte alle an. Dann feuerte er Hannah an. Er schwitzte und bekam rotweiße Flecken im Gesicht. Seinen Pulli zog er aus, schwitzte aber nur noch mehr. Schwankend lief er zu Hannahs Tasche, um den Pulli dort abzulegen. Die Hebamme telefonierte kurz. Eine Krankenschwester kam herein. „Kommen Sie", sagte sie zu Thomas, „ich bringe Sie nach nebenan und gebe Ihnen was für den Kreislauf."

„Nein, ich kann meine Frau nicht allein lassen!"

„Die hat genug zu tun."

Hannah bekam noch mit, wie Thomas allmählich kleinlauter wurde und die Schwester ihn packte. Die nächste Wehe kam. Gleichzeitig trat Katharina herein. „Carla schläft", sagte sie. „Und Thomas gleich auch – sagt die Schwester."

Hannah nahm Katharinas Hand und presste sie bis auf die Knochen. Sie schrie den Schmerz der Anstrengung heraus.

Im Krankenzimmer

An Katharinas Hand wackelte Carla in das Krankenzimmer. Katharina hob sie aufs Bett. Sogleich schmiegte sich die Kleine an ihre Mama.

„Danke", flüsterte Hannah heiser, während Katharina ihre Hand streichelte. „Du bist jetzt eine große Schwester", sagte sie zu Carla. „Mama hat deinen Bruder auf die Welt gebracht."

„Baby?“, piepste Carla.

„Ja, das Baby kommt gleich“, sagte Katharina.

„Du weißt schon, dass du unmöglich bist, Mammi?“

„Warum?“

„Du bist bei der Geburt jedes meiner Kinder dabei. Obwohl wir uns jedes Mal vorher streiten.“

„Das sind nur deine Hormone.“

„Thomas wird uns das niemals verzeihen.“

„Dann wird er das auch seinem Kreislauf niemals verzeihen.“

Hannah musste lachen, aber es tat überall weh. „Auaa – ich hab' dich lieb.“

Sanft drückte Katharina Hannahs Hand.

„Du schwitzt ja immer noch“, sagte Hannah erstaunt.

„Hanni, ich bin kein Betonklotz. Das geht auch an mir nicht spurlos vorbei. Meine Bluse klebt immer noch am Rücken.“

„Auch vorne.“

„Egal! Hauptsache, alle zehn Zehen und Finger sind an dem Jungen dran.“

Es klopfte an der Tür. Die Krankenschwester schob das Baby in seinem Bettchen ins Zimmer. „Hallo, große Schwester, hier kommt dein putzmunteres Brüderchen!“ Sie legte Hannah ihren Sohn in die Armbeuge. Carla starrte ihren Bruder mit großen Augen an. Schmunzelnd sah Hannah zu Katharina, die sich ihr Lachen verkniff. Als das Baby die Hände bewegte, sprang Carla schreiend auf. Sofort ergriff Katharina sie und zog sie in ihre Umarmung.

„Das ist keine Puppe. Das Baby bewegt seine Arme und Beine. Genauso wie du. Da – schau!"

„Sie hat sich erschrocken, und du auch." Hannah küsste ihren Sohn. „Schau mal, was für ein süßes Näschen. So klein warst du auch mal, Carla."

Katharina und Carla traten näher an das Baby heran. Zögerlich streckte Carla die Hand nach ihrem Bruder aus und berührte ihn. Sie lachte und berührte ihn nochmals. Dann streckte sie ihre Hände aus, damit Hannah sie nahm. Katharina setzte Carla aufs Bett. Sie rutschte an Hannahs Seite.

„So kleine Babys schlafen viel, essen und trinken. Mehr macht dein Bruder die nächste Zeit nicht."

„Pielen?", fragte Carla.

„Ja, mit dir spielen wird er auch." Carla hatte genug von dem Baby und kletterte aus dem Bett.

„Möchtest du ihn auch mal?", fragte Hannah, zu Katharina gewandt. Katharina nickte und nahm das Baby vorsichtig. Sie strahlte den Kleinen an. Hannah beobachtete die beiden stolz.

„Du bist ein wunderschöner kleiner Prinz", sagte Katharina.

Thomas kam ins Zimmer geschlichen. Hannah sah seinen Gesichtsausdruck. „Bitte jetzt keinen Streit hier", ermahnte sie ihn. „Was soll dein Sohn von dir denken?"

„Wir haben einen Sohn?"

„Hier." Katharina reichte ihm das Baby, und Thomas nahm es strahlend in die Arme.

„Hallo, mein Kleiner, schön, dich endlich zu sehen!"

Über Katharinas Wangen kullerten Tränen. Sie wischte sie mit dem Handballen weg. „Heute ist Justus' Geburtstag. Er wäre dreiundfünfzig geworden."

Thomas lächelte verschmitzt. „Dann ist ja schon mal sicher, dass du den Geburtstag von Moritz nicht vergisst."

„Moritz?", fragten Hannah und Katharina.

„Ich fände es toll, wenn unser Sohn Moritz heißen würde."

„Hattet ihr noch keinen Namen?", fragte Katharina, und Hannah schüttelte den Kopf.

„Moritz", sagte Hannah nach einer kleinen Weile. „Gefällt mir. Moritz, ja."

Über Nacht blieben Hannah und Moritz im Krankenhaus. Am nächsten Morgen durfte Thomas beide nach Hause holen. Das Laufen fiel Hannah noch etwas schwer. Aber sie war froh, dass sie es geschafft hatte.

Freitagnachmittag kam Jasmina zu Besuch. Freudig öffnete Hannah ihr die Tür. Thomas hingegen war überhaupt nicht begeistert, dass schon am Tag nach der Geburt wieder Firmenprobleme an Hannah herangetragen wurden. Schlagartig änderte er seine Meinung, als er hörte, dass ein sehr wichtiges Teil einer Abfüllmaschine fehlte. Ohne dieses Bauteil konnte nicht produziert werden. Die Maschine und das Fließband standen still, und damit auch das Personal, das zurzeit nichts zu tun hatte. Hannah saß, mit Moritz auf dem Arm, auf einem Stuhl am Esstisch. Thomas kochte Tee.

„Ich glaube nicht mehr an Zufälle“, sagte Jasmina. „Es ist zu viel passiert. Das Feuer vor drei Wochen, und jetzt das. Die Flaschenhalterung einer Abfüllmaschine verschwindet nicht. Die muss jemand verschwinden lassen haben. Zumal sie gestern Nachmittag noch da war.“

„Bist du dir sicher, dass sie da war?“, fragte Hannah.

„Ja, ich war bei dem Probelauf am Fließband dabei. Wir haben die Qualität überprüft.“

„Okay, dann muss sie ja jemand von gestern Nachmittag bis heute Morgen ausgebaut haben, richtig?“

„Anders kann es nicht gewesen sein. Aber es gibt noch etwas, das ich euch erzählen muss.“

Thomas servierte Jasmina Tee und setzte sich auf den Stuhl neben Hannah, die ihm sofort ihren Sohn reichte.

„Was denn noch?“

„Max hat gestern Frederik und Sandoz belauscht.“

„Wie bitte?“

„Als ich gestern Abend durch die Stadt gebummelt bin, lief ich durch Zufall auf das Café am Park zu. Dort saßen mein Freund und Georgio Sandoz zusammen an einem Tisch. Zuerst dachte ich, nee, das kann nicht sein. Aber als Max mir sagte, die sitzen da wirklich, beobachteten wir die beiden.“

„Woher kam Max so plötzlich?“

„Er joggte durch den Park und hatte mich erkannt. Und ich war froh, dass er da war! Ich muss blass ausgesehen haben, denn er fragte mich mehrmals, ob es mir gutgehen würde.“

„Habt ihr rausgefunden, was die beiden dort machten?", fragte Thomas.

„Max ist rein und setzte sich an einen Nebentisch. In dem Café war viel los und es war entsprechend laut. Max hat nur Bruchstücke von dem Gespräch verstanden. Frederik muss was in der Art gesagt haben, das wäre seine letzte Aktion. Er würde aussteigen. Daraufhin erinnerte ihn Sandoz, dass seine Schulden noch nicht beglichen seien. Doch Frederik protestierte und sagte, er könne es nicht länger mit mir aushalten. Ich würde immer komplizierter werden. Dieser Arsch!"

„Worum ging es weiter?", fragte Hannah. „Hat Max noch mehr mitbekommen?"

„So wie Max sagt, setzte Sandoz Frederik weiter unter Druck. Schließlich hätte er die andere Sache vermasselt."

„Die andere Sache?", fragte Thomas verwundert.

„Die Regalverschraubung!", rief Hannah. „Also ist sie doch gelockert worden!"

„Oder", sagte Jasmina, „er meinte das Feuer."

„Das wäre Vorsatz und damit Sabotage", flüsterte Thomas und blickte seine Frau an.

Hannah hob kurz die Schultern. „Eine Ahnung hatte ich schon länger. Sonst noch was?"

Es läutete an der Haustür. Hannah entschuldigte sich kurz. Mit beiden Fäusten sich auf der Tischplatte abstützend, stand sie auf und schlurfte humpelnd zur Haustür. Es war Katharina, die vorbeikam, um nach Moritz zu sehen. Hannah nahm sie mit zum Esstisch. „Setz dich. Es wird dich interessieren, was Jasmina uns gerade erzählt."

Händeschüttelnd begrüßte Katharina Jasmina und drückte Thomas kurz an der Schulter. Moritz streichelte sie über den Rücken und sagte leise: „Hallo Kleiner.“ Hannah stellte den Kaffee für ihre Freundin auf den Tisch. Sie füllte die Tee- und Kaffeetassen auf, bevor sie sich behutsam wieder auf ihren Stuhl niederließ.

Katharina schaute zu Hannah, während sie von Thomas erfuhr, was Jasmina bisher erzählt hatte. Als Thomas mit seinem Bericht endete, fügte Jasmina hinzu: „Sandoz hat Frederik aufgefordert, weiterzumachen, bis ich endgültig erledigt wäre.“ Sie schluchzte: „Der Arsch will mich fertigmachen … richtig fertigmachen, wegen den Pumps.“

Katharina sah Hannah mit gerunzelter Stirn an.

„Als Jasmina noch bei Griff war“, sagte Hannah, „klaute Sandoz ihre roten Pumps. Jasmina meldete das, aber Sandoz bog es irgendwie zurecht.“

„Nee, nee“, sagte Thomas. „Das ist Diebstahl.“

„Eigentlich nicht.“ Jasmina zuckte mit den Schultern. „Ich habe die Pumps ja noch.“

„Was wollte er denn damit?“, fragte Katharina.

„Er hat sie anprobiert.“ Jasmina schüttelte sich.

Katharina hob ihre Hand auf den Mund und begann zu lachen.

„Wenn Sandoz dich vernichten will“, fragte Hannah, „warum lässt er dann Feuer in den Farber-Werken legen? Oder das Hochregallager manipulieren? Das macht keinen Sinn.“

„Du glaubst tatsächlich, dass Jasminas Freund das war?“

Jasmina schlug mit der flachen Hand auf den Tisch. „Frederik ist ein Verräter, ein ...“

„Jasmina“, ermahnte Hannah sie, „bisher ist nichts bewiesen.“

„Aber wenn Frederik es war, dann würde das viele merkwürdige Ereignisse erklären!“, rief Jasmina. „Zum Beispiel meine leeren Dateien, die ich nicht gelöscht habe. Meine fehlenden Zugangsdaten, die ich nicht geändert habe. Oder die Weihnachtsmail, die ich nie geschrieben habe.“

„Und wie soll er das gemacht haben?“, wollte Katharina wissen.

„Das ist im Prinzip ganz einfach“, erklärte Thomas ihr. „Er muss nur ein Passwort knacken, nämlich das von Jasminas Rechner. Wenn man einmal drin ist, kommt man an ihre Dateien oder an die anderen Passwörter. Darüber könnte er auch Zugang zu weiteren Rechensystemen der Farber-Werke erlangt haben.“

„Um zum Beispiel Überweisungen zu manipulieren?“, fragte Katharina.

„Ja, so etwas in der Art. Software austauschen. Viren verteilen.“

„Die Weihnachtsmail!“, riefen Jasmina und Hannah gleichzeitig.

„Und dann hat er die Medien darauf angesetzt?“

„Wovon sprichst du?“, fragte Hannah Katharina.

„Von dem Zeitungsbericht über die mögliche Insolvenz der Farber-Werke.“

„Hast du deinem Freund von den Bildern in Henselers Wohnung erzählt?“, fragte Hannah, die eine Haarsträhne nach hinten schob und sich auf die Unterlippe biss.

„Eh … glaube schon … ja, ja, klar, danach war ich so aufgewühlt. Ich muss es ihm erzählt haben.“

Hannah schlug sich mit der Handfläche auf die Oberschenkel. „Es geht nicht um dich, es geht um mich!“

„Warum denn das?“

„Wenn es tatsächlich diese Farber-Erbin gibt, was hätte das für Auswirkungen für dich? Du würdest im schlimmsten Fall den Job verlieren. Dann wechselst du eben den Arbeitgeber, und gut ist's.“

„Das wäre bei dir nicht anders.“

„Na ja, wenn es zu langjährigen Erbstreitigkeiten käme, würden unsere Kunden uns die Aufträge entziehen. Farber geriete in die Verlustzone. Und ich würde als unfähige Verliererin dastehen. Gebrandmarkt und in der Branche untragbar.“

„Mit dieser Klappe hat der Typ noch eine weitere Fliege geschlagen“, sagte Thomas. „Könnt ihr euch an die Artikel über Hannah und diesen Rudnik erinnern?“

„Rudnik ist danach gegangen worden“, sagte Hannah.

„Richtig“, nickte Thomas. „Auf diesem Wege konnte er zwei Menschen aus dem Weg räumen. Rudnik bei Griff und dich bei Farber.“

„Svenja und ich haben Sandoz mit Rudniks Frau gesehen. Als wir essen waren. Damals haben wir uns noch gefragt, warum.“

„Jetzt weißt du es“, sagte Jasmina. „Soviel ich weiß, ist Rudniks Vorstandsposten immer noch unbesetzt. Dann hat Sandoz' Plan doch nicht funktioniert.“

Es läutete erneut an der Haustür. Thomas legte seinen Sohn in die Wiege und ging zur Haustür. Zurück kam er mit einem riesengroßen Teddybären. Dahinter erschien Max. Hannah lachte, als sie Max hinter dem Teddy auftauchen sah. „Ist der für mich?“, fragte sie.

„Ehm, ja, ehm, nein. Der ist für Junior.“

„Junior schläft gerade.“ Sie zeigte auf die Wiege, stand auf und ging zu Max. Er drückte ihr den Riesenteddy in die Hände und sagte: „Herzlichen Glückwunsch und alles Gute für euch, für euch alle!“

„Das ist lieb von dir, danke! Aber da ist doch noch etwas, so wie du aussiehst?“

„Ja, ehm, nachdem ich ... also ... ich meine: wir“, dabei deutete er auf Jasmina und auf sich, „diesen schmierigen Typen mit diesem Betrüger bespitzelt haben, wollte ich dich warnen.“

„Mich warnen? Max! Wovon sprichst du?“ Hannah deutete auf den freien Stuhl neben Jasmina. Sie sah, wie Jasminas rosafarbene Wangen zu einem knalligen Rot wechselten.

„Kannst du dich an meine Eröffnungsparty erinnern?“, fuhr Max fort, nachdem er sich hingesetzt hatte. „An Walter Barthel, der nur auf Krücken gehen konnte? Er hatte Ende Mai einen schweren Autounfall mit dem Dienstwagen seiner Frau. Ein anderes Auto hatte ihn beim Überholen von der Landstraße gedrängt. Auf dem Weg in den Graben überschlug sich sein Wagen. Walter Barthel wurde im Fahrzeug eingeklemmt. Als die Feuerwehr ihn befreite, waren seine Beine mehrfach gebrochen. Den schwarzen Fiat Punto hat man bisher nicht gefunden.“

„Ein schwarzer Fiat?“, rief Jasmina. „Frederik fuhr einen schwarzen Fiat Punto. Der war aber an der Seite so zerschunden, dass er ihn verkauft hat. Er sagte, der

Unfallverursacher würde nicht für den Schaden bezahlen. Und eine Reparatur lohne sich nicht."

„Das meine ich. Hannah, pass bitte auf dich auf. Dieser Drecksack geht über Leichen."

„Ende Mai?", warf Katharina ein. „Das war doch auch Ende Mai, als die Zeitungsberichte über dich und Rudnik im *Primus* erschienen?"

Thomas schlug sich mit der Hand auf den Oberschenkel und deutete mit ausgestrecktem Zeigefinger auf Hannah. „Und eine weitere Fliege mit derselben Klappe geschlagen."

Alle richteten ihre Blicke auf ihn. Thomas schaute jeden einzeln an und setzte dann zu einer Erklärung an. „Der Aufsichtsrat beschließt, wer der nächste Vorstandsvorsitzende wird – richtig? Sandoz wusste, dass Rudnik fliegen würde – richtig? Barthel war doch die Dame aus dem Aufsichtsrat, die mit dir gesprochen hat – richtig, Hannah? Es war der Dienstwagen seiner Frau – richtig? Was ist, wenn er ihr gedroht hat, für den Fall, dass sie ihn nicht auf den Vorstandsposten hebt?"

„Aber es hat ihn getroffen, nicht sie."

„Zufall!"

„Unglaublich!"

Bedrückende Stille breitete sich aus, bis Katharina ihren Stuhl zurückschob und die Küche verließ. Thomas ging zur Arbeitsplatte und bereitete eine neue Runde Heißgetränke zu. Jeder hing für den Moment seinen Gedanken nach. Als Katharina zurückkam, füllte Thomas die Tassen auf dem Tisch nach.

„Das sind alles Vermutungen und Theorien", sagte Jasmina. „Was können wir davon beweisen? Nichts.

Nichts davon. Wir wissen nicht, was sie vorhaben, oder wo sie als Nächstes zuschlagen werden."

Hannah sah Jasmina an. „Vielleicht können wir es doch beweisen. Wo ist mein Handy?"

Thomas reichte es ihr von der Arbeitsplatte.

Hannah tippte und wischte ein paar Mal auf dem Display. Dann sagte sie: „Während der Weihnachtsferien habe ich in der Firma Überwachungskameras installieren lassen. Heute Nacht war jemand um 1:27 Uhr im Gebäude. Mist! Ich habe den Alarm nicht gehört, weil mein Handy aus war!" Sie schaute Thomas an. Der hob kurz die Schultern. „Es gab gestern Wichtigeres und Eiligeres", sagte er.

„Kannst du die Person erkennen?", fragte Max.

„Nein, dafür ist die Vorschau zu klein. Aber die Aufzeichnungen kann man vergrößern."

„Warum hast du mir nichts von den Kameras gesagt?", fragte Jasmina.

„Weil ich nicht sicher war, wer der Saboteur ist. Es hätte jeder sein können."

Jasmina blickte mit hängenden Schultern zu Boden.

„Wo sind die Aufzeichnungen?", wollte Max wissen.

„Auf einem versteckten Server, in der Firma."

„Na dann los", rief Max, „lasst uns die Überwachungsbilder checken!"

„Halt, halt, es müssen nicht alle fahren", sagte Katharina, „und Hannah sollte lieber hierbleiben."

„Gut, dann fahren Jasmina und ich", beschloss Thomas.

„Das geht nicht. Du musst Carla von der Kita abholen."

„Dann werde ich Jasmina begleiten“, schlug Max vor.

Beide kicherten und Hannah sagte nur: „Okay, aber passt bitte auf!“ Sie zeichnete auf einem Zettel das Versteck des Servers auf und schrieb die Zugangsdaten darunter. Jasmina nahm den Zettel.

„Alles klar.“

Thomas folgte ihnen, als sie das Haus verließen.

Lange schwieg Hannah. Im ganzen Haus war es still. Nur Katharina nippte an ihrem Kaffee. Und Moritz schlief.

„Das ist nicht real, oder? Es kann doch nicht wirklich sein, dass ich in so einen Albtraum hineingerate?“, fragte Hannah und sah Katharina an.

Es läutete an der Haustür. Katharina sprang sofort auf. Auf dem Weg zur Tür rief sie: „Das ist Andrea Grasberger. Ich habe sie gebeten, zu kommen.“

„Hallo Frau Schuster, herzlichen Glückwunsch!“, gratulierte die rothaarige Kommissarin und überreichte Hannah einen Blumenstrauß. Ihre drahtige, durchtrainierte Hand drückte zu stark zu und Hannah zuckte zurück.

„Herzlichen Dank. Möchten Sie einen Kaffee?“

„Ja, gern.“

Katharina berichtete der Kommissarin, welche Theorien sie soeben in der Runde entwickelt hatten. Hannah sah, dass Grasberger sich reichlich Notizen machte. Als die Beamtin den Stift zur Seite legte, faltete sie die Hände und wandte sich zu Hannah.

„Frau Farber hatte schon länger den Verdacht, dass es sich bei den Vorfällen nicht um Zufälle handelte. Sie kam zu mir, damit ich einen neutralen Blick auf die Ereignisse werfe. Und ich muss leider sagen, Frau Farber hatte mit ihrer Vermutung recht. An dem Hochregal wurde definitiv nachgeholfen. Daraufhin untersuchten wir alle Vorfälle der letzten Monate. Der Brand der Paletten Ende Januar ist vorsätzlich gelegt worden. Das wussten wir von Anfang an. Aber das Motiv war nicht die erwünschte Zeitersparnis wegen eines Fußballspiels am Tag des Geschehens. Sondern Karten, die der Arbeiter für das Champions-League-Spiel Bayern gegen Arsenal versprochen bekommen hatte."

Hannah sah Katharina erschrocken an, die Augen weit aufgerissen.

Grasberger sprach weiter: „Wir haben Ihre EDV durchleuchtet. Ihrer Assistentin wurden definitiv Daten gestohlen. Die EDV wurde durch Dritte benutzt. Das Auslaufen der Lagertanks ist herbeigeführt worden."

„Was? Das auch?"

„Was den Brand des Müllcontainers anbelangt, stehen wir kurz vor der Aufklärung. Wir haben einen Zigarettenfilter mit DNA-Spuren gefunden. Die Person, die am Tatort geraucht hat, ist verwandt mit einer Person, die wir in unserer Datenbank haben."

„Wie bitte? Es sind noch mehr Personen beteiligt?" Hannah krümmte ihren Rücken.

„Wir müssen noch das Ergebnis der Untersuchung abwarten. Was wir mit Sicherheit sagen können, ist, dass unser Labor in Ihrer Nährlösung Verunreinigungen gefunden hat, die die Befunde falsch ausfallen ließen. Auch die Wäge-Software ist manipuliert worden.

Was den aktuellen Vorfall angeht, so stehen wir noch am Anfang."

Hannah verlor jedwede Gesichtsfarbe. Sie konnte nicht glauben, was sie da hörte. Kalter Schweiß lief ihr den Rücken herunter. „Da kann ich Ihnen wahrscheinlich behilflich sein", sagte sie mit brüchiger Stimme. „Während der Weihnachtsferien wurden versteckte Kameras und Sensoren in der Firma installiert. Meine Assistentin ist auf dem Weg dorthin, um die Überwachungsbilder der letzten Nacht zu sichten. Um 1.27 Uhr gab es einen Alarm, den ich aber wegen der Geburt meines Sohnes nicht mitbekommen habe."

„Sie müssen sich nicht entschuldigen. Aber glauben Sie, es ist eine gute Idee, eine Kollegin die Bilder sichten zu lassen? Was ist, wenn sie involviert ist?"

„Jasmina wird von Max Herkenrath begleitet. Ein Freund und mein Geschäftspartner. Max hat uns etwas über einen Autounfall von Walter Barthel erzählt. Barthel ist der Ehemann der stellvertretenden Aufsichtsratsvorsitzenden von Griff Köln. Gibt es da möglicherweise Zusammenhänge?"

„Eine gute und berechtigte Frage, die ich gern noch ausweiten würde. Gab es Anzeichen dafür, dass Ihr eigener Autounfall 2011 anders abgelaufen sein könnte, als bisher gedacht?"

Hannahs Herzschlag setzte kurz aus. „Oh nein, das wäre ja … Glauben Sie wirklich?"

„Nein. Aber aufgrund der neuen Erkenntnisse müssen wir die Ermittlungen in alle Richtungen ausdehnen."

Hannah fasste Katharinas Hand, die noch kälter war als ihre eigene. Mit hängenden Schultern saß Katharina auf ihrem Stuhl. Sie schluckte.

„Haben Sie etwas über diesen Journalisten herausbekommen, der für die infamen Zeitungsartikel verantwortlich ist?“

„Nein, bisher leider nicht. Die Kollegen versuchen ihn zu finden.“

Stimmenlärm vor der Haustür kündigte Thomas und Carla an. Er begrüßte die Kommissarin, als er die Küche betrat. Katharina hob die Hände, um Carla zu nehmen. Thomas beugte sich vor und Carla streckte die Ärmchen nach Katharina aus.

„Ist schon wieder was passiert?“, fragte Thomas.

Andrea Grasberger wandte sich zu ihm. „Sie und Frau Farber waren damals bei dem Unfall Ihrer Frau doch sofort zur Stelle. Ist Ihnen irgendetwas in Erinnerung geblieben, was Sie aus heutiger Sicht neu bewerten würden?“

Thomas sah sie an, dann Hannah, dann Katharina. „Frau Kühn war auch dabei“, antwortete er. „Jasmina, Katharina und ich waren vor Ort, aber nein, nein, da war nichts. Wegen der Sabotagefälle?“

„Ja. Wir ermitteln in alle Richtungen, auch Jahre zurück.“

„Verstehe.“

Carla patschte mit ihren Händen Katharina ins Gesicht. Dabei brabbelte sie in einer fröhlichen Singsang-Melodie. Lachend küsste Katharina die kleinen Hände.

„Bitte entschuldigt mich“, sagte Hannah. „Aber ich muss mich hinlegen. Auf Wiedersehen, Frau Grasberger.“

Sofort sprang Katharina auf, um ihrer Freundin zu helfen. Hannah fasste Katharinas Hand und zog sich an ihr hoch. Auch Thomas eilte zu seiner Frau, doch die winkte ab. „Kümmere dich bitte um die Kids. Ich kann nicht mehr."

Thomas küsste sie. „Ich koche uns was Leckeres zum Abendessen", flüsterte er, „damit du wieder fit wirst." Von Katharina nahm er Carla wieder entgegen. Er setzte sie auf ihrer Spieldecke ab.

Katharina half Hannah ins Bett und setzte sich auf die Bettkante. Dabei hielt sie Hannahs Hand fest. „Du hast also die Grasberger auf mich angesetzt!"

„Angesetzt, wie das klingt!"

„Du hast dir Sorgen um mich gemacht?"

„Du kannst sehr gut auf dich selber aufpassen, Hanni."

„Ja, das kann ich. Aber trotzdem danke, Mammi."

„Bitte."

Katharina wollte Hannahs Hand loslassen, doch Hannah hielt sie fest: „Bleib bitte bei mir."

Hannah bemerkte, wie Katharina ihr einen Kuss auf die Schläfe drückte. Dann zog die Müdigkeit sie auch schon in einen sanften, friedlichen Schlaf. Alles wurde so wunderbar leicht.

Ein heller Mond, der durch das Fenster leuchtete, weckte sie auf. Leichte Eiskristalle glitzerten außen auf der Scheibe. In ihrer kuscheligen warmen Höhle hörte Hannah laut schreiende Stimmen aus der Ferne. Zuerst eine männliche Stimme, dann eine weibliche. Sie schloss wieder die Augen und zog die Decke höher, über die Schulter. Wieder hörte sie den Mann schreien. Sie erkannte Thomas' Stimme.

„Eine Ermittlerin einschalten, ohne mit mir darüber zu sprechen!"

„Warum hast du es nicht getan?“, schrie die Frau zurück. Das war Katharinas Stimme.

„Meine Frau kann das auch selber lösen!“, hörte sie jetzt wieder Thomas.

„Vielleicht hättest du sie in den letzten Wochen und Monaten ein bisschen mehr unterstützen können. Sie war schließlich schwanger!“

„Natürlich habe ich sie unterstützt, mich um sie gekümmert! Du hast dich doch als Überoma hier aufgespielt!“

„Überoma?!“ Hannah sah vor ihrem inneren Auge, wie Katharinas Augen Funken in Richtung Thomas sprühten.

„Ja, Überoma! Ein Spielzeug nach dem nächsten schleppst du an. Klamotten, die Carla niemals alle tragen kann. Süßigkeiten ohne Ende!“

„Schluss jetzt! Alle beide!“ Hannah stand im Türrahmen zur Küche und sah die beiden Streithähne mahnend an. „Damit das ab jetzt – und für alle Zukunft – klar ist – für alle hier im Haus.“ Hannah machte eine Pause, in der sie sich ihre Worte zurechtlegte. „Ihr seid meine Familie. Katharina gehört genauso dazu wie du, Thomas. Genauso wie die Kinder. Niemand nimmt irgendwem irgendetwas weg. Ich liebe euch – jeden Einzelnen, jeden von euch. Und ich brauche euch – beide. Und die Kinder. Was ich aber gar nicht gebrauchen kann, ist, dass ihr euch bekämpft! Dann werden wir alle verlieren. Also hört endlich mit dieser eifersüchtigen Rivalität auf!“

„Hannah, ich bin dein Ehemann! Ich hätte gestern bei der Geburt meines Sohnes dabei sein sollen, nicht sie!“

„Das wäre sicherlich auch so gewesen, wenn dein Kreislauf mitgespielt hätte."

Mit sanfter Stimme fragte Katharina: „Wäre es dir lieber gewesen, Hannah wäre allein im Kreißsaal gewesen?"

Thomas unterbrach sie: „Nein, nein, auf gar keinen Fall!"

„Gut, ich hoffe, wir haben das jetzt für alle Zeiten geklärt", sagte Hannah. „Falls nicht, fliegt ihr beide! Ihr habt die Verantwortung übernommen, dann lebt sie bitte auch unseren Kindern vorbildlich vor!"

Sie sah beide einzeln an. Thomas stand mit dem Rücken an der Wand, die Arme verschränkt, und nickte zustimmend. Katharina nickte ebenfalls, bevor sie sich wieder an den Esstisch setzte.

„Haben Max und Jasmina die Überwachungsbilder gefunden?"

„Ja." Thomas nickte. „Frederik ist darauf zu erkennen. Beide sind mit der Kommissarin mitgefahren, um ihre Aussagen aufzunehmen."

Hannah setzte sich an den Esstisch. Sie schob mit den Händen die Haare nach hinten. „Eigentlich sollte ich die ersten Stunden mit meinem Sohn genießen – und dann so was." Eine Zeitlang war es still in der Küche.

„Es gibt da noch etwas, das du wissen solltest", begann Katharina, aber Hannah winkte ab.

„Bitte nicht noch mehr!"

„Jasmina hat mir ein Bild von Frederik gezeigt. Er war Praktikant bei meinem Verleger."

„Wie bitte?"

„Auch mich haben sie zum Werkzeug ihres perfiden Plans gemacht. Mich benutzt, um dich fertigzumachen!“

„Es wäre ihnen fast gelungen.“

„Wovon sprecht ihr zwei?“, fragte Thomas.

„Dieser Frederik arbeitete als Praktikant bei Katharinas Verleger. Irgendwie muss er es geschafft haben, alle davon zu überzeugen, dass es lohnenswert wäre, unsere Vergangenheit rund um den Unfall von Justus in einem Roman zu verarbeiten und auch ein Filmprojekt daraus zu machen.“

Katharina nickte. „Es gab sogar schon einen Titel für das Projekt.“

„Ach, welchen denn?“

„Zuvor das Leben sollte der Arbeitstitel lauten.“

„Wäre nicht -Der Tag nach dem Leben davor- passender gewesen?“, gab Thomas zu bedenken.

„Können wir bitte zu angenehmeren Themen wechseln?“, fragte Hannah. „Zum Essen, zum Beispiel?“

„Gute Idee, wir sollten unbedingt was kochen. Was habt ihr da?“

Thomas öffnete den Kühlschrank und kramte Paprika, Pilze, Zucchini hervor. Er stellte noch Sahne und Tomatenmark auf die Arbeitsplatte. „Das passt doch. Schnibbelt ihr das Gemüse?“

Hannah nahm Nudeln aus dem Schrank. „Ich koche die Nudeln.“

„Wir müssen uns beeilen“, sagte Thomas. „Gleich ist wieder Raubtierfütterungszeit. Moritz ist da wenig kompromissbereit. Seine Schwester zieht seit gestern mit.“

Kapitel 24

Fliegenklatschen

Max versprach Hannah, auf Jasmina aufzupassen. Sie vertraute ihm. Es beruhigte sie, dass Jasmina nicht ohne Aufsicht blieb – nach allem, was diesem Frederik möglicherweise nachgewiesen werden konnte. Von dem Menschen, den man liebte, so betrogen zu werden, empfand Hannah als unmenschlich hart. Auch da konnte sie auf Max vertrauen. Er besaß eine gute Menschenkenntnis. Er ahnte, wie er Jasmina stützen musste. Zum Nachdenken blieb Hannah nun viel Zeit. Besonders, wenn sie mit ihrem Sohn in der Sofaecke saß, um mit ihm zu kuscheln. Carla kletterte immer öfter zu den beiden aufs Sofa. Sie schenkte ihrem Bruder ein Spielzeug, schimpfte dann jedoch, weil Moritz es nicht in die Hand nahm. Hannah erklärte ihr, dass ihr Bruder damit noch nicht spielen konnte, weil er noch so klein war.

Hannah und Thomas schliefen nur ein paar Stunden am Stück. Die ersten Tage und Nächte hielt Moritz seine Eltern auf Trab. Regelmäßig nickte Hannah mit dem Baby im Arm in der Sofaecke weg. Moritz' Herzschlag wirkte wie ein sanftes Schlafmittel auf sie.

Am Montag schlugen dann die Nachrichten wie Hagelkörner auf Hannah ein. Andrea Grasberger informierte sie darüber, dass Frederik mit der Polizei kooperieren wolle, nachdem das gestohlene Maschinenteil in seinem Kofferraum gefunden worden war. Hannah rief Jasmina an, um ihr die Neuigkeit mitzuteilen. Doch Jasmina wusste es bereits. Denn in der Firma verbreitete sich die Nachricht wie ein Lauffeuer.

„Einige Kollegen verdächtigen mich der Mittäterschaft“, sagte Jasmina.

„Wie bitte?“

„Frederik ist mein Partner, also quasi Partner-in-Crime.“

„Jasmina, was für ein Blödsinn!“

„Das weißt *du*. Und das weiß ich. Aber in den Werkshallen gibt es Kollegen, die mich nicht mehr grüßen. Hinter meinem Rücken wird getuschelt. Sobald die Kollegen mich entdecken, verkrümeln sich alle.“

Hannah seufzte hörbar, während Jasmina weiter klagte. „Warum muss gerade jetzt Angelika fehlen? Sie würde den Kollegen den Kopf waschen.“

„Hey, das wird sich alles aufklären. Wir müssen nur etwas Geduld haben!“

„Geduld? In dem Wort steckt dulden drin. Ich kann es nicht dulden, mich falsch verdächtigen zu lassen!“

Moritz quiekte und Hannah beendete das Gespräch. Sie versprach, später noch einmal anzurufen.

Hannahs Handy klingelte erneut. Behutsam legte sie ihren frisch gewickelten und gefütterten Sohn in seine Wiege. In der Küche fand sie ihr Handy. „Schuster“, meldete sie sich.

„Hildegard Barthel hier. Liebe Frau Schuster, herzlichen Glückwunsch zur Geburt Ihres Sohnes!

Mögen Glück, Gesundheit und Freude immer mit Ihnen sein."

„Vielen Dank, Frau Barthel. Wie geht es Ihrem Mann?"

„Oh, Sie erinnern sich, wie schön. Es geht nur langsam voran, aber es geht. Frau Kappenberg erzählte mir, sie fängt bei Ihnen zum nächsten Ersten an."

„Ja, das stimmt. Svenja wechselt zu uns. Wir können immer gute Leute gebrauchen. Es passte kurzfristig auf beiden Seiten."

„Seit Monaten versuche ich, Sie davon zu überzeugen, zu uns zurückzukommen. Und jetzt werben Sie unsere beste Sekretärin der Vorstandsetage ab."

„Wenn Sie das so betrachten, hört sich das für uns nicht so vorteilhaft an. Andersherum betrachtet, entwickeln sich einige Dinge in Ihrem Hause, sagen wir mal, ungünstig."

„Sie sprechen von Sandoz, nicht wahr?"

„Die Spatzen pfeifen es von den Dächern. Er soll zum ersten April der neue Vorstandsvorsitzende von Griff werden."

„Dies ist der Wunsch meiner Aufsichtsratskollegen."

„Daraus entnehme ich, Ihrer ist es nicht?"

„So ist es. Bisher fehlt mir noch eine Lösung für dieses Problem."

„Die hätte ich vielleicht. Können wir uns übermorgen Nachmittag hier bei mir treffen? Bitte erzählen Sie niemandem von dem Treffen. Das ist sehr wichtig."

„Wie darf ich das verstehen?"

„Es gibt eine Möglichkeit, wie wir unser beider Problem aus dem Weg schaffen können."

„Das würde mich brennend interessieren. Ich bin dabei!"

„Dann bis übermorgen."

„Ja, gern, bis übermorgen."

Hannah legte ihr Handy auf die Arbeitsplatte in der Küche. Sie schaute nach ihrem Baby in der Wiege. Als sie das Kind streichelte, bemerkte sie, dass die nächste Windel fällig war. „Na dann wollen wir mal, kleiner Mann."

Wieder klingelte das Mobiltelefon. Doch sie konnte nicht rangehen, da sie noch dabei war, das Baby zu wickeln. Das penetrante Klingeln stresste sie. Sie blieb mit dem Strampler dreimal an Moritz' Füßen hängen. Es klingelte weiter, hörte auf und begann erneut. Endlich drückte Hannah die letzten beiden Druckknöpfe des Stramplers zu. Sofort nahm sie ihren Sohn hoch und langte nach dem Handy. Auf dem Display standen fünf Anrufe von Katharina. Seufzend legte sie Moritz in die Wiege und wählte Katharinas Nummer. Nach dem ersten Freizeichen hörte sie ihre Freundin weinend schreien:

„Es hört nicht auf! Es gibt sie tatsächlich! Hörst du, es gibt sie!"

„Wen gibt es?"

„Vater unbekannt! Es gibt sie tatsächlich! Es hört nicht auf!"

„Katharina, wo bist du?" Hannah schob ihre Haare aus der Stirn.

„Im Auto vor der Anwaltskanzlei."

„Gut, dann bleib dort. Thomas holt Carla aus der Kita. Er kommt bei dir vorbei und nimmt dich mit."

Katharina weinte.

„Hast du mir zugehört?", fragte Hannah.

„Was?"

„Thomas kommt dich holen. Bleib, wo du bist!" Sie hörte nur Katharinas unablässiges Weinen und legte auf, um Thomas anzurufen. Der war wenig begeistert, eine aufgelöste Katharina in sein Zuhause zu bringen.

Die nächsten Stunden kämpfte Hannah mit dem desolaten Zustand ihrer Freundin. Ihre Anwälte hatten die Geburtsurkunde beschafft. Nur half ihr das nicht wirklich weiter. Denn in der Urkunde war das Feld, in das der Vater des Kindes einzutragen war, frei geblieben. Doch Katharina sah Justus' Untreue und jahrzehntelangen Betrug nun bestätigt. Dementsprechend stellte sie alles in Frage. Hannah hatte ihre liebe Mühe, die Gefühlsausbrüche ihrer Freundin zu besänftigen. Katharina igelte sich ein. Zu nah durfte Hannah ihr nicht kommen. Katharina weinte, fluchte, schimpfte. Hannah ertrug es. Katharina boxte auf das Kissen ein. Hannah blieb bei ihr. Irgendwann in der Nacht schlief Katharina vor Erschöpfung ein. Auch Hannah döste, als Moritz vor Hunger zu weinen begann. Mit halbgeöffneten Augen tastete sich Hannah vor zu seiner Wiege und nahm ihren quengelnden Sohn liebevoll hoch. „Mama ist da. Alles ist gut. Hm?"

Am nächsten Morgen sah Katharina schrecklich aus, doch sie ließ sich von Hannah umarmen. „Danke, dass du für mich da warst, mal wieder."

Hannah antwortete mit einem flüchtigen Kuss auf ihre Schläfe.

Katharina seufzte. „Ich denke, ich werde einige Entscheidungen treffen müssen."

„Wovon sprichst du?"

„Es ist an der Zeit, dass ich mich endgültig von Justus löse."

„Justus einfach so zu verurteilen, ist nicht fair. Dass der Vater unbekannt ist, kann alles und nichts bedeuten."

„Und wenn doch?"

„Ach, Katharina, Justus kann sich nicht mehr wehren. Wir müssen ihm gegenüber fair bleiben, bis Beweise das Gegenteil ergeben. Er hat dich über alles geliebt. Dafür gibt es genug Beweise. Warum sollte er so dumm gewesen sein …?"

Katharina unterbrach sie: „Weil er zu feige war, dazu zu stehen!"

„Justus? Feige? Nein, niemals."

„Warum verteidigst du ihn immer so?"

„Weil nichts bewiesen ist! Du machst dir mit deinen Unterstellungen nur das Leben mies. Schau dich doch an, du bist weit vom blühenden Leben entfernt, und für was? Weil auf einem Stück Papier an einer Stelle kein Name steht. Nur deshalb."

Katharina sah sie an. Sie wirkte sehr erschöpft.

„Geh zum Friseur, lass dich frisieren, geh shoppen, ins Theater, ins Kino, in die Oper. Und vielleicht triffst du einen netten Mann, mit dem du öfter ausgehen kannst!"

„Hanni! Willst du mich zum Viehmarkt schicken?"

„Nein, ein Bauer passt nicht zu dir, obwohl … die Kids fänden es bestimmt cool, so eine Bauernhofoma."

Katharinas Kopf schoss hoch. „Hast du gerade Bauernhofoma gesagt?" Mit ausgestrecktem Zeigefinger zielte sie auf Hannahs Schulter. Hannah trat einen Schritt zurück. Doch Katharina folgte ihr: „Bauernhofoma, he!"

„Das kommt davon, wenn du Hanni zu mir sagst!", erwiderte Hannah lachend.

Das Lachen verschwand aus Hannahs Gesicht, und leise bat sie Katharina: „Kannst du bitte morgen Nachmittag hier sein?"

„Ja, klar. Was ist? Du bist so ernst."

„Ach nichts, das erzähle ich dir morgen. Aber es wird dir gefallen."

„Ist es wegen den Vorfällen in der Firma?"

Hannah sah ihre Freundin mit großen Augen an. „Woher …?"

Doch Katharina unterbrach sie: „Hanni, dieser Typ hat dir und auch mir das Leben zur Hölle gemacht. Er hat es verdient, auf direktem Weg mit dem Fahrstuhl ins Fegefeuer zu fahren."

„Katharina! Was denkst du von mir?"

„Mit der Zeit lernt man, wie du mit den Dingen umgehst."

So kam Katharina am nächsten Tag zum Mittagessen bei Hannah vorbei. Hannah amüsierte es, dass Katharina auf gar keinen Fall etwas verpassen wollte. Hildegard Barthel saß mit ihnen am Esstisch. Eigentlich hatte Hannah zuerst geplant, mit ihr alleine zu sprechen, doch dann hatte sie sich anders entschieden. Sie erzählte der stellvertretenden Griff-Aufsichtsratsvorsitzenden von der Sabotage und dem Verdacht, wer ihren Dienstwagen gerammt haben könnte.

Ohne eine Regung zu zeigen, entgegnete Hildegard Barthel: „Sie sagten am Telefon, Sie hätten eine Lösung für unser gemeinsames Problem?"

„Richtig." Hannah schaute auf die Uhr. „Ich erwarte noch weitere Gäste. Dann erkläre ich meinen Plan."

Katharina und Frau Barthel nickten.

„Ich kann Frau Schuster gut verstehen. Ich meine, ich kann verstehen, warum sie den Farber-Werken so treu ist", sagte Hildegard Barthel an Katharina gerichtet. Die schaute von ihr zu Hannah und zurück. „Frau Schuster ist eine außergewöhnliche Frau. Eine, die man selten findet. Sie steht Ihnen, liebe Frau Farber, sehr nah. Das ist nicht zu übersehen."

Katharina lächelte und legte ihre Hand auf Hannahs Unterarm.

Von draußen war Motorengeräusch und das Zuschlagen von Autotüren zu hören. Hannah sprang auf, um die Haustür zu öffnen. Jasmina und Andrea Grasberger begrüßten sie.

„Frau Schuster hat mir gegenüber eine Idee geäußert, wie wir dem mutmaßlichen Drahtzieher eine Falle stellen können", eröffnete Frau Grasberger die Runde.

Hannah nickte. „Wenn unsere Vermutung stimmt, wird Sandoz alle Schuld auf Frederik schieben. Und Sandoz ist mal wieder fein raus. Wir müssen ihn in flagranti erwischen."

Andrea Grasberger hüstelte. „Das ist unser Job!“

„Entschuldigung, ja klar. Wir brauchen jemanden, den Sandoz nicht direkt mit uns in Verbindung bringt – zum Beispiel Sie, Frau Barthel.“

„Was soll ich tun?“

Die Ermittlerin ergriff das Wort. „Sie müssten Sandoz an seiner empfindlichsten Stelle packen – bei seiner Eitelkeit. Er weiß um Ihre ablehnende Haltung gegenüber seiner Person?“

„Ja, ich denke schon.“

„Wenn Sie nun“, sagte Hannah, „in seinem Beisein erwähnen, dass die Farber-Werke eine innovative Hautpflege-Marke auf den Markt bringen. Neuartig daran ist die UV-Komponente, die den Alterungsprozess länger als bisher stoppt. Der Schutzfilm schützt die Haut also nicht nur, wie üblich, vor Alterung und Austrocknung. Gewonnen wird der Extrakt aus Kapuziner-Quallen, die in Asien in Massen vorhanden sind. Die Rezeptur ist bereits zum Patent angemeldet.“

„Warum hast du mir nichts von dem Produkt erzählt?“, schmollte Jasmina.

„Weil es nicht existiert“, erwiderte Hannah. „Das ist mir in den letzten langen Nächten eingefallen.“ Und zu den anderen am Tisch gewandt fuhr sie fort: „Aber Sandoz muss überzeugt sein, dass diese Rezeptur Millionen wert sei. Er muss überzeugt sein, dass ich damit ganz sicher zum leuchtenden Stern der gesamten Branche aufsteigen werde. Sandoz wird sich dessen bewusst sein, dass er niemals imstande wäre, so etwas Geniales zu entwickeln.“

Grasberger nickte. „Sie müssen ihn spüren lassen, dass sich Hannah Schuster damit in ein höheres Universum katapultiert. Reiten Sie auf seiner Eitelkeit herum! Geben Sie ihm das Gefühl, mickrig zu sein, ein kleiner Nichtsnutz. Nur so wird er etwas Unüberlegtes tun."

Hannah schaute in die Runde. „Wir müssen eine fingierte Patentanmeldung, die angebliche Rezeptur und verschiedene Produktmuster im Tresor deponieren. Damit Sandoz etwas finden kann."

„Kriegen wir hin", sagte Jasmina. „Aber wie bekommt Sandoz den Tresor auf?"

„Frederik?", schlug Katharina vor.

„Die Zahlen könnten auf einem Zettel stehen, den ich unbedacht herumliegen lasse", schlug Jasmina vor, indem sie mit einer Haarsträhne spielte.

„Sehr gut. Sonst noch Fragen?" Hannah sah alle an.

„Wie kommt Sandoz ins Gebäude?", fragte Katharina.

Thomas trat an den Tisch und schüttete Kaffee nach. „Wie ist Frederik bei den vorhergehenden Aktionen ins Gebäude gekommen?", fragte er.

„Schlüsselkarte von Jasmina kopiert", sagte Hannah.

„Das geht?" Erstaunt blickte Katharina auf.

Hannah nickte. „Jep, das geht – leider!"

„Wenn Sandoz seinen Handlanger schickt, ist er fein raus", wandte Frau Barthel ein. „Er ist clever."

„Keine Sorge", beschwichtigte Andrea Grasberger Frau Barthels Bedenken. „Frederik wird verhindert sein. Dafür sorgen wir."

„Wann kommt Frederik seine Sachen bei dir abholen?", fragte Hannah zu Jasmina gewandt.

„Morgen Abend, damit Max in der Nähe sein kann."

„Wenn Sie dann die Tresordaten, die neue Schlüsselkarte und den Patentantrag unbeabsichtigt offen liegen lassen würden, wäre das hilfreich. Trauen Sie sich das zu?", fragte Grasberger.

„Klaro, leichtes Spiel für mich."

„Na ja, die Situation wird äußerst belastend für Sie sein."

„Und du bist dir sicher, dass Frederik nichts ahnt?"

Jasmina schüttelte den Kopf. „Nein, woher denn? Ich habe ihm eine SMS geschickt, er solle seinen Krempel abholen."

„Und er hat nicht gefragt, warum?"

„Doch. Ich habe ein lukratives Jobangebot in Hamburg angenommen und ziehe am Wochenende um."

„Kündigung abgelehnt!"

„Du bist im Mutterschutz!"

„Frau Barthel, können Sie arrangieren, dass Sie morgen früh auf Sandoz treffen?", fragte Grasberger.

„Sicher, das lässt sich einrichten."

„Frau Schuster, würden Sie bitte die Unterlagen bis morgen erstellen?"

„Ja."

„Wenn Sandoz wirklich darauf anspringt, dann muss er sich mit Frederik in Verbindung setzen, damit er ihm die Tresorzugangszahlen besorgt."

„Aber wie wissen wir, wann er einbricht?", hakte Katharina nach.

Grasberger überlegte kurz. „Wir lassen es dringend werden. Der Tresor der Farber-Werke wird am

Wochenende gegen ein neues Modell mit höherem Sicherheitsstandard ausgetauscht. Der Zugang zum neuen Tresor erfolgt zukünftig durch Scanner."

„Das muss ich Frederik erzählen?", fragte Jasmina. „Oder wie?"

„Richtig."

„Wozu braucht ihr meine Hilfe?", wollte Katharina wissen.

„Wir müssen alles aus dem Firmen-Tresor im Büro in deinen privaten Tresor bringen", sagte Hannah. „Um sicherzugehen, dass Sandoz nichts in die Finger bekommt, was ihn nichts angeht."

„Okay, das lässt sich machen."

„Warum weihen Sie diesen Frederik nicht ein?", fragte Hildegard Barthel nach. „Ich denke, er kooperiert mit der Polizei?"

Grasberger schüttelte den Kopf. „Je weniger er weiß, desto besser."

„Er hat tatsächlich gestanden?", wunderte sich Katharina. „Die Tanks, das Regal und die Laborgeräte manipuliert zu haben?"

„Und die beiden Feuer gelegt und mich betrogen zu haben", ergänzte Jasmina mit einem Kopfnicken.

Grasberger räusperte sich. „Er hat nicht beide Brände selbst verursacht. Am Containerbrand war er nicht beteiligt."

„Wer war es dann?", fragte Hannah erstaunt.

„Ihre Sekretärin, Frau Becker, hat den Brand im Container fahrlässig verursacht. Eine nicht erloschene Zigarette hat den Abfall entzündet. Wir sind ihr über die DNA auf die Spur gekommen."

„Das passt zu ihr", sagte Jasmina. „Sie hat noch mehr Bockmist gebaut. Nicht wahr, Hannah?"

Doch Hannah sah zum Fenster hinaus.

„Hannah?"

„Ja, Entschuldigung. Die letzten sechs Monate waren einfach furchtbar. Und es erschüttert mich, dass dieser miese Typ von Sandoz mir so viele Steine in den Weg legen konnte."

Die Ermittlerin nickte. „Das verstehe ich nur zu gut. Normalerweise ziehen wir Verdächtige so schnell wie möglich aus dem Verkehr, wenn sich die Hinweise auf ihre Person verdichten. Einfach zur Vermeidung weiterer Straftaten. In diesem Fall ist es etwas anders gelagert. Betrachten Sie es als kleine Rache an Herrn Sandoz. Nach dem Gespräch mit Frau Barthel wird er leiden wie ein Raubtier im Käfig. Er wird sich immer schneller in seinem Käfig bewegen, bis er ausbricht. Und dann schnappen wir ihn. Dank Ihrer aller Hilfe."

„Und was ist, wenn etwas schiefgeht?", fragte Thomas, der gerade etwas von der Arbeitsplatte in der Küche geholt hatte.

„Meine Kollegen werden die Farber-Werke umstellen. Er läuft uns geradezu in die Handschellen. Hat noch jemand Fragen?" Grasberger sah jeden in der Runde an und zog Visitenkarten aus ihrem Jackett. „Hier, für den Fall der Fälle. Rufen Sie mich an – zu jeder Uhrzeit."

Als Jasmina mit den anderen gehen wollte, hielt Hannah sie kurz zurück. „Lass dir von Max ein paar Umzugskisten geben. Damit du Kisten packen kannst, wenn dein Ex seine Klamotten holt."

„Ja, mache ich. Gute Idee!"

„Man kann sich auch darin verstecken, wenn die Kiste groß genug ist." Hannah zwinkerte Jasmina zu. Die grinste und hob ihren gestreckten Daumen.

Den Rest des Tages verbrachte Hannah damit, eine Rezeptur für ihr Wundermittel zu erfinden und dazu passend einen Patentantrag auszufüllen. Jetzt fehlten nur noch die Produktmuster. Aber das würde sie vor dem Besuch der Hebamme nicht mehr schaffen. Es musste warten, bis danach.

Am nächsten Tag, um die Mittagszeit, meldete Hildegard Barthel Vollzug. Sandoz sei wutentbrannt aus dem Raum gerannt. Hannah brach das Telefonat ab, weil Moritz zu schreien begann. Erst als er auf Hannahs Bauch lag, beruhigte er sich und zog die Beinchen nicht mehr an. Hannah streichelte ihn und sprach leise mit ihm.

Thomas rief ihnen vom Obergeschoss aus zu: „Wir müssen den Tresor umräumen. Macht ihr euch bitte fertig! Katharina parkt vor unserer Garage."

„Wir sind dabei", antwortete Hannah. Sie nahm ihren Sohn hoch und sie liefen zur Haustür, um Katharina zu begrüßen. Mit Furchen im Gesicht trat Katharina auf Hannah zu und flüsterte: „Wenn dieser Sandoz in die Firma einbricht, bin ich hier. Ich möchte nichts davon verpassen."

Hannah nahm sie in den freien Arm. „Okay, ist auch vielleicht besser so."

„Gut, ich habe meine Sachen schon mitgebracht. Nur falls der Unberechenbare schon früher als geplant …"

„Katharina! Bitte!“, sagte Hannah einen Schritt zurücktretend. „Es wird alles klappen. Da bin ich mir sicher!“

Jasmina traf am Freitag nach Feierabend bei Hannah ein. Sie hatte Hannahs Angebot angenommen, das Wochenende über hier zu übernachten. Zusammen mit Katharina saßen sie am Esstisch, als es an der Haustür schellte. Thomas sprang auf, um zu öffnen. Es war Max.

„Ist Jasmina hier? Ich kann sie nirgendwo finden.“

Thomas zeigte auf die Küche. „Komm rein, es gibt Pizza.“

Um kurz nach eins in der Nacht stupste Max Hannah an. „Es geht los“, flüsterte er. „Der Alarm ist losgegangen.“ Dabei hielt er Hannahs Tablet so, dass sie das Foto sehen konnte. Sofort kletterte sie vom Sofa. Nach und nach kamen alle ins Wohnzimmer. Sie starrten gebannt auf das Tablet mit den Überwachungsbildern.

„Da“, sagte Jasmina, „er geht direkt auf dein Büro zu.“

„Was ist jetzt? Warum stoppt er?“, fragte Katharina.

Hannah nahm ihre Hand und drückte sie. „Hoffentlich macht er nicht kehrt.“

„Einbruch ist Einbruch“, sagte Thomas.

Die Gestalt bewegte sich weiter auf Hannahs Büro zu und öffnete die Tür. Hannah wischte zu einer zweiten Kamera. Diese Perspektive deckte den Tresorbereich ab. Der Einbrecher begann den Tresor zu bearbeiten. Genau erkennen konnte Hannah es nicht, aber was sollte er dort sonst tun. Auf jeden Fall öffnete er eine Tür, bevor er sich bückte.

Grelle Lichtblitze durchschossen die Dunkelheit. Hannah grinste und rief: „Fantastisch!"

„Was ist passiert?", rief Katharina.

„Hat das was mit meinen roten Pumps zu tun?", fragte Jasmina.

Hannah sprang auf und tanzte übermütig im Zimmer umher. „Ich darf euch mitteilen, am Montag erscheint auf der Titelseite des Kölner *Primus* das übergroße Foto eines Einbrechers, der rote Pumps aus dem Tresor der Farber-Werke stiehlt. Ich hoffe doch sehr, dass sein Gesicht optimal ausgeleuchtet ist!"

„Nein, wie klasse ist das denn!", prustete Jasmina und hielt sich den Bauch vor Lachen. Auch die Männer lachten.

„Wie hast du das wieder angestellt?", fragte Katharina.

„Och, ein gewisser Reporter schuldete mir noch einiges. Nach einem kurzen Gespräch gab er mir sein Okay. Aber er ahnte nicht, dass er Sandoz heute Nacht vor das Objektiv bekommen würde."

„Haha, zwei Fliegen mit einer Klatsche!", triumphierte Thomas. „Meine Frau wieder!"

„Weitaus mehr Fliegen!", rief Jasmina. „Die Sache mit meinen roten Pumps haben wir nun auch erledigt. Auch ohne den Ethikausschuss von Griff!"

„Ehm, ich finde, unser Ethikausschuss hier ist sehr wirksam. Quasi blitzartig."

Alle lachten über Hannahs Einwand.

Gegen acht Uhr rief Andrea Grasberger an und teilte Hannah mit, dass Sandoz jedwede Aussage verweigerte. Sie hatten in der Nacht einen Reporter im Gebäude verhaftet. Der packte auf dem Revier aus und belastete Sandoz. Frederik hatten die Kollegen in seinem Auto am Tatort vorgefunden. Er hatte Schmiere gestanden und dabei etwas auf seinem Handy gespielt. Der Tatort und das Firmengelände seien von den Kollegen der Spurensicherung freigegeben worden. Hannah dankte ihr und legte auf.

„Drei Fliegen mit einer Klatsche! Der Reporter hat bei der Grasberger ausgepackt und Sandoz belastet."

Lachend biss Hannah in ihr Brötchen. Jasmina und Max warfen sich schmachtende Blicke zu, während Katharina nur Augen für Carla hatte, die auf ihrem Schoß saß und alles vollkrümelte. Thomas trug Moritz umher, der noch sein Bäuerchen machen musste.

Kapitel 25

Offenes Ohr

Eine heftige Erkältung hielt Katharina zwei Wochen im Bett. So gut es ging, kümmerte Hannah sich um sie. Sie brachte ihr gekochtes Essen, kaufte ein, lüftete das Haus oder saß einfach nur neben dem Bett.

„Hanni", näselte Katharina, „du kannst nicht die ganze Zeit hier rumsitzen. Deine Familie braucht dich."

„Stimmt, deshalb bin ich hier."

„Du sagst ja gar nicht Mammi zu mir."

„Ich wollte rücksichtsvoll sein."

„Das ist lieb von dir."

„Wann musst du wieder zu Dr. Mikus?"

„Er hat nichts gesagt."

„Okay, wenn es dir übermorgen nicht erheblich besser geht, fahren wir zu ihm."

„Es wird schon besser sein. Du machst dir zu viele Sorgen."

Hannah nahm Katharinas Hand und hielt sie fest.

Als Hannah zwei Tage später die Haustür aufschloss und die Einkaufstaschen hineintrug, traf sie Katharina in der Küche an. „Hey, du läufst schon wieder rum. Ab ins Bett mit dir!"

„Bis vor zwei Sekunden habe ich mich darauf gefreut, dich zu sehen."

„Danke! Was für eine Begrüßung."

„Dito!“, rief Katharina auf dem Weg in ihr Bett.

Hannah räumte die Lebensmittel in den Kühlschrank. Danach legte sie einen Zettel auf den Tisch, auf den sie schrieb:

Gute Besserung! Zitronen sind im Kühlschrank. Komme morgen wieder vorbei. Halt die Ohren steif. H.

Mit einem kurzen Seufzer schaute sie hinauf zur Zimmerdecke, um sodann das Haus zu verlassen. In Carlas Kita-Gruppe bastelten heute die Eltern mit den Kindern für Ostern. Thomas hatte schon abgewinkt, als die Einladung gekommen war; das sei nichts für ihn. So nahm Hannah zähneknirschend an der Bastelveranstaltung teil. Carla fand es toll. Sie zeigte Papa am späten Nachmittag, was Mama und sie gebastelt hatten. Moritz verschlief die Zeit einfach.

Am Freitag, zum Beginn der Osterferien, rief die Kita gegen Mittag an und man bat Hannah, ihre Tochter abzuholen. Carla fingere ständig in ihren Ohren und sei verdächtig schlapp. Die Gruppenleiterin empfahl Hannah, das beim Kinderarzt überprüfen zu lassen. Doch Hannah legte die Kleine erst einmal zu Hause auf die Couch und ließ sie schlafen. Gegen drei Uhr waren Carlas Wangen knallrot und sie glühte. Kurzerhand rief Hannah beim Kinderarzt an. Der Anrufbeantworter teilte mit, dass die Praxis während der Osterferien geschlossen sei. Hannah versuchte es bei ihrem neuen Hausarzt, bei dem sie seit ein paar Monaten in Behandlung war. Bei Dr. Petersen bekamen sie einen Notfall-Termin.

Dr. Petersen schien etwas jünger als Hannah zu sein. Sportlich, dunkle Haare und mindestens einen Kopf größer. Er untersuchte die kleine Patientin sehr genau. Anfangs ließ Carla das noch zu. Doch es wurde ihr rasch zu viel und sie weinte immer heftiger. Petersen war vorsichtig, doch Carla konnte nicht mehr. Sie hatte Fieber und eine beginnende Mittelohrentzündung. Der Arzt verschrieb etwas gegen die Schmerzen, Fiebersenker und ein Antibiotikum. Hannah fragte nach, ob nicht eine Behandlung ohne Antibiotikum möglich sei. Doch ihr war bewusst, dass Carlas Schmerzen nicht auf die leichte Schulter zu nehmen waren. Ein Antibiotikum musste also sein. Zur Sicherheit schaute Petersen bei Moritz ebenfalls in die Ohren. Das Baby war gesund. Dr. Petersen gab Hannah eine Notrufnummer, sollte Carlas Mittelohrentzündung sich verschlimmern. Unter dieser Nummer sei er jederzeit erreichbar.

Auf dem Weg nach Hause fing Moritz schon im Auto an zu schreien, und Carla ließ sich so sehr hängen, dass Hannah sie ins Haus tragen musste. Sie legte die Kleine direkt aufs Sofa, zog ihr Jacke und Schuhe aus. Moritz schrie sich in seiner Babytrage die Lunge aus dem Leib. Sein Kopf lief knallrot an. Aber Hannah ließ ihn schreien, bis Carla wohlbehütet lag. Erst dann kam Moritz an die Reihe, der sich nur ganz allmählich beruhigen ließ. Hannah nahm ihn hoch, sprach ruhig mit ihm und sagte ihm, dass seine Schwester krank sei. Sie müsse jetzt dringend schlafen. Hannah streichelte über seinen Bauch. „Wir beide müssen uns um Carla kümmern, damit sie schnell wieder gesund wird. Dem Papa schreibe ich gleich auch noch schnell eine Nachricht, damit er noch was einkauft."

Kaum eine Stunde später kam Katharina vorbei, die fürchterlich aussah. Sie trug eine Stoffhose, die überhaupt nicht zum Oberteil passte. Zwei Jacken übereinander ließen sie trotzdem frösteln. Ihr fahles Gesicht durchzogen tiefe Falten, die Augen waren rot unterlaufen.

„Mann, wie siehst du denn aus?"

„Mir geht es nicht gut. Ich habe Kopfschmerzen und mein Kreislauf spinnt."

„Und dann fährst du noch Auto? Komm, setz dich."

„Kann ich auf die Couch?"

„Carla wird dir Gesellschaft leisten. Sie hat eine Mittelohrentzündung."

„Oh nein!"

Hannah begleitete ihre Freundin zum Sofa. Katharina legte sich behutsam hin. Hannah reichte ihr ein Kissen, deckte sie zu und sagte: „Kaffee kommt. Wasser auch. Du musst mehr trinken."

„Danke, Hanni."

Carla schlief mit glühenden Wangen. Sie schwitzte und Hannah fühlte ihre Stirn. Das Fieber arbeitete auf Hochtouren und stieg weiter an. In der Nacht wechselten sich Hannah und Thomas ab, Carla zu beruhigen, sie wieder in den Schlaf zu wiegen oder ihr etwas zu trinken zu geben. Katharina kümmerte sich um Moritz, der durch die nächtlichen Aktivitäten ebenfalls unruhig wurde.

„Es war ein Glücksfall, dass du hier übernachtet hast!"

„Hanni, das war wohl Schicksal. Darf ich auf die Couch zurück?"

Hannah schnalzte und verdrehte die Augen. Mit einer Tasse Kaffee und einem Glas Wasser steuerte sie auf die Couch zu. Beides stellte sie auf den Tisch neben dem Sofa. Sie wechselte auch Carlas Trinkflasche aus. Nach der anstrengenden Nacht kämpften alle mit ihrem Schlafdefizit. Thomas hatte sich ins Schlafzimmer zurückgezogen. Moritz lag bei ihm. Dr. Petersen würde gleich vorbeikommen, um nach Carla zu sehen. Hannah hatte ihn angerufen und ihm von der letzten Nacht berichtet.

Als es an der Haustür schellte, zog Hannah gerade ihre Tochter auf dem Sofa um. Carla hatte den Tee über ihren Schlafanzug ausgespuckt und war nun nass. Um die Haustür zu öffnen, raffte sich Katharina vom Sofa auf.

„Guten Tag, mein Name ist Jasper Petersen. Mein Sohn hat mich geschickt, um nach der kleinen Carla zu sehen." Dann hörte Hannah nichts, bis der Mann an der Tür wiederholte: „Guten Tag."

Hannah wollte schon aufspringen und zur Tür eilen, aber Katharina hatte wohl endlich ihre Stimme wiedergefunden: „Oh, ja, kommen Sie rein, Doktor ...?"

„Petersen. Jasper Petersen."

„Ja – Sie – werden schon erwartet ... schon erwartet, die ganze Zeit."

„Darf ich reinkommen?"

„Eh, ja, selbstverständlich. Carla geht es gar nicht gut."

„Das bekommen wir wieder hin. Machen Sie sich keine Sorgen."

„Kriegen wir hin, ja – kriegen wir?"

„Sicher!"

Hannah ging zu den beiden in den Flur und winkte Dr. Petersen senior ins Wohnzimmer. Er erklärte ihr, er vertrete seinen Sohn während der Osterferien in der Praxis. Sie wiederum erzählte kurz, was letzte Nacht vorgefallen war. Behutsam untersuchte Dr. Petersen die kleine Patientin. Carla war noch immer sehr schlapp und fiebrig. Hannah sah der Untersuchung aufmerksam zu, als mit einem Mal Katharina geschminkt und frisiert hereinkam. Sie trug ein frisches Oberteil und legte sich wieder aufs Sofa.

Dr. Petersen drückte Carla vorsichtig ein Holzstäbchen auf die Zunge, um nach den Mandeln zu sehen. Dann schaute er sich ihre Lymphknoten an, nickte ein paarmal und sagte: „Gegen das Fieber helfen kalte Wickel. Ein bewährtes Hausmittel. Zwiebelpackungen sind auch sehr gut. Kennen Sie das?"

Bevor Hannah etwas erwidern konnte, sagte Katharina: „Meine Oma hat das früher bei mir gemacht. Es hilft tatsächlich."

Petersen lächelte Katharina an, die dabei von einem Ohr bis zum nächsten dunkelrot anlief. Hannah verzog ihre Nase und sah Katharina an. Doch die hatte nur Augen für Jasper Petersen.

„Auch wenn die Medizin damals noch nicht so weit war wie heute", sagte der Arzt, „diese alten Hausmittel sind zum größten Teil immer noch sehr zu empfehlen. Einfach und doch sehr wirksam."

„Ja, das stimmt", nickte Katharina und lächelte Dr. Petersen an, dessen lange graue Haare zum Pferdeschwanz gebunden waren. Hannah sah, wie Katharina zu ihm aufschaute und ihn beobachtete. Als er wieder sprach, hing Katharinas Blick an seinen Lippen.

Nachdem er mit Carla fertig war, wandte Dr. Petersen sich zu Katharina. „Ist mit Ihnen alles in Ordnung? Sie sehen aus, als hätten Sie Probleme mit Ihrem Kreislauf."

„Ich?", antwortete Katharina kopfschüttelnd. „Nein, bei mir ist alles bestens!"

„Das stimmt so nicht ganz", widersprach Hannah. „Du sahst gestern fürchterlich aus, als du hierhergekommen bist."

„Dann sollten wir vielleicht doch mal kurz nachsehen, oder?"

Katharina starrte den Arzt an, als er sich zu ihr auf die Sofakante setzte.

„Das machen Sie ganz hervorragend", sagte er und legte ihr ein Holzstäbchen auf die Zunge, während er in ihren Mund schaute.

Hinter vorgehaltener Hand versuchte Hannah, ihr Lachen zu verstecken. Als Dr. Petersen Katharinas Lymphknoten abtastete, wechselte die Farbe ihrer Wangen zu einem glühenden Rotton. Er checkte ihren Blutdruck. Und als er sie bat, sie möge bitte den Oberkörper frei machen, damit er sie einmal abhören könne, schluckte Katharina heftig.

„Ich schreibe Ihnen ein paar Tropfen auf. Die nehmen Sie bitte, wenn Ihr Blutdruck stark abfällt. Ansonsten könnte es sein, dass auch bei Ihnen eine Mittelohrentzündung dazukommt. Ihre Ohren sind etwas gerötet. Das müssen wir in den nächsten Tagen beobachten."

Eifrig nickte Katharina. Auch Petersen sah Katharina länger als nötig an. Hannah überlegte, ob sie sich heimlich in die Küche davonstehlen sollte. Sie machte bereits Anstalten, hinüberzugehen, als Dr. Petersen aufstand und sich an Hannah wandte: „Ich komme heute Abend noch einmal vorbei und sehe nach meiner kleinen Patientin. Bis dahin geben Sie ihr bitte zwei Globuli Belladonna alle fünf Stunden."

Hannah fühlte sich ertappt, hielt inne und nahm dankend das durchsichtige Röhrchen mit den weißlichen Kügelchen entgegen. Dann beugte Petersen sich nochmals leicht zu Katharina hin: „Sie sehe ich mir dann auch heute Abend an, wenn Sie noch hier sind."

„Ganz bestimmt."

Hannah führte Petersen zur Haustür und dankte ihm für sein Kommen. Als sie ins Wohnzimmer zurückkehrte, fragte sie Katharina: „Kannst du mir bitte mal erklären, seit wann du dich an meinem Kleiderschrank bedienst?"

„Hanni! Es war ein Notfall! Höhere Gewalt, verstehst du? Das musst du doch verstehen."

„Ja, sicher, Mammi."

„Nenn mich nicht Mammi! Was soll denn Dr. Petersen von mir denken!"

„Dass du fremde Kleiderschränke plünderst?"

„War das so offensichtlich? Oh, mein Gott!" Sie hob eine Hand und legte sie auf ihren Mund. Lachend lief Hannah in die Küche.

Wie versprochen, erschien Dr. Petersen um acht Uhr abends noch einmal. Carla fieberte wieder. Diesmal ließ sie sich nicht untersuchen. Aber Petersen hatte genug gesehen. Mit ernster Miene sagte er zu Hannah: „Wenn wir das Fieber bis morgen Abend nicht senken, wäre Ihre Tochter in der Kinderklinik besser aufgehoben. Achten Sie darauf, dass sie genug Flüssigkeit zum Ausgleich trinkt."

Hannah nickte, und Katharina sagte: „Machen wir!" Mit einem leichten Ellenbogenstups in die Seite maßregelte Hannah ihre Freundin.

„Und nun zu Ihnen. Wie geht es Ihnen? Haben Sie die Tropfen genommen?"

Katharina nahm ihre Brille ab und schaute Petersen schweigend an. Hannah folgte ihrem Blick hin zu den meeresblauen Augen von Jasper Petersen.

„Haben Sie die Tropfen genommen, die ich Ihnen heute Morgen verschrieben habe?"

„Ehm, Tropfen?"

„Ja, hat sie", mischte sich Hannah ein.

„Ach die, ja, die habe ich genommen."

Dr. Petersen lachte freudig. „Gut. Geht es Ihnen besser damit?"

Wieder antwortete Katharina nicht, sondern Hannah sprach für sie: „Ja, vorübergehend schon. Mal sehen, wie lange."

„Ja – genau." Katharina wies mit gestrecktem Zeigefinger und einem Nicken auf Hannah.

„Gut, bleiben Sie über Nacht bitte hier, damit Sie unter Beobachtung sind."

Hannah nickte ihm zu.

„Morgen früh gegen neun Uhr komme ich wieder vorbei, wenn das für Sie in Ordnung ist?"

„Ja gern!", antworteten Hannah und Katharina gleichzeitig. Katharina zuckte kurz mit den Schultern, als Hannah sie ansah.

In den nächsten Tagen erschien Katharina unter irgendwelchen Vorwänden zu den Besuchszeiten, die Hannah mit Dr. Petersen vereinbart hatte. Carlas Zustand besserte sich. Spontan lud Hannah den Arzt auf einen Tee ein, was er gern annahm.

„Morgen an Karfreitag haben Sie sicherlich frei und starten mit Ihrer Familie in die Ostertage, nicht wahr?", fragte Katharina nach ihrem ersten Schluck Kaffee.

„Nein, mein Sohn ist mit meinen Enkeln und seiner Frau in den Bergen. Auch über die Ostertage vertrete ich ihn in Notfällen."

„Aber Sie werden Ihre Frau doch nicht die ganze Zeit allein lassen?", hakte Katharina nach. Hannah starrte sie mit offenem Mund an.

„Sie hat mich allein gelassen. Ich bin Witwer."

Katharina fiel die Tasse aus der Hand. Der Kaffee spritzte auf ihre Bluse. Sie sprang auf, um den großen und die vielen kleinen Flecken mit einem Küchenhandtuch abzutupfen.

Hannah versuchte Petersen von Katharina abzulenken. „Oh, das tut mir leid", sagte sie. „Wir kennen das – leider." Dabei sah sie zu Katharina.

„Sie sind auch verwitwet?"

Stumm nickte die mit der Reinigung ihrer Bluse beschäftigte Katharina, indem sie kurz aufblickte.

„Meine Frau ist vor einigen Jahren gestorben. Mein Sohn bat mich damals, ihm öfter mal in der Praxis auszuhelfen. Er dachte, es werde mir helfen. Jetzt sind meine Enkel da und ich helfe ihm."

Katharina legte das Küchenhandtuch beiseite und schaute Petersen an, während sie aufgeregt auf ihre Unterlippe biss.

„Ich muss nach meiner Tochter sehen", sagte Hannah kurzerhand und verließ eilig die Küche. Im Wohnzimmer hörte sie, wie Jasper Petersen und Katharina sich in der Küche unterhielten. Seine sonore Stimme wirkte beruhigend. Sie entfaltete ihre beruhigende Wirkung bis ins Wohnzimmer, wo Carla schlief. Hannah lächelte ihre Tochter an und küsste ihre Stirn.

Die beiden in der Küche unterhielten sich eine ganze Weile, bis der Anruf eines Patienten das Gespräch abrupt beendete. Petersen musste gehen. Er bat Hannah, sie möge mit Carla in der nächsten Woche zur Kontrolle in der Praxis vorbeikommen.

Auch in den nächsten Tagen erschien Katharina täglich bei Hannah. So auch am Ostermontag, an dem sie mit Carla spielte. Als Carla ein neues Spielzeug holen ging, rief Katharina zur oberen Etage, wo Hannah sich aufhielt, hinauf: „Hanni, hast du Lust auf eine Tasse Kaffee?"

„Ja gern! Ich komme gleich runter." Ein paar Minuten später erschien Hannah in der Küche. Auf dem Tisch standen drei Tassen.

„Kommt Dr. Petersen auch zum Tee?", fragte Hannah.

Katharina sah sie erstaunt an. „Nein, wieso?"

Hannah lachte. „Weil du ihm auch eine Tasse hingestellt hast!"

Katharina schnappte sich die dritte Tasse und räumte sie in den Schrank. „Wie geht es Thomas? Muss er noch lange im Büro arbeiten?"

„Ja, das wird noch etwas dauern. Es geht ihm fast so gut wie dir."

„Fast so gut wie mir?"

„Warum rufst du ihn nicht an?"

„Thomas?"

„Dr. Petersen!"

„Und was soll ich ihm bitteschön sagen?"

„Dass du hier mit einer Tasse Tee auf ihn wartest?"

„Das tu ich doch gar nicht!"

„Ach?" Hannah beobachtete ihre Freundin, wie sie auf ihre Kaffeetasse starrte. „Katharina! Du lebst jetzt und hier! Es ist keine Schande, sich zu verlieben. Es ist eine Schande, es sich nicht einzugestehen und unnötig der Vergangenheit treu zu sein. Keiner wird dadurch wieder lebendig, wenn du ewig unglücklich bleibst!"

„Ich bin nicht unglücklich. Und wieso verlieben? Wovon sprichst du?"

„Das weißt du genauso gut wie ich. Ich habe euch beide beobachtet. Ihr könnt eure Augen nicht voneinander lassen. Du gibst dir noch mehr Mühe mit deiner Kleidung, wenn Dr. Petersen kommt. Du blühst in seiner Gegenwart auf. Lass dir nicht aus irgendwelchen abwegigen Gründen diese wunderbare Chance durch die Lappen gehen. Du magst ihn sehr und er mag dich. Also lass es geschehen, wenn es geschehen soll."

„Aber ...“

„Kein Aber! Ruf ihn an und lade ihn zum Essen ein.“ Hannah hielt ihr das Telefon hin. „Na los, mach schon!“

Katharina kaute auf ihrer Unterlippe, während sie Hannah ansah. Ihre Augen füllten sich mit Tränen. Doch Hannah blieb stur. Mit zittriger Hand nahm Katharina das Telefon und umfasste es mit beiden Händen. „Ich kann das nicht!“

„Natürlich kannst du das! Ruf ihn an!“

„Wenn er aber nächste Woche keine Zeit hat?“

„Dann eben danach. Frag ihn einfach.“

Hannah schritt in Richtung Treppe. Dabei sah sie Carla auf dem Wohnzimmerfußboden sitzen und mit ihren Bauklötzen spielen. Schmunzelnd stieg sie die Treppe nach oben, um sich um die Wäsche zu kümmern. Sie faltete gerade ein Badetuch, als sie Katharinas spitzen Schrei hörte. Sofort ließ sie das Badetuch fallen und rannte die Treppe hinunter.

„Was ist passiert? Wo bist du?“, rief sie im Laufen.

„Hier“, sagte Katharina, mit beiden Händen das Telefon an ihre Brust drückend. „Er hat ja gesagt.“

„Petersen hat ja gesagt?“

„Jahaa. Er holt mich um sechs Uhr ab.“

„Heute?“

„Jahaa.“

„Na bitte, was habe ich gesagt!“

Hektisch legte Katharina das Telefon weg. Sie sah an sich hinab. Zupfte hier oder dort an ihrer Kleidung. Dann sah sie Hannah an. „Was soll ich bloß anziehen? Ich habe nichts anzuziehen. Ich muss los, einkaufen gehen.“

„Es ist Ostermontag! Die Geschäfte haben geschlossen."

„Hm, stimmt." Nun fing sie an, ihr Spiegelbild im Flurspiegel zu betrachten, und zupfte an ihren Haaren. „Zum Friseur müsste ich auch dringend."

„Mammi, es ist immer noch ..."

„... Ostermontag, ich weiß. Montags haben Friseure generell zu, Hanni!"

„Ach."

„Trotzdem muss ich ..."

„Du fährst am besten nach Hause und nimmst ein schönes Entspannungsbad. Das glättet die Haut, und dann ..."

„Habe ich zu viele Falten?" Katharina trat näher an den Spiegel heran und betrachtete ihr Gesicht. Sie zog an der einen oder anderen Stelle und strich mit der Hand über ihren gestreckten Hals.

Hinter vorgehaltener Hand grinste Hannah. „Nach dem Entspannungsbad nimmst du einfach deine Lieblingscreme und lässt sie wirken. Du hast so viele schöne Sachen im Kleiderschrank. Da findest du auf jeden Fall etwas für heute Abend."

„Meinst du wirklich?"

„Jaha."

„Na, hoffentlich hast du recht!"

„Du bist ja jetzt schon nervös!"

„Ich doch nicht. Ich mache mir nur Gedanken, was ich anziehen könnte."

„Sicher doch." Hannah ging zu Katharina und streichelte ihr über den Oberarm. „Du bist eine tolle, attraktive Frau. Er wäre dumm, wenn er das nicht auch sehen würde."

„Hanni, ich bin einundsechzig. Da ist das alles nicht mehr so einfach wie bei dir mit einundvierzig."

„Mammi, es ist nie einfach. Und du wirst erst übernächsten Monat einundsechzig."

Katharina verdrehte die Augen. Darüber musste Hannah lachen. „Heute könntest du glatt als meine jüngere Schwester durchgehen", sagte sie.

„Lieb von dir, aber ich muss jetzt los. Meine Verjüngungskur ruft. Und bitte nicht immer Mammi zu mir sagen. Das macht mich so alt."

„Dann vergiss Hanni. Ich heiße ..."

„Jaha, Hannah.

„Gut. Viel Glück, genieße den Abend und ..."

„Und was?"

„Ach nichts. Jetzt raus hier!" Mit beiden Händen deutete Hannah an, dass sie ihre Freundin hinauszuschieben gedachte. Katharina ging zur Haustür, drehte sich um und umarmte Hannah lange. Bis Hannah ihr auf den Rücken klopfte und einen Kuss auf ihre Schläfe drückte. „Viel Glück!"

„Danke, Hanni!"

„Raus hier! Und halt die Ohren steif!"

Katharina winkte kurz und lief zu ihrem Mini Cooper vor der Tür. Beim Hinausfahren auf die Straße streifte sie fast einen Radfahrer. Hannah hielt den Atem an. Doch der Radfahrer fing sich. Und Katharina konnte weiterfahren.

Immer wieder dachte Hannah an Katharina und drückte ihr die Daumen. Mit ihrem Sohn kuschelte sie in der Sofaecke. Das Baby schlummerte vor sich hin. Dadurch wurde auch Hannah müde. Der kleine Körper wärmte wie ein Heizofen. Irgendwann kippte Hannahs Kopf zur Seite und sie schlief ein.

Nachdem Katharina am nächsten wie auch am übernächsten Tag nicht auf Hannahs Nachrichten reagierte, fuhr Hannah zum Farber'schen Anwesen, um nach ihr zu sehen. Sie parkte ihren SUV neben dem Mini Cooper und stieg die marmornen Stufen zur Rosenholztür hoch. Vorsichtshalber klingelte sie, bevor sie mit ihrem Schlüssel aufschloss. Nichts rührte sich im Haus. Sie rief nach Katharina, aber niemand antwortete. So begann sie in die Zimmer zu schauen, rief immer wieder nach Katharina und suchte weiter. Als sie in der oberen Etage die Räume nach und nach abging, sah sie Katharina durch ein Fenster im Garten arbeiten. Sie schob eine Schubkarre mit Erde. Sofort machte Hannah kehrt und humpelte mit schnellen Schritten die Treppe hinunter, in den Garten.

Katharina lief in alten Klamotten und mit Dreck beschmutzten Gummistiefeln umher. Immer wieder holte sie Werkzeug oder einen Eimer, um Erde aus der Schubkarre zu verteilen. Hannah wartete mit etwas Abstand und betrachtete das Schauspiel. Irgendwie hatte sie den Eindruck, Katharina nehme sie überhaupt nicht wahr. Sie sprach sie an, aber Katharina reagierte nicht. Nach mehreren Versuchen gab sie es auf und berührte Katharina vorsichtig. Katharina schoss herum und funkelte Hannah zornig an. Mit der kleinen Blumenschaufel fuchtelte sie vor Hannahs Gesicht herum.

„Dass du dich hier noch blicken lässt!"

„Wie bitte?"

„Was fällt dir ein, einfach hierherzukommen!"

„Guten Morgen, Katharina. Schön, dich zu sehen."

„Ich habe dich etwas gefragt!"

Ohne zu antworten, drehte Hannah sich um und ging in Richtung Haus. Sofort eilte Katharina hinter ihr her und hielt sie an der Schulter fest. „Halt, warte! Das war doch nur ein Scherz. Bitte bleib!"

„Ein sehr schlechter Scherz. Ich mache mir Sorgen, weil du dich zwei Tage lang nicht meldest. Und du ..."

Jetzt umarmte Katharina sie. Sie hielt sie fest und sagte leise: „Es tut mir leid, Hanni." Als Katharina merkte, dass Hannah steif wie ein Brett dastand, löste sie sich von ihr und schritt zurück: „Es tut mir wirklich leid. Ich wollte … ich … bitte, Hanni, jetzt sei nicht eingeschnappt."

„Ich bin überhaupt nicht eingeschnappt."

„Doch, bist du! Ich sehe es dir doch an!"

„Es ist besser, wenn ich gehe."

„Nein, das tust du nicht! Lass uns einen Kaffee trinken. Bitte!"

Katharina warf die Schaufel in die Schubkarre, hakte sich bei Hannah unter und schob sie in Richtung Haus. Erst in der Küche ließ sie sie los, um den Kaffeeautomaten einzuschalten. Sie zog ihre verschmutzten Gartenklamotten aus und schlüpfte in eine leichte Stoffhose, die auf der Küchenarbeitsplatte bereitlag. Schon zischte der heiße Kaffee in die Tassen, die eigentlich Mini-Schüsseln waren, doppelt so groß wie übliche Kaffeetassen. Als Katharina eine dieser Badewannen vor ihre Freundin stellte, musste Hannah schmunzeln.

„Du versuchst mit allen Mitteln, mich zum Bleiben zu bewegen."

„Ist das so offensichtlich?"

„Jep."

„Gut, dann hätten wir das geklärt. Möchtest du wissen, wie unser Essen war?“

„Eigentlich schon. Viel mehr interessiert mich aber noch, wie es dir geht.“

„Einem Teil geht es sehr gut, dem anderen sehr schlecht. Ich möchte das alles hinter mir lassen. Aber auf der anderen Seite wünsche ich mir, Justus wäre hier, bei mir. Er fehlt mir sehr.“

„Das wird wohl immer so sein. Aber deshalb musst du nicht aufhören zu leben.“

„Aber wie soll ich mit einem Mann glücklich sein, ohne Justus zu betrügen?“

„Was wäre, wenn Thomas etwas passieren würde und ich mit zwei kleinen Kindern allein bliebe? Was würdest du mir raten?“

„Ich weiß es nicht. Ich weiß es beim besten Willen nicht.“

„Was wünschst du dir?“

„Dass Justus hier ist.“

„Das geht nun einmal nicht. Was noch?“

„Dass wir die schönen Dinge tun, die wir damals zusammen getan haben. Städte bereisen, ins Museum gehen, Theaterstücke besuchen oder Konzerte. Zusammen essen, zusammen lachen, einfach nicht mehr allein sein. Es ist so einsam am Frühstückstisch. Besonders abends ist es schlimm und in der Nacht.“

„Hey, wäre es dann nicht an der Zeit, diese Einsamkeit wegzuwerfen und mehr Wärme zu haben?“

„Ich kann das nicht. Es wäre unfair gegenüber Jasper.“

„Was wäre unfair?“

„Ich bin Justus’ Frau und werde es immer bleiben. Sechsundzwanzig Jahre meines Lebens gehören Justus. Die kann ich nicht einfach vergessen." Katharina hielt ihre zitternde Hand mit der anderen fest. Hannah bemerkte es und streichelte liebevoll die Schulter ihrer Freundin.

„Das verlangt auch niemand. Er wird immer Teil deines Lebens sein. So wie auch Petersens verstorbene Frau Teil seines Lebens bleiben wird."

Katharina sah Hannah mit hochgezogenen Augenbrauen an.

„Ja", fuhr Hannah fort, „auch Jasper Petersen ist ungefragt von seiner Frau getrennt worden. Es ist auch für ihn schwer. Aber ihr beide habt gemeinsam die Chance, diese Einsamkeit, diese Leere und diesen Schmerz zu besiegen. Du musst ihn ja nicht gleich heiraten. Geh mit ihm ins Museum, ins Theater, koch mit ihm, probier Neues mit ihm aus. Du wirst schnell merken, ob du mehr willst oder nicht."

„Mehr willst? Hanni, bitte, Jasper ist kein Mann für ein Abenteuer. Dass du immer nur an das Eine denkst."

„Ist nicht das ganze Leben ein Abenteuer? Hätten wir nicht gemeinsam diese überaus stürmische See überwunden, würden wir dann hier sitzen und dieses Gespräch führen? Oder wärst du bei der Geburt meiner Kinder dabei gewesen?"

„Nein, sicher nicht."

„Na also. Ich glaube, Jasper Petersen ist ein Abenteurer."

„Das stimmt. Er hat ein Segelboot."

„Oje, er hat wohl geahnt, dass er dich trifft!"

„Was? Wieso?"

„Na ja, wer in deiner Nähe überleben will, muss nicht nur sehr gut schwimmen können, sondern auch die hohen Wellen überwinden."

„Wie bitte?"

Hannah lachte. „Es ist einfacher, mit einem Boot hohe Wellen zu überwinden, als darin zu schwimmen. Jasper Petersen ist dein Mann."

„Hanni, bitte. Wir waren nur essen."

„Und war es gut?"

„Ja. Er war pünktlich hier, aber ich war noch nicht fertig. Na ja, er hat dann die paar Minuten gewartet. Ich hatte mich für diesen raffiniert geschnittenen dunklen Anzug entschieden. Aber das passende Top zu finden, war nicht so einfach. Ein leichter Seidenschal musste her. Nur, diese Dinger hatten sich im Schrank versteckt. Alles habe ich abgesucht. Dann lag das Bett voll mit Klamotten und meine Jacke war verschwunden. Jasper hat mir geholfen, die Jacke zu finden."

„Ihr habt euer erstes Date im Schlafzimmer angefangen?"

„Ja, warum nicht, Hanni? In meinem Alter hat man keine Zeit zu verlieren!"

Vor Lachen hielt sich Hannah den Bauch. Tränen kullerten über ihre Wangen. Sie konnte gar nicht mehr aufhören zu lachen. Katharina sah sie mit zusammengekniffenen Augen an und stemmte ihre Fäuste in die Hüften.

„Kannst du mir bitte mal sagen, was daran so lustig ist? Meine Jacke war verschwunden. Er hat mir suchen geholfen."

„Nichts! Entschuldige bitte. Wart ihr noch essen?"

„Natürlich! Was denkst du schon wieder von mir?“

„Nichts! Ich denke rein gar nichts! Das ist vielleicht auch besser so.“

Katharina stand auf und schritt zum Kaffeeautomaten. Sie stand dort mit leicht gebeugtem Rücken. Auch Hannah erhob sich. Sie legte ihrer Freundin den Arm um ihre Hüfte und sagte: „Entschuldige bitte, wenn ich dich verletzt habe.“

„Seit der Geschichte mit diesem Gigolo in Como bin ich für dich eine Fangschrecke.“

„Eine was, bitte?“

„Eine Gottesanbeterin, die die Männchen nach der Paarung frisst.“

„Oh, Jasper hat das Date nicht überlebt? Mist, ich sollte doch morgen zu ihm in die Praxis!“

„Hanni!“

„Ja, Mammi!“

Hannah drehte Katharina an den Schultern zu sich um. „Niemand hält dich für eine Fangdingsbums.“

„Fangschrecke.“

„Ja, dann eben Fangschrecke. Aber wer fängt schon seine erste Verabredung mit einem Mann im Schlafzimmer an? Das schaffst nur du.“

„Wir haben nur die Jacke gesucht!“

„Das weiß ich – alles andere geht mich nichts an.“

„Es gab kein ‚alles andere‘!“

„Boh, ja, seid ihr danach zum Essen gefahren? Also nachdem ihr die Jacke gefunden habt, meine ich.“

Katharina stand immer noch mit verschränkten Armen vor Hannah und starrte sie an. „Ja, wir waren auch angezogen."

„Ach, macht man das heutzutage so?"

„Möchtest du wissen, wo wir essen waren?"

„Ja, gern, aber nur, wenn du es mir erzählen möchtest."

„In einem kleinen Restaurant mit liebevoll gedeckten Tischen waren wir. An der Wand und an der Decke hingen einige Weinreben, dazwischen Bilder. Einfach schön. Jasper meinte, die Küche sei hervorragend. Das war sie auch. Die hatten einen leckeren Salat, ach wunderbar, mit Tomaten, Kalamata-Oliven, gegrillten Paprikaschoten, Kapern und Basilikum, und das mit warmem Ciabatta. Ein toskanischer Brotsalat, wie ich ihn noch nicht gegessen habe. Die Rouladen aus buntem Mangold mit Kartoffel-Linsen-Füllung von Jasper waren auch köstlich. Du, stell dir vor, Jasper kann richtig gut erzählen. Der ist schon um die Welt gesegelt. Nächste Woche will er sein Boot zu Wasser lassen."

„Er sieht nicht nur aus wie ein Seebär, er ist auch einer. Wo liegt denn sein Boot?"

„In Veere, in Zeeland, an der holländischen Küste."

„Das ist ja nicht so weit von hier. Begleitest du ihn?"

„Wohin?"

„Zu seinem Segelschiff."

„Hanni, bitte! Wir waren nur essen. Wir haben nicht geheiratet!"

„Ich dachte nur."

Beide sahen schweigend zu Boden. Während Katharina lächelte, fühlte sich Hannah unwohl in ihrer Haut.

„Möchtest du noch einen Kaffee?"

„Nein, danke, ich bade noch im ersten."

Katharina verdrehte die Augen. „Übermorgen gehen wir ins Theater."

„Oh, das ist doch klasse. Genieß es! Du hast es verdient." Hannah trank den letzten Schluck aus der Tasse. „Ich muss los. Thomas fährt gleich zur Arbeit und ich habe Moritz den ganzen Tag."

„Schön, dass du hier warst, Hanni!"

Hannah lächelte kurz in Katharinas Richtung und humpelte zur Haustür. Doch Katharina hielt sie am Arm fest und fragte: „Ist was?"

„Was soll sein?"

„Ach, nichts. Komm gut nach Hause."

„Ja. Tschüss!"

Hannah winkte ihrer in der offenen Haustür stehenden Freundin zu, bevor sie in ihren Audi stieg.

Während der Fahrt rief Jasmina an und fragte, ob Hannah heute kurz in die Firma kommen könne. Es gebe ein paar Dinge zu entscheiden, die sie lieber Hannah überlasse. Hannah willigte ein.

Zusammen mit ihrem Sohn fuhr sie später in die Firma. Mit seinem Plüschhasen lag Moritz auf einer Decke neben Hannahs Schreibtisch. Einige Unterlagen und Statistikübersichten lagen vorbereitet auf dem Tisch. Auch die erste von Svenja vorbereitete Unterschriftenmappe. Jasmina war begeistert, endlich wieder eine fähige Kollegin zu haben, die sie tatkräftig unterstützte. Hannah verstand nur zu gut, was Jasmina damit zum Ausdruck brachte. Auch sie war froh, Beatrice Becker, mit ihrem Hang zum Chaos, los zu sein. Auch Svenja hatte ihre Eigenheiten, doch sie spielte in der Liga einer Angelika Henseler.

Als Svenja zum Gespräch mit Jasmina hinzukam, begrüßte Hannah ihre Freundin fröhlich und wünschte ihr einen guten Start in den Farber-Werken. Sie gab Svenja die Order, ihren Arbeitsplatz nach ihren Wünschen einzurichten. Sie habe alle Freiheit, sich die notwendige Büroausstattung zu organisieren oder zu bestellen. Hannah erklärte, sie werde schon früher als geplant wieder jeden Tag ins Büro kommen. Moritz sei ein ruhiges Kind, sodass eine zeitigere Rückkehr möglich sei. Er werde von nun an täglich mit ins Büro kommen. Jasmina wie auch Svenja saßen bei Moritz und spielten mit ihm. Augenzwinkernd ermahnte Hannah die beiden, dass sie bitte nicht den ganzen Tag mit ihm spielen möchten.

Auf den nächsten Arbeitstag freute sich Hannah. Lächelnd trug sie ihren Sohn zum Auto. Wieder am Schreibtisch zu sitzen, Entscheidungen zu treffen, die eine sichere Zukunft bedeuteten – das ergab einen Sinn.

Kapitel 26

Glückssterne

Moritz wickelte alle Kolleginnen um seine kleinen Finger. Seine erste Arbeitswoche in den Farber-Werken meisterte er mit Bravour, wie Hannah fand. Nun hatte er Männerzeit mit Papa, denn Hannah fuhr zu ihrem Therapeuten. Sie parkte ihren Audi SUV am Straßenrand vor dem alten Backsteingebäude.

Immer wieder bewunderte Hannah die schwarzen Ledersessel, die mit ihrer hohen Armlehne eher in einen englischen Klub für den Landadel gepasst hätten. Trotzdem fand sie sie einigermaßen bequem. Das Leder fühlte sich gut an. Vincent Wartenberg saß ihr mit schwarzem Rollkragenpulli und schwarzer Hose gegenüber. Hannah fragte sich, ob er jemals eine andere Farbe als Schwarz getragen hatte. Sie schätzte ihn auf um die fünfzig. Aber die stets dunkle Kleidung mochte diese Einschätzung verfälschen.

„Frau Schuster?"

„Ehm, ja?"

„Wie heißt Ihr Baby?"

„Moritz. Ein süßes Wunder."

Wartenberg lächelte und faltete seine Hände vor dem Bauch.

„Seit dieser Woche arbeite ich wieder. Vorher nur sporadisch, um alles am Laufen zu halten. Mein Sohn begleitet mich. Es klappt bestens. Dank ihm!"

„Wenn es den Eltern gut geht, geht es auch den Kindern gut."

„Das stimmt."

„Und sonst?"

„Oh, darüber habe ich lange nicht mehr nachgedacht. Es ist so viel in letzter Zeit passiert. Und dann noch Moritz. Ich denke, eine neue Zeitrechnung hat begonnen. Es fühlt sich zumindest so an. Nicht nur in *mein* Leben ist ein neuer Mann getreten, sondern auch in Katharinas Leben. Bei mir ja nur ein kleiner Mann. Sie trifft sich ernsthaft mit Jasper. Und sie denkt zumindest über eine Zukunft mit ihm nach. Das war bisher so nicht möglich gewesen. Was mich angeht, so hat der kleine Mann in meinem Leben einiges geändert. Jetzt zwei Kinder zu haben, obwohl ich früher dachte, ich wollte keine, ist schon überwältigend. Es macht mich irgendwie größer. Ich kann es gar nicht beschreiben. Es fühlt sich einfach nur richtig an."

Wartenberg neigte seinen Kopf ein wenig und berührte mit dem Kinn seine gestreckten Zeigefinger.

„Mit diesen zwei neuen Männern in unserer Familie müssen wir wohl die Rollen neu verteilen. Das wird nicht ohne Knarzen im Gebälk gehen. Ich hasse das. Aber es ist unvermeidbar, wenn wir wachsen wollen."

„Wollen oder müssen Sie?"

„Eher müssen als wollen. Jasper wird sich ein großes Stück meines Katharina-Kuchens abschneiden, auf den ich dann verzichten muss."

„Wollen Sie im Gegenzug ein Stück Jasper-Kuchen?"

„Hm, gute Frage. Mal sehen, wie sich das entwickelt."

„Wird Katharina ein Stück Moritz-Kuchen haben wollen?“

„Ich denke schon. Sie war bei der Geburt wieder dabei. Mein Mann ist umgekippt und hat es verpasst, wieder einmal.“

„Kommt Ihr Mann damit klar?“

„Nur schwer.“

„Und Sie?“

„Ehrlich gesagt, hatte ich elementarere Probleme, als darüber nachzudenken, wer mir die Hand hält.“

Vincent Wartenberg nickte. „Ist Jasper für Sie ein Freund?“, fragte er.

„Ein Freund? Nein, er ist Katharinas Freund.“

„Also nicht Ihrer?“

„Nein, er ist zwei Jahre älter als Katharina. Er könnte mein Vater sein.“

„Und Katharinas verstorbener Mann Justus?“

„Ehm, der war acht Jahre jünger als Katharina.“

„War Justus Ihr Freund?“

„Ja, klar. Wir waren eine lange Zeit befreundet. Sonst hätte ich nicht während der Krankenhaus- und Trauerzeit bei Katharina gewohnt.“

„Wie geht es Ihrem Bein?“

„Hm, gute Frage. Nachdem die Operation wegen der Schwangerschaft mit Moritz abgeblasen worden ist, habe ich nichts mehr unternommen. Ich gehe regelmäßig zum Physiotherapeuten. Kleine Erfolge zeigen sich immer noch. Max ist optimistisch, dass wir es ohne Operation schaffen. Wir müssten nur Geduld haben, meint er.“

Wartenberg lächelte und nickte zustimmend.

„Geduld habe ich aber nicht. Früher zumindest. Vielleicht ändert sich das ja jetzt auch, in dieser neuen

Zeitrechnung. Und mit den zwei wunderbaren Kindern, für die ich sehr dankbar bin."

Wartenberg sah sie stumm an.

„Ja, natürlich auch für den wunderbaren Ehemann. Thomas ist schon eine große Ausnahme. Er hätte mich zum Mond schießen können. Aber hat es nicht getan."

„Er liebt Sie?"

„Das könnte ein sehr guter Grund sein." Mit einem leisen Lachen richtete Hannah ihren Zeigefinger auf Wartenberg, bevor sie sich zurücklehnte.

„Wovor haben Sie Angst?"

„Katharina zu verlieren. Ohne meinen Ehemann zu sein. Dass meine Kinder krank werden. Ich meine, lebensbedrohlich krank."

„Katharina zu verlieren?"

„Ja."

Wartenberg schlug seine Beine übereinander und legte die Arme auf die hohen Sessellehnen, während Hannah sich vorbeugte und mit ihren Händen spielte.

„Sie fehlt mir jeden Tag, an dem sie nicht bei mir ist. Dass das übertrieben ist, weiß ich. Aber ich muss mir eingestehen, dass es nun mal so ist."

„Wird sich das in der neuen Zeitrechnung ändern?"

„Hoffentlich nicht, aber wahrscheinlich schon. Sie muss ihr Leben leben und ich meins." Bei diesen Worten schossen Hannah Tränen aus den Augen und kullerten über ihre Wangen. Durch bloßes Wegwischen konnte sie sie nicht aufhalten. Hannah schluckte schwer und Wartenberg reichte ihr seine Taschentuchbox. Laut schniefte sie in das Papiertaschentuch und wischte sich die feuchten Wangen trocken.

„Manchmal biegen Lebenszüge an Weichen ab und halten erst wieder an ganz anderen Bahnhöfen als geplant. Meine Kinder waren nicht geplant. Jetzt sind sie da und erfüllen mein Leben. Katharina war schon lange da, aber nie so nah wie in den letzten drei Jahren. Am Montag jährt sich Justus' Unfall zum dritten Mal. Wir werden sehen, was die nächsten drei Jahre bringen."

„Und Ihr eigener Autounfall?"

„Was soll damit sein?"

Als Hannah wieder im Auto saß, geisterte diese Frage immer noch in ihren Gedanken umher. Jedes ihrer Therapiegespräche wühlte sie auf. Sie brauchte danach stets Zeit, um mit sich selbst wieder klarzukommen. Da sie sich jetzt noch nicht in der Lage fühlte, sich aufs Fahren zu konzentrieren, stieg sie wieder aus dem Wagen aus. An der nächsten Straßenecke gab es ein Café. Wenn sie Glück hatte, schloss es erst nach neunzehn Uhr. Sie hatte Glück. Es saßen noch ein paar Gäste drinnen. Sie setzte sich an einen kleinen Tisch in der Ecke am Fenster und bestellte einen Latte macchiato.

Hannah spürte, wie der heiße Kaffee ihr langsam die Speiseröhre herunterlief. Sie fühlte diese entspannende Wärme, die sie lächeln ließ. Draußen dämmerte es. Die ersten Straßenlaternen waren angegangen. Nach und nach verließen die Gäste das Café. Zum Schluss saß außer Hannah nur noch ein junges Pärchen dort. Die beiden fassten sich immer wieder an, lachten und unterhielten sich, ohne den Blick vom jeweils anderen abzuwenden. Vor Hannahs innerem

Auge verwandelte sich die Frau in Katharina, und der Mann war plötzlich Jasper. Hannah verschluckte sich an ihrem Kaffee. Sie hustete, bis die beiden jungen Leute zu ihr herüberschauten. Hannah atmete schwer und hörte Stuhlfüße auf dem Boden kratzen. Das Pärchen verließ das Café. Nun war sie der einzige Gast. Die beiden liefen draußen vor dem Fenster vorbei. Automatisch hob Hannah zum Abschied die Hand. Sie atmete wieder freier.

„Danke, dass Sie die beiden aufgescheucht haben", sagte der Kellner, der neben Hannahs Tisch stand. „Die sitzen jeden Abend hier, trinken nichts und schmachten sich nur an."

„Aha. Gut, dass ich jetzt freiwillig gehe?"

„So war das nicht gemeint!", rief er Hannah hinterher, die an der Theke stand, um zu bezahlen. Sie legte ihm das abgezählte Geld für den Latte macchiato auf den Tresen, bevor sie ihr Portemonnaie wieder einsteckte. Der Kellner schaute auf die Münzen. „Kein Trinkgeld?", fragte er.

„Nein, Neid ist immer schlecht fürs Geschäft. Werden Sie besser, dann verdienen Sie es auch!" Damit drehte Hannah sich um und schritt auf die Straße hinaus. Lächelnd lief sie zurück zu ihrem Auto.

Sie startete ihren Audi und fuhr los. Auf den Kölner Straßen war noch einiges los. Freitagabend eben, dachte Hannah. Sie stromerte durch die Gegend, wollte noch nicht nach Hause. Irgendwann stand sie an einer roten Ampel. Der Ampel, die ihr Leben vor etwas mehr als zwei Jahren zur Hölle gemacht hatte. Doch dieses Rot leuchtete heute fröhlich. Dann Gelb und dann dieses einladende Grün. Auf der gegenüberliegenden Seite der Kreuzung parkte sie den SUV. Nichts passierte. Ihre Atemzüge blieben normal. Auch kein Schweißausbruch wie sonst. Sie klopfte auf das Lenkrad und stieg aus. Auf dem Weg zurück zur Kreuzung sah sie sich in Gedanken dort drüben in dem blauen Cabrio sitzen. Sogar die Musik von damals hörte sie dröhnen. Plötzlich schoss der blaue BMW M6 mit ihr zur Mitte der Kreuzung vor. Da … dieses zweite Fahrzeug … von der Seite … rumms … Hannahs Oberkörper kippte zur Seite. Aber sie fing sich wieder. Es drehte sich wieder alles, bis ihr schwarz vor Augen wurde. Dann dieser zweite, noch heftigere Aufprall, das Zerbersten von Autoscheiben und das Kratzen von Blech auf dem Asphalt. Mit den Fingern hielt Hannah sich die Ohren zu, damit dieses Geräusch aufhörte. Doch es pochte immer noch. Und so folgte sie den Geräuschen, bis es ganz still wurde. Hannah sah ihr zertrümmertes Auto dort drüben liegen. Oder das, was davon noch übrig war. Sie trat vom Bürgersteig auf die Fahrbahn und schritt langsam vorwärts. Auf dem Asphalt konnte sie Schleifspuren von etwas sehr Schwerem erkennen, die abrupt wieder aufhörten. Hier war es passiert. Hannah versuchte noch mehr Spuren auf dem Asphalt auszumachen. Neben einigen tiefen und zahlreichen weniger tiefen Einkerbungen fand sie den eingebeulten Absperrpfosten des Fahrradüberweges. Der hatte verhindert, dass sie noch weiter auf dem Asphalt gerutscht war. Direkt neben der Delle waren noch blaue Lackspuren zu sehen. Hier wäre es fast vorbei gewesen. Mit hängenden Schultern schüttelte Hannah die grausamen Gedanken ab, die ihr mit jeder Sekunde mehr den Atem raubten.

Sie starrte auf den Boden. Dort hatte sie damals gelegen. Um ihr Leben kämpfend. Mit dem Tod ringend. Warum hatte man ihr nicht die Wahl gelassen? Warum hatte man ihr dies verwehrt? Warum ausgerechnet Jasmina? Warum hatte nicht Thomas oder Katharina sie beatmet, bis der Krankenwagen kam? Warum? Hannah dachte über all diese Fragen nach, während sie auf den Boden starrte, wo damals ihr Autowrack gelegen hatte. Sie vergrub ihre Hände tiefer in den Hosentaschen. Schaute zur Seite und weiter in Richtung Himmel. Tränen liefen ihr über die Wangen. Sie dachte an Justus, der nach seinem Unfall weniger Glück gehabt hatte. Sie hatte ihr Leben und die Kinder. Er nicht. Und wenn er den Unfall überlebt hätte, hätte ihn der Gehirntumor um sein Leben gebracht. Sie hingegen hatte den Unfall überlebt und Carla zur Welt gebracht. Auch Carla hatte in Hannahs Bauch den Unfall überlebt. Sie hatte es nur vorher nicht gewusst. Hannah sah die Sterne, die unterschiedlich hell leuchteten, und blieb an einem besonders hellen Stern hängen. Sie betrachtete ihn und ihre Mundwinkel hoben sich zu einem sachten Lächeln. Sie spürte so etwas wie Wärme, die in ihrem Inneren aufstieg. Ihr Atem wurde leiser. Jetzt breitete sich ein strahlendes Lächeln auf ihrem Gesicht aus. Sie senkte den Kopf zu Boden und schaute noch einmal auf die Rillen im Asphalt. Hannah lachte, als sie wieder zu diesem hell leuchtenden Stern aufsah und Danke sagte. Nun lief sie zurück zu ihrem SUV, stieg ein und fuhr nach Hause zu ihrer Familie. Sofort ging sie zu Carlas Bettchen und küsste ihre Tochter lächelnd auf die Stirn.

„Mein kleiner Glücksstern."

Kapitel 27

Plan B

Für Mitte April wärmte die Sonne bereits gut. Hannah genoss es, in der Mittagspause in der Frühlingswärme zu sitzen. Sie kuschelte mit Moritz auf ihrem Schoß und streckte ihr Gesicht in Richtung Sonne.

„Na, ihr beiden, habt ihr noch einen Platz für mich?“, fragte Jasmina.

„Sicher. Such dir einen aus.“

Jasmina nahm den freien Platz neben Hannah und seufzte, in die Sonne blinzelnd: „Wunderbar.“

„Hm.“

„Gibt es was Neues wegen der Farber-Tochter?“

„Nicht, dass ich wüsste. Katharina ist anderweitig beschäftigt. Das mit Jasper scheint ernst zu werden.“

Jasmina kicherte, während Hannah sie mit zusammengezogenen Augenbrauen ansah.

„Du hörst dich an wie meine Mutter, als ich meinen ersten Freund hatte.“

„Wie bitte?“

„Es ist doch toll, wenn sie wieder bereit für die Liebe ist. So ein ungewollter Schicksalsschlag ist nur schwer zu verdauen.“

Hannah nickte. „Kommst du klar, wegen der Sache mit Frederik, meine ich?“

„Frederik? Der ist Geschichte. Max ist für mich da, und er ist wunderbar.“

„Das ist gut. Genieße es!"

„Ja, das tun wir."

Jasmina und Hannah hielten ihre Gesichter in die Sonne. Nach ein paar Sekunden sagte Jasmina: „Im Netz gibt es nichts zu ihr."

„Zu wem?"

„Na ja, der Farber-Tochter. Nirgendwo gibt es einen Hinweis auf sie. Sie muss doch in meinem Alter sein. Dann ist sie auch online."

„Nirgendwo? Sie kann heute ganz anders heißen, wenn sie verheiratet ist."

„Nichts gefunden. Wenn ich an die Bilder rankommen würde, könnte ich sie altern lassen und mit der Gesichtserkennung vielleicht ..."

„Jasmina, wenn das die Grasberger hört, wirbt sie dich ab!"

„Das wäre vielleicht eine Idee! Kannst du sie nicht fragen, ob sie mal nach ihr suchen würde?"

„Vielleicht möchte ich sie gar nicht finden? Angelika Henseler wird ihre Gründe gehabt haben, weshalb sie nie etwas von ihrer Tochter erzählt hat. Das sollten wir respektieren. Es ist ihre Privatsache. Ich schätze sie sehr, als Kollegin und als Menschen. Wenn sie wieder gesund ist und darüber sprechen möchte, können wir es gern tun. Vorher geht mich die Sache nichts an."

„Aber ..."

„Wem hilft es, sie zu finden? Angelika Henseler hat schon genug Probleme. Sie braucht Zeit und Ruhe, um gesund zu werden. Katharina schwebt auf Wolke sieben. Sie braucht Zeit und Ruhe, um mit ihren Gefühlen klarzukommen."

„Verstehe. Du brauchst Zeit und Ruhe, um die Sandoz-Affäre zu verarbeiten."

„Erwähne ihn bitte nicht. Er hat mich schon genug Lebenszeit gekostet!"

„Eigentlich müsste ich ihm dankbar sein. Max gäbe es ohne ihn nicht."

„Sein Ziel hat er nicht erreicht. Wir sind noch da. Er nicht. Nur das zählt."

„Na ja, er wollte verhindern, dass du Vorstandsvorsitzende von Griff und somit seine Vorgesetzte würdest. Das hat er beides verhindert."

„Hat er das?"

„Hat er nicht?"

„Griff war nie eine Option für mich. Wenn ich eine Tür schließe, dann für immer. Mein Weg ist ein anderer."

Jasminas Handy fiepte. „Wir müssen. Svenja hat die Präsentation fertig und will sie mit uns durchgehen."

„Svenja verdanken wir auch diesem Typen. Vor ihm ist sie zu uns geflüchtet." Vorsichtig stand Hannah auf und trug Moritz hinein. Jasmina hielt den beiden die Tür auf.

Nach der Arbeit fuhr Hannah bei Katharina vorbei, die in den letzten Tagen wieder einmal nicht auf ihre Nachrichten oder Anrufe reagiert hatte.

Eine fröhlich lachende Katharina öffnete ihr die Haustür. „Was machst du denn hier?"

„Ehm, nach dir sehen? Du hast meine Nachrichten nicht beantwortet."

Aus der Küche zog Hannah der Duft von Gekochtem entgegen. Ein Piepsen rief Katharina zurück an den Herd. Hannah folgte ihr mit Moritz in seiner Tragetasche und sah erst jetzt, wie schick sie angezogen war. Mehr für einen Theaterbesuch als für die Essensvorbereitung in der heimischen Küche.

„Alles okay mit dir?“, fragte Hannah.

„Jaja. Es ist nur, ich bekomme gleich Besuch und bin noch nicht fertig.“ Katharina wirbelte in der Küche umher, suchte ein Messer, schnitt Butter in Stückchen und holte eine Schüssel aus dem Kühlschrank.

„Kann ich dir helfen?“

„Nein, nein, das mache ich schon. War schön, dich zu sehen. Wir telefonieren, okay? Ich habe jetzt wirklich keine Zeit.“

Es schellte an der Haustür und Katharina wischte ihre Hände am Küchenhandtuch ab. „Mist! Ich bin noch nicht fertig.“ Sie eilte an Hannah vorbei zur Haustür. Hannah sah kopfschüttelnd zu Boden und hörte, wie Katharina erstaunt rief: „Thomas! Was macht ihr denn hier?“

„Ist Jasper schon da? Wir wollten uns hier treffen.“

„Nein, er kommt sicherlich gleich. Kommt rein.“

Hannah lief Thomas und Carla entgegen. „Was ist mit ihr?“

„Sie hat einen komischen Ausschlag.“

Katharina unterbrach sie und drückte Hannah Teller in die Hände. „Bitte auf den Tisch stellen.“

Nickend nahm Hannah die Teller und trat ins Esszimmer. Dort fand sie einen für zwei Personen festlich gedeckten Tisch vor, mit brennenden langstieligen Kerzen und gelben Tulpen. Der Wein stand bereit, ebenso wie das Tafelwasser. Hannah ließ die Schultern hängen. Sie hatten soeben das Dinner für zwei gesprengt. Mit den Tellern in den Händen ging sie zurück in die Küche. „Ich kann die Teller nicht hinstellen. Für mehr als zwei ist dort kein Platz."

Thomas starrte Hannah an. Auch Katharina sah Hannah über ihren Brillenrand hinweg an. Niemand sprach. Nur das Zischen der Töpfe war zu hören. Ein erneutes Schellen unterbrach die Stille. Fluchend lief Katharina an Hannah und Thomas vorbei.

„Was ist?", flüsterte Thomas.

„Dinner für zwei. Wir haben es gesprengt."

„Jasper hat uns herbestellt!"

Von der Haustür her hörten sie Jaspers Stimme. Er begrüßte Katharina und fragte nach Carla. Sofort lief Thomas mit ihr zu ihm. Sie gingen ins Wohnzimmer hinüber. Noch bevor Katharina die Küche erreicht hatte, läutete es erneut an der Haustür. Schnalzend machte sie kehrt und kam mit Jasmina und Max zurück.

„Wir haben Neuigkeiten, die euch beide sicherlich interessieren!"

Katharina stellte noch zwei Teller auf den Stapel in Hannahs Händen. „Das Essen ist fertig. Ihr dürft Platz nehmen."

Hannah sah Katharina fragend an.

„Na mach schon", sagte die nur. „Es ist genug für alle da."

Schulterzuckend trug Hannah die Teller ins Esszimmer. Max und Jasmina bekamen Besteck, Gläser und Servietten in die Hände gedrückt. Als Hannah wieder zurück in der Küche war, drückte ihr Katharina die Gemüseplatte in die Hand. Den Rest trug Katharina selbst hinüber.

Durch die Geschäftigkeit im Esszimmer und den Duft des Gekochten herbeigelockt, kamen nun auch Jasper, Thomas und Carla zum Esstisch.

„Was hat sie?“, fragte Hannah sofort.

„Es sieht nach einem allergischen Ausschlag aus“, antwortete Jasper. „Nichts Bedenkliches.“

Hannah nickte erleichtert. Während Thomas Carla in den Kinderstuhl setzte, stellte sie Moritz‘ Tasche neben den Esstisch. Sie nahm zwei Kartoffeln und knetete sie mit Soße in Carlas Kinderteller. „Du sagtest, ihr hättet Neuigkeiten?“, fragte sie aufblickend.

Jasmina räusperte sich, sah zu Katharina und Max. Der nickte ihr stumm zu. „Ehm, ich denke, wir sollten bis nach dem Essen warten. Wir sind hier leider hineingeplatzt. Das war nicht beabsichtigt. Entschuldigung.“

Katharina schob ihre Brille hoch. „Nicht nötig. Meine Pläne hatten sich bereits einige Minuten zuvor geändert.“

Jasmina zeigte auf Hannah. „Ihr auch?“, flüsterte sie.

Hannah nickte.

„Oh!“, entfuhr es Jasmina.

„Also dann, lasst es euch schmecken.“ Katharina erhob ihr Glas und sie prosteten sich zu. Auch Carla hob ihre Plastiktasse und freute sich bei jedem Glas, das ihre Tasse berührte.

Nach den ersten Bissen konnte Katharina vor Neugier nicht mehr an sich halten. „Welche Neuigkeiten gibt es denn von Frau Henseler? Ist sie aus der Reha zurück?“

Hannahs Kopf schoss hoch und sie sah Jasmina fragend an. Die legte ihr Besteck ab.

„Das wäre schön. Aber leider nein."

Max schaute in die Runde. „Heute war ich bei Mikus in der Praxis wegen eines gemeinsamen Patienten", sagte er. „Laut Dr. Mikus hatte Justus die Blutgruppe AB."

„Und Angelika Henseler hat die Blutgruppe Null", sagte Jasmina. „So stand es im Mutterpass."

Katharina und Hannah sahen die beiden an. Nur Thomas aß weiter.

„Und?", fragte Hannah.

„Wenn irgendwo die Blutgruppe des Kindes steht, wissen wir, wer der Vater ist."

Katharina schluckte schwer.

„Das stimmt nur zum Teil", gab Jasper zu bedenken. „Wenn der Vater Blutgruppe AB hat und die Mutter Blutgruppe Null, so muss nach der Abstammungslehre das Kind die Blutgruppe A oder B haben. Wenn es das nicht hat, ist der Vater kein ABler, wenn die Mutter sicher Null ist."

Katharina schien auf ihrem Stuhl ein wenig zusammenzusinken. Doch dann erhob sie sich wie in Zeitlupe und verließ das Esszimmer. Wenige Augenblicke später kehrte sie mit den Unterlagen zurück, die ihr die Anwaltskanzlei überreicht hatte. Sie blätterte mit den Fingern darin, bis sie plötzlich innehielt.

„Hier steht: Blutgruppe Null!", rief sie. „Null ..." Mit großen Augen und weit geöffnetem Mund schaute sie einen nach dem anderen an. Bis ihr Blick auf Hannah verweilte, die nun sah, wie Tränen über die Wangen ihrer Freundin rannen.

„Dann kann Justus nicht der Vater sein!“, rief Katharina. „Er hat mich nicht betrogen!“

Für einige Augenblicke herrschte Stillschweigen. Dann schritt Hannah zu Katharina und legte ihr lächelnd eine Hand auf die Schulter. „Nein, das hat er nicht“, sagte sie leise.

Thomas blickte fragend in die Runde. „Wer ist dann der Vater von Angelika Henselers Tochter?“

- Ende -

Personenliste

aus Band 1 „Der Tag nach dem Leben davor":

Hannah Schuster:
Freundin von Katharina Farber und Geschäftsführerin der Farber-Werke

Katharina Farber:
Witwe des verstorbenen Justus Farber und Schriftstellerin

Thomas Wolter:
Ehemann von Hannah Schuster

Carla Schuster:
Tochter von Hannah und Thomas

Angelika Henseler:
Langjährige Sekretärin von Justus Farber, nun von Hannah Schuster

Jasmina Kühn:
Assistentin von Hannah Schuster

Svenja Kappenberg:
Sekretärin des Vorstandsvorsitzenden bei Griff Köln und Freundin von Hannah Schuster

Max Herkenrath:
Physiotherapeut von Hannah Schuster

Dr. med. Mikus:
Langjähriger Hausarzt der Familie Farber

Dietmar Rudnik:
Vorstandsvorsitzender Griff Köln sowie ehemaliger Chef von Hannah Schuster

Georgio Sandoz:
Mitbewerber um Hannahs versprochenen Vorstandsposten bei Griff Köln

Dankeschön

So ein Buch entsteht durch viele helfende Hände, denen mein Dank gilt. Zuallererst danke ich meinen Leserinnen und Lesern. Denn nur durch die erfreulichen Bewertungen, den bewegenden Nachrichten und den Zuspruch entstand dieser zweite Band.

Für die vielen Gespräche und Anregungen danke ich besonders Karin, Kethi und Petra. Dank auch an meine Familie, die mich monatelang mit Hannah und Katharina teilen musste.

Ganz besonders danke ich Conny. Meine Bewunderung und mein Respekt sind dir sicher! Deshalb widme ich dir dieses Buch.

Danke auch an die, die hier nicht genannt werden wollen, es aber trotzdem verdient haben.

Yvonne Krogner

Informationen

zum Buch

Eigentlich wollte Hannah nur wieder so sein wie früher. Doch der Autounfall hat tiefere Spuren hinterlassen, als sie anfangs glaubt.

Schon bald kommt Hannah an ihre Grenzen, denn alles läuft schief. Sogar die Vergangenheit verbündet sich mit ihrer Zukunft. Ihre Ehe, ihre Freundschaft zu Katharina, ihre Firma – alles, was Hannah wichtig ist, droht sie zu verlieren. Doch plötzlich verliert sie einen ganz anderen Stützpfeiler in ihrem Leben. Damit nicht genug, holt die Vergangenheit nun auch Katharina ein. In diesen turbulenten Zeiten werden die Karten neu gemischt.

Dieser Roman ist die Fortsetzung von Band 1 „Der Tag nach dem Leben davor."

zur Autorin

Yvonne Krogner erblickte 1971 an Karneval in Köln das Licht der Welt. Später studierte sie Wirtschaftswissenschaften und arbeitete in diesem Bereich. Nach einer Reihe von Fachbüchern veröffentlichte die Kölnerin 2018 mit „Der Tag nach dem Leben davor" ihren ersten Roman. Heute lebt sie mit ihrer Familie im Rheinland. Mehr zu ihr auf www.yvonne-krogner.de

Der Tag nach dem Leben davor (Band 1)

Sie braucht Hannah.
Sie bekämpft Hannah.
Sie findet Hannah.
Bald.

Justus' Unfall verändert das Leben zweier Freundinnen. Sie kämpfen Seite an Seite. Dabei überwinden sie Abgründe. Und verlieren dabei - sich selber.

Eigentlich hatte Hannah nur einen Termin mit Justus. Doch dann wird sie von Polizisten verdonnert, ihre ältere Freundin Katharina ins Krankenhaus in Köln zu fahren. Schon der erste Besuch bringt Hannah an ihre Grenzen. Denn jeder verpflichtet Hannah, auf Katharina aufzupassen. Die ist anfangs dankbar, aber entwickelt ihre eigene Sicht der Dinge. Das Chaos bricht los ...

Die Freundschaft zweier Frauen wird hart auf die Probe gestellt. Ein Kampf um Liebe, um Macht, aber auch gegen Trauer und Verlustängste zerren an den Freundinnen. Die Gefahr ist groß, diesen Kampf zu verlieren ...

Werden Hannah und Katharina den unschätzbaren Wert ihrer Freundschaft rechtzeitig erkennen? Wird ihnen das Schicksal dabei helfen?

Liebe Leserin, liebe Leser,

ein herzliches Dankeschön für unsere gemeinsame Zeit und für die Treue zu diesem Roman.

So ein Roman ist das Ergebnis vieler helfender Hände. Deshalb würden wir uns über eine kurze positive Bewertung in dem Shop, wo dieses Exemplar gekauft wurde, sehr freuen. Lob ist der beste Antrieb für weitere spannende Lebensreisen von Hannah und Katharina.

Oder schick mir eine Nachricht auf meiner Webseite yvonnekrogner.de oder in den sozialen Netzwerken, wie zum Beispiel Facebook. Dort gibt es auch mehr über mich oder meine Bücher.

Bis bald, im Netz oder bei einer meiner Lesungen.
Bleib mir treu, empfiehl mich weiter ...

Alles Liebe,
Yvonne Krogner